Fugu oji wa tensai renkinjutsushi
著 うめー
イラスト かわく
不遇皇子は天才錬金術師
～皇帝なんて柄じゃないので弟妹を可愛がりたい～
TOブックス

Fugu oji ha tensai renkinjutsushi

Contents

イラスト／かわく　デザイン／アオキテツヤ（musicagographics）

序章　覚醒の鐘の音

地球生まれ、日本育ちの三十代男。

そんなかつての自分を思い出したのは、うるさいほど重く響く鐘の音を聞いた時だった。

「あぁ……………どうして祝福の鐘が鳴っているのに、アーシャさまは礼拝堂に近づくことも、できないのでしょう」

僕のすぐ側、聞こえないと思ったのか、乳母のハーティが嘆き声を漏らす。亡き母の妹でもあるハーティは、紺色の髪をしていてドレス姿。確か今が二十歳くらい。

僕は鐘の音が聞こえる窓辺に寄って、自分の髪を光に透かす。黒っぽいけど日本人のような褐色じゃない。透けると灰色に変わっている。

(ドレスを普段着にしてるハーティもそうだけど、これは絶対日本人じゃないな)

僕はアーシャ。今年で三歳になる。

自分というものを自覚し始めた矢先、思い出したのは全く別人だった時の記憶だ。

地球の日本で生まれ育ったかつての僕は、どうやら死んだらしい。三十歳の誕生日のことは覚えていて、災害に遭ったような気がするから、三十一を前に死んでしまったんだろう。

僕は突然思い出した記憶と今の自分をすり合わせるのに必死で、湿った息を漏らすハーティの気配でようやく現状を思い出した。

「まだ幼いアーシャさまを放っておくなんて、陛下もなんて無情なのでしょう」

「ハーティどの、それ以上はいけない。何よりアーシャさまのお父上なのだから」

涙を浮かべるハーティを諫《いさ》めたのは、緑色の髪をした長身の青年。ハーティも僕が窓から振り返っていることに気づいて口を覆う。

もちろんハーティが悲しんでるのも気になるけど、今は緑色の被毛に覆われた、三角の耳とふさふさの尻尾が気になる。獣耳を持つのはウェアレルと言って、先生と呼ばれる職業だったとは聞いたことがあった。

（けどそれよりも今は、前世とは絶対違うってわかるウェアレルの耳や尻尾がすごく気になる！動いてるよ、動いてる！）

うん、僕はどうやら異世界転生をしてしまったようだ。少なくとも日本人の記憶に、こんな姿の人類はいなかった。

同時にこの世界で生まれ育った三年間の記憶はわずかにある。おぼろげなのは年齢のせいだろう。

だから僕は、鐘が鳴っている理由も、ハーティが悲しそうな理由もわからない。

「これは、何を祝福する鐘？」

冬真っただ中でしっかり窓を閉めているのに、音は良く聞こえる。窓に触れれば振動していた。

ハーティもウェアレルも気まずそうに目を逸らした様子から、どうやら聞いてはいけないことだったようだ。

空気を読む。そんな些細なことで、前世でも他人の顔色を窺ってしまう癖があったことを思い出す。親の望むとおり、叱られないように、失望されないようにしていた。

褒めてほしかったなんて望んだこともあったけど、十代の内に諦めてしまっている。褒められることがないならせめて、怒られることはないようにと。

一人っ子で、教育熱心で、手をかけてもらってと周囲に言われて、鼻を高くしている両親の陰で小さくなっていた。

（こうして別人になって思えば、前世はひどく息苦しかった）

窓の外で打ち鳴らされる鐘が、大きく僕の中で反響したように感じる。瞬間、思い出しきれていなかった前世の映像がちらついた。

三十の誕生日を、どうして覚えているかを思い出す。両親が死んでから、初めての誕生日だったからだ。

両親は揃って事故で亡くなり、ほっとしてしまった自分が嫌で、寂しさを覚えるのさえ嫌で、自棄になって一人お誕生日会をしたんだ。虚しさと、開放感と、自己嫌悪で二日酔いになった。

前世に気落ちした僕の様子に、ハーティとウェアレル以外のところから声がかけられる。

「あんたらが殿下困らせてどうすんだ？　そんな暗い顔してちゃいかんだろ」

声の主はこちらも長身で、顔はそのまま赤毛の熊な獣人。ウェアレルはハーフで人間っぽいけど、このヘルコフは生粋の熊の獣人だった。

人間と同じく二足歩行するけど、顔かたちは熊で、元軍人だと聞いた覚えがある。僕の周りにいる大人の中では最年長。でも年齢なんて熊の顔からはわからない。

「アーシャ殿下、この鐘はあなたさまの弟君に洗礼を行う祝福の鐘ですよ」

そう教えてくれたのは、青みのある肌をした海人という種族の警護役であるイクト。東洋人のような凹凸の少ない顔つきだけど、髪はサンゴのような橙色をしてる。

（やっぱり前世ではありえない色だよね。…………って、あれ、今前世とのすり合わせに夢中でまた大事なこと聞き流さなかった？）

僕は不思議な高揚感を覚えながら、一度は聞き流した言葉を繰り返す。

「…………弟？　僕に、弟が生まれたの？」

前世で僕は一人っ子で、幼馴染なんて呼べる人もいなかった。友人も成長とともに疎遠になったし、両親との関係が良くなかったせいか兄弟というものに憧れを持っている。

他人から聞く兄弟の喧嘩も愚痴も、対等で同じ目線に立ててるからこそだと思っていた。

「アーシャさま…………弟君が生まれて、嬉しいですか？」

「もちろん！」

ハーティが気遣うように聞くけど、僕は力強く頷いた。だって一人じゃない、決して切れない繋がりがある。それがどれほど嬉しいことか。

つまり僕はお兄ちゃんになる。前世の家族の中では一番下扱いだった僕が、守る立場になれるんだ。

「僕、いつ弟に会える？」

「それは…………」

期待を持って聞くと、ハーティは言葉に詰まってしまった。

(これは、もしかして母親の容体が悪いのかな?)

洗礼って生まれて数日でやるものだ。洗礼名っていうものをもらって、神さまに生まれた報告するのが決まり。だから弟のほうは大丈夫だと思うけど。

(あ…………今洗礼式やってるのに、兄の僕がここにいるって、つまり…………不倫の子?)

前世の大人の思考が蘇ったことで、僕はそんな可能性を思い浮かべる。

「父上は皇帝でしょう?　でも、僕は皇子ではないの?」

聞くと、ウェアレルはハーティの肩を叩いて宥め、僕に答えた。

「どれだけご理解されるかはわかりませんが、アーシャさま、アーシャさまは望まれて生まれられたのです。それは決して間違わないでください」

「下手に横やり入れられる前にきちんと順序教えておいたほうがいいと思うぞ。正妃の子でなくとも帝王の子になったことには変わりないんだ」

ヘルコフも僕に正しく教えるために、あえて言葉にしてくれる。

「アーシャ殿下は、皇帝のご長男である皇子殿下ですよ。ただ、妃の子ではないので、継承権は弟君に譲る形に、なっています」

イクトも言いにくそうなハーティに代わって現状を教えてくれた。

けれど僕はようやくわかった状況に、笑みを浮かべる。心の底からだ。

正直皇子って言うだけで、前世庶民の僕には荷が重い。けど血筋もばっちりな弟がいてくれるんだったら、もろ手を挙げて応援する。

それにそんな弟を支えるお兄ちゃんって、いいんじゃない？

「教えてくれてありがとう」

笑う僕に反して、周りは不憫そうにこちらを見ていたのだった。

一章　第一皇子の日常と不遇

異世界転生を果たし、前世も思い出した僕だけど、あまり思考力もない三年で得られた現状の理解度は高くなかった。

そしてそれは、アーシャと呼ばれる皇子に生まれ変わって四歳になった今もあまり変わらない。

ここは帝国で、一番上が皇帝だ。大陸には無数の国があるけど、この帝国が纏めてる。無数の国の中にはヘルコフのような獣人やイクトのような海人もいて、人っぽく見えるけどウェアレルはエルフとのハーフらしい。

人間の帝国のお城には人間が多いとか、僕とハーティは人間だとかそれくらいの知識だ。

それでも一年、大人の視点を持って過ごせばわかることもある。

未だに弟には会えてない僕、どうやら疎《うと》まれてます。

「アーシャ、元気にしていたか？　おぉ、また重くなったな。身長も伸びたんじゃないか？」

三十くらいの黒髪の父が、僕を抱え上げて広い部屋の中をくるくる回りながら笑っていた。僕もつられて顔が緩む。

前世を思い出したと言っても四歳。こういう構われ方は嫌いじゃないし楽しい。

「お会いできて大変嬉しいです、父上。お忙しい中ご足労いただきありがとうございます」

「硬いかたい。だがアーシャもそういうことが言える年齢か。俺の息子は将来有望だな」

金色の目を細めて笑う父は、大陸一つを丸々掌握する帝国の王者、皇帝。

この父が、僕の現状の発端であり、問題は先代皇帝である祖父にまで遡る。ありていに言えば、僕の父は先代皇帝の隠し子のようなものだった。

（この辺りも前世庶民の僕には実感がないんだよね。嫡出認定はされてたけど、父の母である祖母が伯爵家に後妻として嫁入りしたから、伯爵家の子供という扱い、らしいけど）

乳母のハーティ曰く、血統と身分は別物。貴族ではそれが常識で、今や皇帝の父も伯爵家三男として育った。そして子爵令嬢と結婚して僕が生まれてる。つまり僕も生まれてすぐは皇子じゃなくて、伯爵家の人間だったんだ。

「こほん、陛下。お戯れが過ぎれば品位を落とされるかと」

おかっぱ頭の父の側近が諫めて、はしゃぐ僕たちを止める。そして一瞬僕を睨んだ。

こういう目は前世でも受けた覚えがある。親に厳しく言われて礼儀正しくしていただけなのに、いい子ちゃんぶってる、媚びてると睨まれたんだ。

まさか宮廷という大人の集まりの中でされるとは思わなかった。

「ほとんど会いにも来られず寂しい思いをさせているのだ。ここでくらい羽目を外させろ。誰の迷惑でもなかろう」

父は言いつつ用意されている椅子に腰かけ、そのまま僕も隣に座らせる。

伯爵家三男として育った父が皇帝の椅子に座ったのは、数いた皇子たちが次々に死んでしまったことが大きい。事故や病気さまざまな理由で、残った先代皇帝の嫡出男子は父だけになったそうだ。突如皇太子に祭り上げられた父は、皇太子教育を大急ぎで行い、公爵令嬢と再婚した。

僕の母は一歳の時に亡くなっており、その頃には先帝もすでに死の床にあったそうだ。そして三歳になって父は皇帝となり、嫡男である弟が生まれている。

「ハーティにも苦労をかける。もう少し頻繁に顔を出せればいいんだが……。必要なものはあるか？」

「苦労など、アーシャさまは私の甥でもあるのですから。ただ、少々アーシャさまの靴が合わなくなりまして」

「あぁ、そうか。やはり成長は早い。もっとこまめに来られればな」

父は、自腹からハーティに金銭を渡すよう側近に指示する。側近は僕を睨むようなわかりやすい真似はせず、何処までも事務的に冷たく応じた。

ここは皇帝が暮らす宮殿の一画で、僕の部屋の真上の階。そして皇帝家族が住む本館とは違う、別の棟。数いた皇子たちが暮らした宮殿左翼棟と言われる建物だ。

(しかも僕一人に広い区画を与えておいて、本館から一番遠い位置とか。分断したい思惑がわかりやすいんだよね)

最初はもっと遠い離宮に、僕を放り込む予定が立てられていたそうだ。同じ敷地内とは言え馬車を使う距離のため、さすがに父が怒って止めた。

するとこうして一番遠い部屋へ、父にそうと悟らせず僕を押し込んだのだ。部屋は広いけれど持て余すし、だいたい本館に直通してない絶妙な位置。悪意を感じないわけがない。

「アーシャさまはお勉強を頑張っていらして。最近は地理と歴史を教えております」

「ほう、すごいな。私がアーシャの頃は……覚えていないくらい勉強もしていなかったな」

伯爵家三男ならそんなものじゃないかな。家を継ぐことはなく、何処かへ婿入りか一代限りの貴族の地位を得るために出仕する。勉強よりも社交か武芸で身を立てる方法を模索するべきだ。

「あの、父上。実は僕、本が読みたいです」

ちなみに勉強は、ここがどんな世界か知りたいからハーティにせがんで教えてもらっているだけなんだよね。

この大陸には人間含めて六種族がいて、獣人、エルフ、海人、ドワーフ、竜人がそれぞれ国を興していた。そんな国々を纏める帝国は、大陸の中心で内陸にあり、周囲四方を山脈に囲まれてる。帝国の始祖が拓くまでは、秘境扱いの土地だったそうだ。

さらには魔法もあれば錬金術もあるという、正直面白いし興味が尽きない世界。まだ幼いから早いと実践はさせてもらえないけど、予習として学ぶのは夢が広がって楽しかった。

「おぉ、そうかそうか。この左翼に図書室はあったか？」

「ありますが、蔵書はありません」

ハーティが不満を出さないよう短く答える。

貴族の嗜みで、高位の者ほど自分の図書室を持つのがステータス。僕が使うのもかつての皇子の部屋だったから、図書室だっただろう本棚の並んだ部屋はある。けれど持ち主が死んで引き払われた後はからのままだった。

「そうか、揃えるとなると時間がかかるだろう。よし、私の図書室の本を好きに——」

「それはいささか障りがございます」

気軽に答えようとすると、父の側近が止める。別に父に隔意があるわけじゃない。僕に有利に話が進むのが気に食わないんだ。

何故かと言えば、それはこの側近に限らず父の周囲は妃の実家である、ルカイオス公爵の息のかかった者で固めてあるから。

伯爵家で育った父に宮廷での影響力はない。その後ろ盾が妃の実家であり、ルカイオス公爵。公爵としては、自分の孫が次代の皇帝になることを望んでの政略結婚だ。

そこで邪魔になるのが、血筋は低いけど長男である僕。だからルカイオス公爵側の人間は、僕に有利になることをとことん邪魔する傾向があった。

「では何処ならいいというのだ？　私の息子が使っていい書庫はこの宮殿にないと？」

「それは……帝室の蔵書を収めた右翼の図書館ならば妥当かと」

僕に使わせたくないけど皇帝の息子が使えないとは言えず、側近は苦し紛れに答える。側近からすれば、僕のほうから父に近づく真似が防げればいいようだ。

なんて子供らしくない考えはおくびにも出さず、僕は父に笑顔を向けた。

「本がいっぱい読めるんですね、ありがとうございます。父上」

「そうかそうか、アーシャは本が好きか。母親が聡明だと子もそうなるのだろうか？」

父は息子にデレデレだけど、誤解しないでほしい。僕は本の虫ってわけじゃない。

「剣術も早くやってみたいです。ヘルコフに教えてもらうのを楽しみにしています」

「そうだな、ヘルコフは現役時代も強くてな。私も一時期軍にいた時には揉まれたものだ。怪我はするだろうがきちんと学べば重傷にはならない。よくヘルコフの指導に従いなさい」

「はい！」

これは嬉しい誤算だ。止められるかと思ったのに背を押された。

前世の母だったら金切り声を上げただろう。実際怪我をした途端、サッカーを辞めさせられたことがある。

今生の父は大変物わかりがいいし、愛情深い、良い父親だと思う。

「陛下、そろそろお戻りになりませんと、次の会合に差し支えがございます」

「もうか？　早い気がするのだが………」

「いえ、あちらの時計をご覧ください」

せっかくいい雰囲気だったのを側近が邪魔する。けど、僕は知ってるぞ。その時計早くされてるんだ。

直そうにも僕たちはこの部屋に留まれないし、その後は施錠されるから時計を合わせることもできない。親子の団欒の邪魔をされるのはあまり歓迎できないし、ここは一矢報いてみよう。

「皇帝陛下でいらっしゃるのですから、他に示しのつかないことはできないでしょう。寂しいですが、致し方ありません。その、できれば次いつお会いできるかご予定を伺ってもよろしいですか？」

「ふぅ………、本当に俺の息子が優秀すぎて困るな。嬉しい限りだ。ヴァオラス、次の予定を。ハーティ、今後もアーシャを頼む」

「えぇ、アーシャさまはとても愛らしく、それでいて聡い方ですから。お任せを」

父に抱きしめられた僕を見下ろし、ハーティも困ったように笑う。ただ側近だけは渋々次の予定を確認するので、僕はその間にこっそり聞いてみた。

「父上、僕は弟に会いに行くことはできますか？」

「………まだ、目を離せないと妃が言っていてな。初めての子で、気が立っているらしい」

父も会わせたいとは思ってくれてるようだけれど、ルカイオス公爵家の妃が拒否しているのか。

「アーシャ、お前は良い子だ。きっと兄として弟の良い手本になってくれるな？」

「はい、もちろんです」

父は申し訳なさそうに笑うけど、僕は心の底からそうなろうと決意したのだった。

＊＊＊

五歳になった初夏に近い爽やかな朝。いつもとはちょっと違った。

大人でも持て余しそうな広いベッドで目覚め、ハーティに着替えを手伝ってもらって朝食の用意が普段のルーティン。けど今日は、いつもよりも早くウェアレルが現われた。

「起きていらっしゃいますか、アーシャさま？　おや、ハーティどのはご不在で？」

「ハーティは下に朝食を取りに行ってくれてるよ。どうしたの？」

この区画の住人は僕だけなのに、十部屋以上もあって持て余してる。家具もほとんどないけど、内装は四つの区画ごとに統一されていた。

その中でハーティ以外が休憩に使っているのは青の間と呼ばれ、白地の壁に青緑の装飾が施された部屋。ウェアレルはそちらと僕の寝室がある金の間に通じるドアの向こうから声をかけていた。

僕は金の間にある寝室のほうからドアへ向かい、緑の被毛に覆われた耳と尻尾のある獣人のハーフ、ウェアレルと顔を合わせる。

ウェアレルは元々伯爵家に雇われていた魔法使いで、父が宮殿に引っ越す時、僕の家庭教師として雇い直した人だ。ただ通いなので朝からはいないことが多く、いても一人しかいない警護のイクトと夜番を代わっているだけなので朝には帰った。

侍女の一人もいないって、こうやって考えると、僕は皇子として相当雑な扱いを受けてるな。自由だからいいけど。

「今日は少し贈り物があったので早く来てしまいました」

「贈り物？」

なんだかわくわくする単語を受け、僕はウェアレルに連れられて青の間へ行く。

四つにわかれる区画はどれも、複数の部屋からなっていた。青の間の一室、出入り口である階段に一番近い部屋に案内されると、そこには梱包された箱が幾つも積まれている。

ちょうど青白い肌のイクトが、細身の割に軽々と大きな箱を抱えて運び込んでいた。

「おはよう、イクト。重くない？」

「えぇ、おはようございます。大丈夫ですよ。魔物化したグリズリーを引き摺って帰った時のほうがずっと重かったですから」

イクトより上背のあるウェアレルは呆れ顔だけど、僕は目を輝かす。元魔物専門の狩人をしていたイクトの武勇伝は、物語を聞くようですごく楽しい。

この世界には魔物がいるそうだ。大陸一つが丸々帝国の支配下で治まっているのも、魔物という脅威がいるから。人間同士の争いがないわけじゃないけど、纏まってるほうが防衛では安全だった。

動物が魔力を得て突然魔物化し、危険になるんだそうだ。それを倒して報酬を得るのが狩人で、有名になるとちょっとしたスター選手のような扱いになるらしい。

イクトはそうしたスター選手になってから、一代限りの貴族位を得て今は宮廷勤め。皇帝になる前の父と知り合いで、イクトになら任せられると父が僕の警護として指名した。

「実は学園のほうで器具を処分すると聞いて引き取らせてもらったんです」

贈り物だと言ったウェアレルが梱包を一つ解くと、何重にも巻いた布の中から、僕の頭くらいあるフラスコが現われる。

「もしかして、錬金術の器具⁉」

僕は思わずフラスコの下へ走る。その間に運び込み終えたイクトは、警護の仕事でもないのに荷ほどきに移っていた。

出てくるのは蒸留装置や錬金炉と呼ばれる専用器具。ビーカーや乳棒と乳鉢といった理科の実験でおなじみの道具もある。

「なるほど、素人の私から見てもこれは本格的なものばかりのようだ」

「学園の錬金科からの処分品ですから、質は保証できます」

イクトに答えるウェアレルは、困ったように笑ってた。

「学園って、あのルキウサリア王国の？　学園の運営を主要産業にしてるっていう？」

「よく覚えていましたね、アーシャさま。先日読まれた本の錬金術についてご質問いただいたので、学園の知り合いに問い合わせたところ、これらを処分すると聞いて引き取りました」

ウェアレルの前歴は学園の教師で、その伝手《つて》を使ってわざわざ聞いてくれたらしい。

「わぁ、ありがとう！　それで、悪いんだけど、錬金術の本昨日読んでしまって――」

「そう言われると思って、すでに借りてきています。三巻でよろしかったですか？」

ウェアレルが取り出したのは、確かに僕が読んでる錬金術の本の続きだった。その周到さが嬉しくて、僕は手にしたフラスコを抱きしめる。

「いやぁ、それにしても殿下が錬金術ねぇ。俺もちらっと見たが、全くわからなかったぞ」

声がしてヘルコフのほうを見てみれば、イクトくらいなら膝を抱えて入れそうな箱を降ろすところだった。獣人は人間に比べて力が強い種族もいるって聞くけど、それにしてもすごい。

ただ本来は、僕の剣術指南の家庭教師だ。まだ僕が小さいから仕事ができずに荷運びって、なんだか申し訳ない。

「まぁ、これは朝食が追加で必要そうですね。お食べにならなくとも、休憩は必要でしょうから飲み物もお持ちします」

声に振り返れば、銀盆に朝食を乗せたハーティが、困った顔で木箱の数々を見回してた。

ハムとチーズ、ホワイトソースを挟んで焼いたサンドイッチ、バゲットとジャムなんかが用意されてるけど、成人男性たちも食べるとなると全然足りないだろう。

ハーティは普段出入りに使っている、赤の間と呼ばれる区画へと戻って行った。

僕は朝食までの間に、我慢できず器具を見て回る。大きい物は金属製の釜もあった。

「問題は何処に置くかってとこだな。いっそ部屋が余ってて良かったかもしれないが」

ヘルコフが冗談めかして言うけど、ただの事実でしかない。

「錬金術だしエメラルドの間かな？」

エメラルド色の壁に赤いカーテンという、元住人の趣味が反映された装飾の区画だ。

「錬金術だとどうしてエメラルドなのかな？」

「確か、エメラルド板という謎かけがあり、錬金術を修める者は解かなくてはならないとか？」

僕の言葉に、イクトはウェアレルへと話を振る。当のウェアレルも門外漢で答えがうろ覚えのようだ。

「エメラルド板には、錬金術の奥義が書かれているって言われてるんだよ。ただ難解な文言が解けずに、誰も奥義に辿り着けないんだって」

これだけだと眉唾な言い伝えなんだけど、科学文明を知る僕には真理が隠されていることがわかった。

エメラルド板曰く『万象は一つのものから適応によって生じたのである』。これは原子やさらに細かく考えて陽子や中性子の話に当てはまる。

というのもその後に、『微細なものを粗大なものから、非常なる勤勉さで丁寧に分離するが良い』とやり方まで書いてあるからだ。

全然知らない魔法より、錬金術の本を読むのに熱が入ったのは仕方ないと思ってほしい。そのせいで、ウェアレルを何度も帝室図書館まで往復させてしまったのは悪かったと思う。

「アーシャさま、熱心なのはよろしいですけれど、今日はお散歩です」

いつの間にか、追加の果物やゆで卵を持って戻って来ていたハーティに釘を刺されてしまった。

がっかりする僕にウェアレルたちも笑う。

ハーティが言うお散歩は、ちょっとした罰則だ。先日も本を読み過ぎて、夜更かししたり食事を抜いたりしてしまっている。

そのせいで今日は、お腹もすいて眠くなる散歩を厳命されていた。

「――では参りましょう」

午前の授業が終わったら、エメラルドの間に器具を収納しただけでお外に連れ出される五歳児です。お散歩嫌いじゃないんだけどね。

「ねぇ、ハーティ。歴史がある建物って、何処もこんな迷路なの？」

僕は錬金術道具について考えないように、あえて聞いてみた。

僕が住む宮殿の左翼は、造られた時代の差で一つの建造物なのに内部で繋がっていない。一番わかりやすいズレは高さの違いだ。僕が住む区画は屋根裏含めて五階建て。けれど父の住む本館と直通の部分は二階建てなのだ。

「防犯上の理由もありますけれど、宮殿の内装はそれだけで時代を代表する芸術家の作品でもありますから。改装は常に求められるのですよ」

改装に次ぐ改装、建て替えに次ぐ建て替え。それが時代の皇帝の見栄でもあるのはなんとなくわかった。

「じゃあ、左翼専用の使用人や料理人なんかが配備されているのも防犯?」

「そちらは実務的な手間を考慮してのことですが、防犯にもなりえるでしょうね」

この建物だけでもそこらの貴族の屋敷より豪華で広いから、まずよからぬ目的の人は迷うこと必至だろう。そしてまだまだ部屋は余っているのがこの左翼棟だ。

僕に与えられた区画は本館から一番遠い位置で、父と会うのも僕に与えられた部屋ではなく、一つ上の階にある謁見用とされた区画。だというのに左翼棟の五分の一も使ってない。

ハーティに手を引かれて今向かう庭園も、皇帝の権威づけで広大になったんだろう。

「庭園って、位置的には宮殿の裏なのに、宮殿よりも広いよね」

「えぇ、ここからでは見えませんが、庭園には運河から大噴水、森や牧場まであると聞いております。他にも歴代の皇帝が造った二つの離宮が配置されていますから、宮殿正面よりも広いでしょう」

ハーティが言う広大さが、庶民感覚では追いつかない。呆れるくらい豪華だけど、僕、この大庭園の持ち主の息子だ。けどその父親も頻繁には会えない上に、僕を皇子扱いする者がごく限られているので実感はあまりない。

「アーシャさま、お疲れでしたらベンチで休めますよ？」

「ううん、大丈夫。歩くの嫌いじゃないよ」

前世ではこんなにゆったりした記憶がないから、散歩に新鮮味もあるしね。

他愛のない話をしながら、幾何学模様を作る植え込みを抜ける。当てもなく木陰が涼しい白樺の林を歩いた。

「…………ふぇ…………」

「ハーティ、今の聞こえた？」

ハーティは頬に手を添えて首を横に振る。

「子供の泣き声がした気がしたんだ。こっちかな？」

木立を抜けて大人の背より高い刈り込みのあるほうへ、僕はハーティの手を引く。警護係のイクトは全体を見るために後方に離れてるけど、ちゃんとついて来てくれていた。

ほどなく、ちょうど白樺の林との境に蹲る子供の姿を見つける。

「君、どうしたの？」

「ふぇ、うぅ…………」

怯えて泣きそうになるのを必死にこらえてる男の子は、白い肌の分だけ真っ赤になった頬を震わせる。

丸い顔立ちは幼く、髪の色は紺色で、帝国貴族には多い青系の色をしていた。歳の頃は僕と二つ、三つ違い。そして着ている服は見るからに上質だ。

この年頃で宮殿の庭園に入れて、自由に歩けるのは僕を含めて限定二人。

「君は………テリストラス、かな？」

「だれ？」

名前を呼ばれて顔を上げる男の子。目元を押さえていた手が退けられ、潤んだ紺色の瞳が見えた。

「初めまして」

僕は満面の笑みでそう告げた。この子はテリストラス。皇帝ケーテルと皇妃ラミニアの息子にして、僕の弟だ！

まさかこんなに突然会えるとは思っていなかった。

（それに、なんで次期皇帝であるこの子が一人でいるんだろう？）

僕にさえ乳母と警護の二人がついてるのに、この状況はおかしい。

「どうして泣いているの？　どこか怪我をした？　大丈夫？」

「………ここ、どこ？」

身構えたけど、どうやらただの迷子らしい。見える限りでは怪我している様子もない。

「そっか、寂しかったんだね。じゃあ、僕と一緒に他の人を捜さない？　大丈夫、僕はずっと一緒にいるよ」

手を差し出して、ちょっと性急になりつつも提案をする。

（父上にも言われてるし、お兄ちゃんとしてお手本にならなきゃね。けど、これで合ってるのかな？　なんだか警戒されてるみたいだけど）

幼いテリストラスは迷う様子で僕とハーティ、さらに後ろに控えるイクトを見ていた。

「うん、知らない人について行かないっていう三歳にしてこの判断力。将来有望だね、うんうん」

声に出してしまうと、テリストラスは褒められたことはわかったようで警戒が薄れる。

「テリストラス、テリーって呼んでもいい？　ここは怖い場所なんかじゃないよ。素敵な庭園だ。君は見たことあるかな？　光る花や、鈴のような音の鳴る木があるんだ」

手を差し出したまま語りかける僕に、テリーは首を横に振る。それだけの仕草が可愛い。そして紺色の瞳には好奇心が芽生えだしていた。

「君の知ってる人を捜しながら、この庭園の素敵なものを見ようか？」

「…………うん」

まだ高い声でお返事する弟は、差し出した手を小さな指で握り返してくる。温かいし、幼い僕よりも小さな手が、なんだか落ち着かない。

この湧き上がるむずがゆさが庇護欲というものかな？

座っていたテリーを引き起こして、僕はイクトに目を向けた。すぐに頷いて、テリーを捜しているだろう他の警護を捜しに向かってくれる。

イクトも宮中警護の一員で、制服を着てるし剣も帯びてるから同じ姿の人を捜すだけだ。こっちは庭園でも名所を巡るから、きっとイクトが連れて来てくれるだろう。

「さ、行こう。今日は何をしに庭園にきたの？」

「おさんぽ」

まだ言葉数少ないし警戒してるけど、その人見知りっぽいのも可愛い。

僕は宣言どおり、光る花が植えられた花壇へテリーを連れて行く。花自体は花芯が花びらから飛び出すような形が本来のものだ。ただ今は日中で花が閉じ、細長い筒のようになっていた。

「ほら、見てごらん。こうして花を優しく両手で包んで暗くしてあげるんだ」

テリーと一緒にしゃがんで実践。僕の手の中で、薄い花びらを透かした花芯が光を放っているのが見える。

暗くすると光る、まさにファンタジーなお花だ。まだ三つのテリーでは見たことないだろうし、僕も前世ではお目にかかれなかった植物だった。

「わ、わぁ！　ひかった！」

「やってごらん。花を潰さないように優しくね。これはどんな色かな？」

「あか！　こっち、こっちはね、あお！」

テリーは嬉々として僕の真似をする。花ごとに光る色が違う様子が、どうやら気に入ったようだ。次々に手で包んで光らせては明るく笑う。隣の花壇の別の品種の花まで包んで、光らないことに首を傾げるのも可愛い。

見守る僕とハーティも自然と笑顔になった。

「あれ、なんで？　…………やぁ!?」

「テリー!?」

突然尻もちをついてテリーが叫び、泣きだしてしまう。するとテリーが覆っていた花から黒く丸い虫が飛び出した。どうやら蜜蜂の類が入っていたらしい。

「大丈夫だよ、僕が守るから。ほら、虫は追い払ったよ。ハーティ、あれは刺す？」

「いいえ、あれは刺しませんよ。初めて見て驚かれたのでしょう」

テリーが泣きやまないから焦ったけど大丈夫なようだ。なんとなく撫でていると、涙が零れるのは止まってくれた。さて、ここからどうやってまた笑ってもらおうか。

僕がそう考えた時、何人もの人が走るような音が聞こえる。見れば、息を切らせたドレスの女性と警護の制服の見知らぬ人たちが走っていた。

僕とまだ頬の濡れているテリーを見つけると、開口一番怒鳴る。

「何をしているのです⁉　すぐにその方から離れなさい！」

あまりの剣幕にテリーがまた泣きそうになるけど、お構いなしにドレスの女性はテリーを抱えて僕を睨んだ。しかも三人いる警護は、剣の柄に手をかけ僕の前に立とうとする。

「何を、するつもりだ？」

冷やりとする声に、三人の警護は背筋を伸ばす。

いつの間にか戻っていたイクトは、氷のように冷たい視線で警護を威嚇しながら僕の前に立ってくれたのだった。

＊＊＊

テリーと会った日は、結局お散歩を終えても錬金術道具には触れなかった。イクトは同じ宮中警護だからって謝るし、ハーティなんて逃げるようにテリーたちが去ると悔し泣きしてたんだ。

そしてその後も、落ち着いたいつもどおりの日々とはならずにいる。

後日聞いたところ、色々僕の現状に関する問題点が見えて来た。

「そう、あのドレスの人はテリーの乳母か世話係で、それなりに高位の貴族なんだね。そして警護も三人が常設で、やっぱり身分は高いと」

「身分など関係ありません！　アーシャさまがいったい何をしたというのです⁉　感謝しろとは言いませんが、同じ陛下の子であることは変わりないというのに！　一方的に弟君を虐めたなどと悪評を流して！」

「ハーティもごめんね。もっと慎重に行動すれば良かった」

「いやいや、そこは殿下が気にすることじゃないですよ」

思い出して嘆くハーティを気遣うと、ヘルコフが牙を剥くように笑って僕のほうをフォローする。

ただ元が猛獣の熊顔なので、それだけで威圧感がすごい。怖さはあるけど、僕を思っての表情だっていうのはわかる。

ウェアレルは耳も尻尾も機嫌が悪そうに揺れていた。

「悪評も由々しきことですが、警護の失態も重大です。皇子であるアーシャさまを前に剣に手を出すなど罰せられて当然のことですよ」

まぁ、僕の側近がこうして悔しがる一因はそれだ。

宮中警護を掌握するのもまた高位の貴族で、妃の子でもない皇子の僕を下に見てるらしい。訴えたけど軽い処分しかされていないと聞く。

皇帝である父に直接訴えるには日を待つ必要があるけど、こういうのは時間を置くと問題をうやむやにされるだけだ。

実際、父が予定外にやって来て、突然上の階にある謁見の間に呼ばれた。テリーと庭園で何があったかを聞かれて話し、もちろん一方的に責めるようなことはされてない。ただ一から聞いてくれたんだけど、その時にはもう軽い処分がされた後だったんだ。

「父上は、宮中警護を統括する侯爵か誰かを呼び出して、再発防止だとか、警護たちの解雇だとか息巻いていたんだけどね」

一度下された処分を覆すのは難しいだろうし、今もなお処罰の変更は聞こえない。

父が僕から話を聞いて怒った時、父の側近が、やりすぎてはいけないとか言ってさらに怒らせていた。皇子に敵対した者に対する刑罰相当だと父は言っていたけど、あれは一応父の立場を鑑みてのことでもあったんだとは思う。

今回のことはこのまま不愉快なだけだと座りが悪いので、これを機に僕も自分の立場を見直してみよう。

「僕の後見は、父である皇帝陛下で合ってる？」

前世の古典でやった平安文学にも、宮中に上がる子女には後ろ見という後見人がいた。この後見人が弱いと宮中でも弱い立場になるって習ったんだよね。

確認のつもりだったけど、ハーティはハンカチで目元を押さえて別の名を上げた。

「本来なら、ニスタフ伯爵家が、アーシャさまの後見なのです」

「あ、そうか。僕の名前イスカリオン＝ニスタフだから、ニスタフ伯爵家の所属なんだ」

イスカリオンは帝国の名前であり、皇帝の家名。父は皇帝となってからはイスカリオンが家名になっており、イスカリオン家でニスタフがつくのは僕だけだ。

本名を使わないから忘れてたし、この世界、普段使いは愛称だから問題なかったんだよね。僕の正式名称はアスギュロス・フリーソサリオ・モヴィノー・イスカリオン＝ニスタフ。

厳ついし長いし呼びにくいので、愛称のアーシャは気に入っている。

「つまり後ろ盾や世話をしてくれるのは……………伯爵家って何かしてる？」

「何も！　時候の手紙すら！　伯爵家を出て以来一度の伺いもありません！」

ハーティのお怒りを要約すると、後見として僕が王侯貴族らしく生活するための伝手を紹介することもなければ、必要な教育を施すための家庭教師の斡旋もしていないらしい。

今いる家庭教師二人も父の手配で、伯爵家は僕との関わりを断ち切っている。

「僕、ニスタフの名前いらないんじゃない？」

「まぁ、殿下は聡いからすぐわかると思いますが、そうして皇帝の息子だが正統じゃないってのを名前の上で印象づけるためですわな」

ヘルコフの不服そうな声から、大人の事情が深く絡んでいるようだ。ただそうなると余計に疑問が生まれる。

「それだけ帝位から遠ざけているのに、僕がテリーと一緒にいただけで剣を抜かれそうになったのは、どうして？　僕は全く公式の場に出ていない。どんな人物かもわからないのにいきなりあれは過剰反応すぎるよ」

「陛下が、低い生まれから帝位に上ったことも遠因でしょう。低位の継承権者が覆した前例があるならば、可能性は否定できません」

「僕もテリーがいなければ帝位につけるから狙うだろうってこと？　それでテリーが泣いてるだけであの反応なの、ウェアレル？」

しっくりこないけど、それほど僕は危険視されてるってことでいいのかな？

僕の困惑を見てイクトが補足してくれた。

「アーシャ殿下は聡いからこそわからないかもしれませんね。疑心暗鬼を生ずと私の故国では言います。疑う心があなたの虚像を映し出すのです。実物を知らず、いえ、知らないからこそどれだけかけ離れていようと気づかない」

「つまりテリーの周囲にとって、僕は帝位簒奪を目論む極悪人？　とんだ邪推だね。しかも僕本人の主義思想は一切勘案されないなんて」

思ったままを口に出してしまうと、側近たちは目を瞠る。僕も五歳児らしくない発言をしてしまったことに気づき、そっと側近たちを見上げた。

「…………はぁ、そこまで言ったつもりはないんですが。しかし、聡いのですからいっそ今の内にお教えするのも手では？」

イクトの提案に、側近たちは顔を見合わせ、ハーティが代表して口火を切った。

「派閥の問題もあるのです。皇帝陛下の与党は、皇妃の実家であるルカイオス公爵派閥。嫡男がお生まれになったことで、ルカイオス公爵派閥の権力は、時と共に強まることが約束されております」

その公爵派閥と権力を争う派閥にとって、揺さぶりに使えるのは僕のみだ。また、公爵派閥に入りたい側にとっては、僕を貶して悪しざまに吹聴することで、公爵派閥の人間のご機嫌取りになる。

どうやら僕という存在は政治闘争をする者にとって、いるだけで問題の種らしい。

「偉い人って、もっと他にすることあるんじゃないの？」

「俺もそう思いますよぉ。けど人の集まりである国を動かすには、皇帝一人じゃ土台無理なんです。派閥は必要だし、陛下は現状ルカイオス公爵頼りでしかいられない。で、その派閥に入ることができたニスタフ伯爵としては、そのまま勝ち馬に乗りたいわけです」

ヘルコフの口調は軽いのに、相変わらず猛獣の顔をしていた。

「つまり、僕の後ろ盾であるはずのニスタフ伯爵家が手を引いて、冷遇するのは保身のため。大派閥のルカイオス公爵に睨まれてまで、僕の世話をする気はないんだね」

「他にも単純に陛下の足を引っ張るため、守られていないアーシャさまを貶める輩がいるかも知れません。公爵派閥に現在の権能を奪われたくないストラテーグ侯爵、血筋は上なのに帝位に座り損ねたユーラシオン公爵。旧態依然の利権で揉めるエデンバル家。挙げればきりはないですね」

ウェアレルは三つの家名を挙げるけど、まだまだ指折り数えている。身分の問題もあって、父も血筋で反発が強いけど、伯爵家所属扱いの僕がローリスクで狙い目ってことになるそうで、イクトがさらに教えてくれた。

「父君である陛下は、旧態依然の状況を変えようとしています。帝国は長生きだからこそ、古すぎてもはや機能してない無駄な体制や制度があり、新しいことをするためには古い無駄を切り捨てる必要がある。けれど、その無駄にしがみつく者もいるのです」

「ルカイオス公爵はその旧態依然の決まりごとである、長子相続を失くそうとしていますからね。その点では陛下の味方でもあり敵でもあるんです」

難しい顔をするウェアレルに、ハーティが悔しさを滲ませる。

「だからこそこうして陛下のご子息を蔑ろにしています。今すぐに公爵に睨まれるわけにはいかないため陛下のお耳に入れられないのが口惜しいことですが」

そうか、この帝国は長子相続なのか。それで言えば僕が長子だけど、妃の子じゃないから後回しにされてる。

それはルカイオス公爵からすれば無理を通した結果で、だからこそ僕を異常に警戒しているのかもしれない。絶対無理ならまだしも、継承に関して排除できない可能性が残り続けるから疑うんだ。

「だからって弟と交流することすら命がけとかどうなの？　権力なんてそんなにいいものじゃないと思うのにな。帝位が欲しいなんて思ったこともないのに」

思わず呟くと、側近たちは口を閉じてしまう。気まずそうなので冗談めかして笑いかけた。

「僕は今、錬金術に夢中なんだ。エメラルドの間にようやく蒸留器を組み立てたんだよ。きっと皇帝になるような立場だったらそんなことしていられないでしょう？」

「いやはや、アーシャ殿下と話していると時折同じ視点を持つ大人と話している気になりますね。

環境がそうさせるのでしょうが、あまり急いで大人になる必要はないのですよ」

イクトが優しく言ってくれる。そして笑うんだけど、なんだかその取り繕った笑いに剣呑な空気を感じた。

「それはそれとして、警護のあの不届き者どもは顔を覚えましたので相応の躾はしておきました。ご安心を。何、世の中剣を抜かずとも敵を無力化できるという稽古を他の警護の前でつけたため、今後同じような不届き者は出ないでしょう」

それってつまり、稽古にかこつけてあの剣に手をかけた三人を甚振《いたぶ》ったの？

軽い処罰で済まされたせいか、思ったよりイクトは怒っているようだ。警護の人たちとぎくしゃくしないでくれたらいいいんだけど。

「ほどほどにね？　妙に睨んでくるのは、もしかしたらその八つ当たりかもしれないし」

「それは、警護の者にやはり私が……」

「いいよ、イクトが無理することはないって」

「しかし、今まで挨拶一つしない無視だったのに、まるで危険人物扱いだ。ちょっとこの区画を出ようとすると何処へ行くのか、何をしに行くのかうるさいでしょう」

ヘルコフが言うとおりで、実は今、ハーティが警護なんかの男性に絡まれるような状態になるから散歩自粛中だったりする。

ヘルコフまでちょっと剣呑な雰囲気になったので止めようとしたけど、ウェアレルが愛想笑いで口を挟んだ。

「私には扱いきれない器具を組み立て活用しようというアーシャさまの向上心には驚かされます。少々錬金術に専念される時間を決めましょうか」

「それはウェアレルがちゃんと仕様書もらってきてくれてたからだよ。使い方わからなくても試せばいいんだし、その、時間区切られるのは、試すためにもちょっと……」

蒸留装置で蒸留水を作るだけでも、魔法を使うかどうかでできる物が違うらしいのに。時間区切られて自由にできないのは困る。

困るんだけど、なんだか側近たちにははぐらかされてしまったみたいだった。

＊＊＊

冬も本番の中、僕はまた祝福の鐘を聞いて、今度は双子の弟たちが生まれたことを知る。

春にテリーと会ってから、父との面会を普段よりもとても短く切り上げられることがあって不審には思っていたけど。まさかこんな理由だったなんて。

僕はビーカーを一つ手に持ったまま、エメラルドの間から出て、窓の向こうの冬空を見上げた。向かうのは金の間と呼ばれる区画で、白い壁に金色の縁取りの装飾されている部屋群だ。

広い窓のある一室は、本来ならサロン室というお客を招く場所なんだけど。使い道ないから勉強部屋にしてる。と言ってもやっぱり無駄に広くて物がない。

部屋に備えつけのテーブルセットと、何故かあるグランドピアノ。いや、王侯貴族は音楽が必須の教養らしくて、これも勉強の一環で弾かせられるんだけどね。

「これは、アーシャさま。遅れて申し訳ありません」

授業のために巻物や書籍を抱えてウェアレルがやって来た。

「ううん、僕は錬金術の一環でこれを日の当たる窓辺に置こうと思って早く来ただけだから」

僕が見せるビーカーには、白濁した水溶液。ビーカーの上には糸を結んだペンが差し渡してあって、糸の先は水溶液の中に浸っている。

「それはいったいなんの実験ですか？」

ウェアレルは授業の準備をしながら、窓辺に置いたビーカーに視線を向けた。

「元は蒸留水だね。僕が蒸留装置を使って作った、いわゆる錬金術の産物だよ」

蒸留水は、液体を気体にして、また液体にすることで不純物を取り除くという理科実験でもおなじみの手法だ。

「その蒸留水の中には塩を溶かしてあって、蒸発すればこの糸の先に塩の結晶ができるはずなんだ。もう一つ、ウェアレルに教えてもらった魔法で作った水でも同じことをしてるんだよ」

魔法で作る水は、蛇口を捻るように手を動かして生成した。

僕はまだ初歩しか魔法を教わってないけど、慣れるためにプログラム言語のような呪文が必要だと言われてる。

けど魔法使いで家庭教師のウェアレルは、僕の年齢に見合わない賢さから、もっと簡単なコツを教えてくれた。反復練習と呪文は、魔法が望むとおりの現象として起こるよう想起させるためなんだそうだ。

イメージが固まらないとまず水として現れないし、疑いや迷いがあると持続しない。つまりは元から水が適量出るイメージがある僕には、こっちのほうがやりやすかった。

「魔素量を測る試験紙を使ったら、魔法で作った水には反応があったんだ。見た目がただの水なのに、性質に違いが出ているなら、そこからさらに同じ手順で別の物質を生成すると、違いは出るのかなっていう比較実験だよ」

僕はエメラルドの間で、本は借り物のまま錬金術で遊んでいる。それでもなかなか真面目に錬金術してると思う。ウェアレルのお蔭で器具だけは揃ってるから、趣味にしても本格的だしね。

で、問題はこの世界には魔法に関わる魔素という、科学では説明できないものが存在すること。

僕が知る科学に通じる錬金術とはやっぱり違う。

器具の中には魔力を注ぐことで起動させるものもあれば、密閉した容器の中に魔法を発生させて化合させるという、とんでも実験のやり方もあった。

「火を使った器具の操作は大丈夫ですか？」

「大丈夫だよ。何をするにもこうして混じりけのない水を作るのが基本工程だから慣れないと。錬金術の本にも細かくして綺麗にしろって書いてあるしね」

錬金術の本は、すごく詩的だ。いっそ妙な薬で幻覚でも見たんじゃないかと思う形容で書かれていたけど、読み解いてみれば実験を行うには当たり前の指示だった。結果を左右する不確定要素は抜いて行く。これは科学でも言えることだ。

塩も同量になるようにちゃんと秤と分銅を使ったしね。

「それに今日もイクトが、怪我がないように見守ってくれているし」

ずっと無言で僕について来てたイクトは、授業の邪魔にならないよう壁際に移動してる。

「そうですね、今日の授業は大陸東の地理についてなので、イクトどのにもお話を聞きましょうか」

「おや、我がニノホトについても授業されるのかな？」

イクトは大きくて重そうな本を開くウェアレルの側に、書見台を移動させに動く。ウェアレルが持ってきたのは豪華な装丁の本。帝室図書館にあって恥ずかしくないしつらえだ。

「アーシャさまもイクトどのの国に興味を持たれると思い、こうして絵図のある本を借りて来ました」

開いた本には、港町らしい風景を描いた挿絵が見開きで載っていた。色々大袈裟に描かれてるけど、平屋に近い建物は瓦葺《かわらぶき》っぽい。

イクトの名前から思ってたけど、ニノホトってやっぱり和風の国なの？

「イクト、トトスって名はこのニノホトの家名？」

「いいえ、こちらで爵位を受けるにあたって作りました。私のニノホトでの名前は、イクザエモン・トシアキ・トードーと申します」

「イク、ト、ト？」

ウェアレルが聞き慣れない様子で呟き、獣耳を揺らす。

「えぇ、こうして私の名前が聞き取れない方が多かったので、そこからもじってイクト・トトスとこちらの名前を作ったのですよ」

イクト、思ったより和風ゴリゴリの名前だった。珊瑚色の髪とか、肌が青っぽくてファンタジーなのにイクザエモンさんなのかぁ。

「ただ海人という人種の故地は、ニノホトより南、チトス連邦になります。昔は小さな国々の集まりで、帝国の支配下になってから連邦を築きました。すでに学んでおられますか？」

「えっと、イスカリオン帝国主要十二か国の国だよね、チトスもニノホトも」

「はい、そのとおりです。帝国傘下になるまで交流のなかったニノホトとも今は交易を行い、移住もあります。そのため私はニノホト従来の人族ではありません」

滔々と語るイクトに、ウェアレルが本気交じりに笑う。

「イクトどのは教師役もできますね。やはり知る者の言葉のほうが耳に馴染む。ニノホトに限らず、大陸東部は帝国を築いた帝室の故地。アーシャさまも知っておくべきです」

こうして今日は、イクトを補助役に社会科の授業が始まった。うん、魔法の家庭教師なんだけどね、ウェアレル。管轄外でもきっちり教えてくれるんだ。

「今帝国のある大陸中央部は、長く未開の地でありました。その理由は先日学びましたね？」

「四方を山脈に囲まれてて、その山を越える道がなかったからだね」

「はい。そして人族は昔、東のほうに住む種族でした。今では大半が大陸中央部に住んでいます。ニノホトは帝国を除き一番人族の多い国家ですが、帝国樹立以前は小国でしかありませんでした」

「それで主要国って、他の国は残ってないの？　大陸中央に移ってしまったってこと？」

僕の質問に、現地で育ったイクトが答える。

「実は東は災害が多くてですね。帝国ができてからは壊滅した都市を復旧させるよりもと、中央部に移る人族が増加したそうです。さらに人が減ったところに毎年のように海からも山からも地下からも天からも災害が襲いまして」

「……………それ、逆になんでニノホト残ってるの？」

「一番災害に強かったんでしょう。台風だ、土砂崩れだ、噴火だ、大雨だと騒ぐんですが、翌日には復旧に向けて働きだすという。じっとしていられない性分もあるかもしれません」

僕の前世も似たようなものだけど、こうして他人から聞くと大変そうだ。

大陸東は自然災害の多発地域のため、山脈越えの難行をしてでも、新天地を見つけたかった先祖の苦労がしのばれる。

(けどこれだけ和風要素あるってことは、もしかして侍や妖怪っているのかな？)

僕は好奇心を抑えられず、イクトに授業とは関係ないことを聞いてしまう。

「文化違うし、生息する魔物の違いとか、軍人や騎士の代わりになる職業とかある？」

「そこまで違いは…………ぇえと、違いと言いますか、魔法で対処できない呪いというものは知っていますか？」

僕の期待の目に圧されて、イクトは何やら不穏な単語を絞り出した。けどそこに真面目なウェアレルが指を立てて応じる。

「エルフのほうにも獣人のほうにも呪いの伝承はありますよ？」

両方のハーフであるウェアレルも、呪いは昔話のような要領で聞いたそうだ。

「それが、魔法など使えないただの生物による呪いの実例と言われている話があるんだ。蟹の呪いと言われている」

ウェアレルの反応は予想していたらしく、イクトは笑みを浮かべた。

「魔法は種族によって使える属性が違うんだよね？　海人であるイクトは水、ウェアレルはエルフの風、ヘルコフは獣人が使える身体強化の魔法。そして人間は魔法を極められはしないけど、全部使えるという特性がある。それなのに対処できないの？　呪いと魔法って別？　魔法使えなくても呪いは使えるの？」

僕が興味を持ったことで、イクトは咳払い一つして話し出す。

「では僭越ながらお耳を拝借。――ある所に蟹好きで毎日蟹を食べないと収まらない男がいた」

その男は毎日まいにち蟹を食べ続け、ある時、蟹を触ると体中が赤く腫れ始めたそうだ。周囲は止めたが男は蟹を食べることをやめられず、なおも蟹を食べては息を切らし、食べては眩暈を起こし、食べては吐いて、ついには死んでしまったという。

「これが小さな命にも長く無体を続ければ、呪うほどの一念を生じるという戒めの昔話になります」

「恐ろしいような、そうでもないような？」

イクトとウェアレルは教訓話として受け止めたようだけど、僕には違うように聞こえた。

（それ、アレルギーじゃないの？）

甲殻類アレルギーって大人になってからなる人もいるとか聞くし。この世界にもアレルギーがある上に、魔法じゃどうしようもないらしい。

「錬金術ならどうにかできるかな？」

僕は窓辺で塩の結晶を作ろうとしているビーカーに目を向け、新たな可能性の予感に、そう呟いたのだった。

＊＊＊

僕は第一皇子であるために、それだけで政争に巻き込まれる。そうと知ったのが錬金術という趣味を見つけてからだったのは、僥倖だったのかもしれない。

「魔法で作った水の結晶のほうが小さいし、形が悪いな。うーん、結晶ができる条件も揃えたほうが良かったのか」

僕は蒸留水と魔法で作った水で作る、塩の結晶の成長の違いに唸る。

「これはこのまま大きな結晶になるように、継続して日当たりのいい窓辺に置いておこう。それで……………うん、おかしいな」

僕は金の間に置いていたビーカーを窓辺に戻し、隣にある青の間の区画に向かう。僕を見守るためついて来ていたハーティも、無人の青の間に首を傾げた。

「アーシャさまの朝食も終わったというのに、まだ誰もいらしていないなんて」

ここは家庭教師であるウェアレルとヘルコフ、警護のイクトが待機場所にしてるのに、まだ誰もいない。そう話していたら、折よくドアがノックされた。

「アーシャ殿下。着任が遅れましたことお詫び申し上げます」

イクトがまず謝罪し、ヘルコフが分厚い肩を竦める。

「どうも俺ら、殿下のことを探られたようでしてな。軍の時の同僚に声かけられましたわ」

「僕？　誰から？　イクトとヘルコフはともかくウェアレルはここに知り合いいるの？」

探られても痛くないし、特に野心もないし帝位に興味もない。ただ僕を利用しようという人がいるのは聞いてる。弟のテリーにつく警護が疑心暗鬼で僕に剣を向けそうになったことも忘れてない。

「以前学園で教えていた貴族子弟がいないこともないですが。私に声をかけて来たのは魔法を専門とする宮廷学者でした」

ウェアレルは困ったように獣耳を下げる。

「何聞かれたの？　探るも何も、僕は何もしてないよ？」

側近たちは顔を見合わせた。

「六歳にして魔法を学び出したことを話しましたね。とても賢い方だと」

「骨柔いし、剣術は早いんで動きの練習だけってのは言ったな。頭いいってのも言った」

「何ごとにも意欲的な方ということはお話しました。賢明であることも」

褒める方向に話をしてくれたらしいけど、それはよろしくないかも？

「探った人たちに僕を利用するような考えはありそうだった？　それだけバラバラに声をかけてるってさ、これが一人の声かけで動いてるとしたら面倒かもしれないよ。それだけ職業的に多様な人を動かせる人物なら、影響力もあるってことだよね」

僕自身はいいけど問題は父だ。

「陛下が帝位に就いて三年。ようやく色々手を出せるよう、地盤を固めて動き出してるのに。足を引っ張りたい人が僕をテリーの対立候補にしたくて探ることもあるでしょう？」

そうなると褒められては困るんだ。僕のほうが優秀で皇帝になんて騒がれてもうっとうしい。妃の実家の公爵家はだいぶナイーブになってるみたいだし。それをさらに刺激して、僕を気にかける父の動きを鈍麻させる狙いもあるかも。

「「「「……………その賢さが…………」」」」

ハーティをはじめ全員の声が重なる。言われた僕だけじゃなく、本人たちも驚いていた。

「えっと…………僕、今目立つことしてる？　部屋に籠ってるほうが多いんだけど？」

するとウェアレルは咳払いを一つして懸念を上げる。

「図書利用は記録に残っています。それを見ればアーシャさまが大人でも驚くほどの書籍を読んでいらっしゃるのは目に見えることでしょう」

「あ、なるほど。…………図書利用、控えます」

僕は断腸の思いで告げる。ただ言ってて自分で落ち込むなぁ。それでも家族の足を引っ張るくらいなら我慢しよう、うん。僕はお兄ちゃんだ。分別あるよ。

「僕は目立たない方向で過ごすよ。みんなもそういう風にお願い」

「よろしいのですか？」

なんだかハーティがすごく悲しそうな顔で確認してくるけど、僕は改めて言葉にするのも照れくさくて、微笑み返した。

「だって邪魔はしたくないんだ」

僕の気持ちを聞いた側近たちは黙る。わかってくれたようでそれ以上は言われなかった。ただ、僕さえ我慢すれば上手くいくなんて考えは、甘かったようだ。そんな風に軽く構えてたらやられた。

「え⁉　イクトに配置換え⁉」

突然の話が舞い込んだのは、目立たないようにって話してから何日も経っていない時だった。

「アーシャ殿下に挨拶もなしで意向を聞かないのはおかしいと抗議しました」

「それでイクト、僕の警護のままでいられるの？」

聞くとイクトは渋い顔をする。

「難しいでしょう。確かに私は陛下のお声かけでここにいます。ですが宮中警護の人事権は長官が持つものなのです」

「その長官は誰？」

僕に答えたのはウェアレルだった。

「ストラテーグ侯爵でしたね」

「派閥としては中立、ユーラシオン公爵寄りと言ったところでしょうか」

ハーティが補足をしてくれるけど、その名前はうろ覚えだ。

「ユーラシオン公爵って、確か先代皇帝の弟が建てた公爵家の？」

「そうですよ。先代が自分の子供をどうしても皇帝にしたいと病床でごねなければ、先代の甥である今のユーラシオン公爵が帝位に座っていたでしょうな」

ヘルコフが包み隠さず内情をばらす。そんな裏事情知らなかったし、教えてもらえたからこそ見える繋がりがある。

「父の決めた人事に介入することで、ユーラシオン公爵に利益ってある？」

側近たちは顔を見合わせて、ハーティが答えた。

「すぐさまの利益はございません。ですが、現皇帝の決定を覆したという一つの弾みとして派閥を増やし、対抗勢力として成長するきっかけにできないこともないかと」

「それってストラテーグ侯爵に利益は？」

「個人的に伯爵家育ちと見下す陛下に口出されたのが面白くなかったか？」

ヘルコフの推測に、実物を知るイクトが首を横に振る。

「いえ、ユーラシオン公爵の下につくよりも、独自に小さくとも堅実な自らの派閥を作る手合いです。冷徹な面もあるので、全く益のないことはしないでしょう」

「イクトから見て手堅いんだね。それにユーラシオン公爵が絡んでるとも断定できない」

僕が侯爵の人物像を思い描いていると、ウェアレルが指を立てた。

「では、これはアーシャさまの出方を窺う試し行為ではないでしょうか？　唯々諾々と受け入れる皇子であるか、それとも自ら動いて阻止するだけの気概ある皇子か」

「そう言われると、従ってたほうが目立たなくていいんだろうけど………」

僕は前言撤回する自分の早さに笑う。

「これは放置しておけない。そういう職務上の特権使って僕に手を出す者がいるとなれば、今後も他に出て来る。だったら最初で過剰なくらいやり返して次がないようにしたい」

「よろしいのですか、アーシャ殿下？　またよからぬ噂にお耳を汚すこともあるかと」

イクトは僕が傷つくことを気にしてくれるようだ。

確かに、異常に警戒されるのは楽しくないし不愉快だ。弟と会ったのがそんなに悪いのかと怒りたくもなる。

「ただ今回は、今後そうした害のない声だけに留めるためにも動かなければいけないと思う。今に固執するより先のために、ね」

「そう言われるなら、策があるんですかね？」

ヘルコフが何処か面白そうに聞いて来た。

「陛下にお会いしに行くよ。ハーティ、着替えを手伝って」

「え!?　今からですか？」

ハーティが驚く姿に、僕は別の問題を思いつく。

「あ、何処にいらっしゃるか調べないと」

「それでしたら、陛下のいらっしゃる区画に警護がいるので見ればわかるかと」

宮中警護だからこそ、同輩が何処で仕事をしているか知っているイクト。

「それじゃ、イクトだけついて来て。いざとなったら妨害あるだろうし」

「それなら俺が」

言いかけるヘルコフを押さえてウェアレルが前に出た。

「あからさまに強そうなヘルコフどのより、見た目で侮られる私のほうが虚をつくには適任かと思いますが？」

わー、僕の側近たちがやる気だー。けど連れて行くのは一人でいいんだよ。咎められるようなことになったら僕は庇えない。

だからイクトは警護として、職務どおり僕の独り歩きについて来ただけってことにする。そして他の三人は何も知らず待機していただけにしないと。

「なりません」

勇んでやってきた僕に、父の部屋の前に立つ近衛兵が取次もせず面会を断る。ここに来るまでも無闇に止められ、妨害され、追い返されそうになった。まさか扉の前で来訪も告げられないとは。

この近衛兵とは初対面なんだけど、最初から何も受け入れる気がないようだ。

「陛下に取次ぎをしてと言っているだけで、何故いけないの？」

「ご公務の邪魔をさせるわけには行きません。ましてや先日問題を起こされた方など論外です」

「…………急用で」

「何をするかもわからない方をお通しはできませんし、陛下にそのような許可はいただいておりません」

向こうも面倒そうに適当な言い訳でこっちを責めるし、礼もとらず上からだ。完全に僕を皇子として見てないから公爵系の人らしい。

そう思うと面会に同行するおかっぱの側近、最近睨まなくなったな。

「…………そう。聞いてないから急用でも僕を通せないと言い切った君の名前は？」

「お教えするいわれがありません」

うわ、後から言いつけられて困ることしてる自覚あるじゃん。これは頭来た。だったらこっちも無道なことしてやる。

「イクト、ちょっと――」

僕はイクトを呼んでこれ見よがしに耳うち。近衛の視線はバッチリ僕たちを見てる。その上でイクトに指示を出すと、困った顔をされたけど、僕はすぐに行動に移った。

「よいしょ」

「は？」

僕は上着を一人で脱ぐ。ハーティが皇帝に会うからと、豪華な飾りのついた物を選んだんでちょっともたつく。

「そんなに怪しむならどうぞ、確認して」

僕は脱いだ上着を近衛に渡すけど、もちろん受け取らない。そのせいで上着は床に落ちる。近衛は困ってイクトを見るけど、イクトは僕の指示で背中を向けていた。

そうしてる間に首に巻いたスカーフみたいなものを脱ぎ、こまごまとした飾りも渡す振りをして落とす。さすがにこんな奇行を目の前でされると、近衛も守るべきドアの存在を忘れた。

瞬間、イクトが勝手にドアを開ける。そこは控えの間で宮中警護がいるだけらしく、父はさらに奥の部屋だ。

「すぅ………アーシャ殿下！」

イクトはあえて室内に向かって僕を呼んだ。近衛も宮中警護も訳がわからないようだけど、聞かせたい相手には聞こえたようだ。控えの奥の部屋から父が飛び出して来た。

「アーシャがどうした⁉」

イクトの顔を見てすぐさまやって来てくれた父だけど、僕の姿に言葉を失う。

シャツって肌着みたいなもので、人に見せない姿なんだよね。つまりシャツ一枚で廊下にいる僕なんて、明らかに異常事態だ。

「ご無礼を承知で参上させていただきました。この者がどうも僕を危険視するので、何も危ない物は持っていないと示すためにこうなりました」

「なんだと………？」

静かに呟く父の声には怒りが籠っており、睨まれた近衛兵は今さら廊下に落としたままの服や装飾を拾い集める。

「ともかく入りなさい。お前は隊長の下に出頭しろ」

軍経験のある父は慣れた様子で命じて、近衛から僕の服を奪い、上着をかけてくれた。そのまま控えの間の奥にある執務室まで僕を入れて、室内に呼びかける。

「すまない、もう少し待ってくれ」

どうやら誰かと面会中だったようだけど、僕の名前を聞いて駆けつけてくれたらしい。邪魔して申し訳ないとは思うけど、少なからず嬉しかった。

室内にいたいつものおかっぱ側近は、さすがに急で父を止められもしなかったようだ。

「手短に済ませますのでお聞きください、陛下。実はイクトが配置換えと聞きました。陛下がお決めになったことで良いのかと尋ねに参った次第です」

「そんな話は聞いていない。どういうことだ、ストラテーグ侯爵？」

おっと紫の髪をした面会相手が、くだんのストラテーグ侯爵だったらしい。

なるほど引き締まった体格で、髪も長いのを香油で固めるんじゃなく、さっぱり短くしてる。そして父に聞かれても微塵も動揺しない。

「宮中警護は五年以上同じ場所にいることは少ないのです。三年、短いと二年ほどで配置換え。時期としてなんら特別なことではないのですが、問題がありましたか？」

しれっとしてるけど、それならイクトが急な、なんて言わない。

「イクトはアーシャが懐いているし、私も信頼を置いている。このままイクトでいい。それで問題はないか？　必要ならイクトも私の下に置くが？」

「いえ、現状と変わらないのならば何も問題はありませんな」

父なりにストラテーグ侯爵の立場を慮っての発言だけど、僕としては皇帝のお墨つきなので満足のいく結果だ。

「ただ、いささか部屋の広さに対して人員が不足していることが以前より問題になっております。増員も配置換えと共にする予定でしたが、そちらは如何しましょう」

「ふむ、そうか」

父も僕を思って納得の上で一考してしまう。

これはまずい。余計な人間送り込まれるフラグだ。

どうやらストラテーグ侯爵、なかなか転んでもただでは起きない人のようだった。

＊＊＊

イクトの配置換えを止めに行ったら、ハーティを泣かせてしまった。

「アーシャさまは陛下のご子息です……なのに、何故父である陛下にお会いすることを邪魔されなければならないと？　これ以上何を我慢させるのです……！」

ハーティがハンカチを濡らす心情は想像できる。母も亡く、父も多忙で会えないだけでも叔母であるハーティにとって、僕は不憫な存在だろう。

そこに皇子の身分と大人の思惑が絡み合って、僕を助けられない悔しさに涙している。

ただ前世であまり家族仲の良くなかった思い出のある僕は、今の状況は適度な距離として不満がない。六歳のアーシャとしては父ともっと話したい気持ちはあるけど、周囲を困らせてまでと思えば、自制が利く。皇帝である父の邪魔をするほうが嫌だし、嫌がらせをする大人に自分から近づきたいとも思わないんだ。

「ハーティ、今回は得るものがあったよ。陛下が僕と緊急の連絡のための要綱を作ってくれるって」

ただでは起きない大人がいたから、僕も尻馬に乗ってみた。ただ僕を阻んだ近衛は父に睨まれたようだから、今度はそっちで悪評が立ちそうだ。

実は僕に剣を向けようとした宮中警護三人は、その一件を元に辞職してしまっている。父の怒りもあり自主退職なんだけど、なんでか僕が辞めさせたって噂になっていた。

今回の近衛も辞職となれば、僕のせいにされる気がする。近衛兵なんて父の周囲にしかいないから、即座の実害はないんだけどね。

「ただストラテーグ侯爵には目をつけられたかもしれない。アーシャ殿下のお側に宮中警護を増員することを陛下に求めて許された」

「増員だったら問題ないだろ？　そこらの出入り口に立ちっぱなしにさせとけ。宮中警護なんてそれなりの生まれの奴らが見栄え気にしてやる仕事だ。四人も回されやしない」

イクトの言葉にヘルコフは軽く答える。笑うと牙を剥いたような表情になって、猛獣顔が強調された。

「近衛兵なんて軍からすりゃお飾りで、宮中警護なんてただ剣を吊るすこと許された実戦知らないお坊ちゃんですよ、殿下。あ、イクトは除く」

「えぇ、まぁ。あの方々と同じにされるのはちょっと。権威主義的な者は多いので、ここに多くを配置するのはストラテーグ侯爵でも反発があるのは同意します」

実戦経験豊富な僕の側近からすれば、そういう認識らしい。

「逆もあり得るかも知れません。ストラテーグ侯爵の肝入りを送り込む可能性も考えるべきかと」

ウェアレルは楽観を戒めるように意見を挙げた。

「ストラテーグ侯爵が動く一番の理由は、このところ錬金術を行い散歩も控えられたアーシャさまの実態がつかめないことにあるのではないでしょうか」

確かに、宮殿に出入りしてまで政争をする貴族からすれば、僕が帝位を狙っているかどうかは大問題だ。そして僕がどう思ってるかは関係なく、疑う大人たちの猜疑心は深まるばかりだという面倒な状況。

「うーん、これだけ押し込めておいてまだ疑うのか。ねぇ、ストラテーグ侯爵って僕に帝位への野心があるとしたら止める？　それとも利用する？」

「政治に詳しくはないが、今の権力保持して育てるなら陛下の治世を盤石にするでしょうな。そう考えれば、後ろ盾の弱い殿下が前に出ることはあまり喜ばんか」

ヘルコフは自答するように、爪のある手で自分の顎を撫でる。

これだけ話して僕自身とストラテーグ侯爵に接点が上がらないなら、変な勘繰りをしてるのかな？　そしてその真偽をストラテーグ侯爵自身わからないと。

だから信頼できる情報を得るためにも、手の者を送り込むという可能性は高くなる。

（いっそ逆にストラテーグ侯爵という人の方針を探って……………うん、そんな政争みたいなこと僕までやってどうするんだか）

僕は頭に浮かんだ大人らしい考えを放棄する。今は錬金術を趣味に、帝位から遠ざかる第一皇子であればいい。

いつか僕に野心がないと認められれば、またテリーと会えるかもしれないんだ。その時のために庭園の珍しい植物を予習しておこうかな。今度は虫で泣いてしまわないように注意もしないと。

邪魔な人は増えるけど、その間大人しく去るのを待てばいいはず。なんて、思っていたのはどうやら甘かったようだ。

ある日、イクトを呼びに宮中警護が一人、わざわざ左翼棟にやって来た。

「私をストラテーグ侯爵が呼んでいる？」

「本人確認が必要な書類があるらしくてぇ。いやぁ、トトスさんが勤務時間より前にこっち移動してるから俺無闇に捜しましたよぉ」

青の間で、宮中警護の者が軽い口調で話しているのが聞こえる。本館に通じる階段のある扉を開けたまま喋ってるのは、相手が開けた扉にだらしなく手をかけてるから。

青の間にいた僕から見えるのは、二十代前半の若い顔。あまり見ない金髪が見えたと思ったら、不躾に室内を見る黒い目のほうが特徴的だった。

「では向かう。君も………」

「あ、俺は一人しかいない警護のトトスさんに代わって皇子さま守るように言われてるんで、どうぞどうぞ」

出て扉を閉めようとしたイクトと入れ替わるように、するりと入ってくる。

「どうも。というわけで警護するレーヴァン・ダフネ・ヤーニ・ミルドアディスです、よろしくぅ」

害意ないような軽い口調で名乗るレーヴァン。けれど僕は入室を許可してないし発言も許してない。これは完全にマナー違反だ。

というかあからさまに僕を下に見てると思うべきだろう。このレーヴァンをあえて送って来たとしたら、予想以上にストラテーグ侯爵も嫌な人選をしてくれた。

売られた喧嘩にしても舐めている。こちらが我慢するだけ増長する手合いに見えた。

ともかく上司の呼び出しなので、イクトにはストラテーグ侯爵の下へと向かってもらう。もちろん向かう際にイクトが睨み利かせたんだけど、レーヴァンは不躾な言動をやめる気はないようだ。

「それじゃ警護のためにまずは見回りをしますんで。無駄に部屋が多いったらないですね」

「必要ございません。早朝にわたくしが行いました。警護を名乗るのでしたら無駄なことはせず壁際にいてください」

「いやいや、ご婦人一人じゃあねぇ？　こっちは専門だから危険な場所とかね、ほら」

「逆に賊でも侵入していればわたくし一人を狙わない意味はないでしょう」

ハーティが応対するけど、不愉快な言動を改めない。しかも警護対象の僕のことは無視し続けている。

「ハーティ、青の間以外の施錠をお願い」

「かしこまりました、アーシャさま」

対応に倣って僕もレーヴァンを無視してハーティに声をかけた。するとレーヴァンは邪魔するようにハーティの前に立つ。

「それこそ警護の俺がするところでしょ。さ、鍵を」

「この鍵はわたくしが陛下の名の下にお預かりしたもの。あなたには権限などございません。控えなさい」

「わぁ、こわぁい。そんな余裕ないと新しい旦那捕まえられないですよ」

ハーティが未亡人と知っていて、おちょくる姿に温厚な僕も怒《おこ》です。

だいたい娘を抱えて出戻りするも、実家の子爵家はすでに兄の代で養育もままならず、そこに僕の母が父と相談して乳母になってもらったんだ。両親にとっても大切な人なのに、それを馬鹿にするとは許し難し。

「ハーティ、行って。僕は音楽の用意をしておくよ」

言いながら椅子を立って、ハーティとは反対に動く。さすがに対応すべき対象として僕と迷うレーヴァン。その隙にハーティは、まず僕たちがいる青の間の施錠をしていった。開いてるのは金の間のグランドピアノが置いてあるサロン室に通じる扉だけ。

本当は別の座学だったけど、置き去りにされたグランドピアノを使った音楽の授業が、一番口出しされないと思って変更する。

ただハーティがいない間に、金の間でも勝手に家探しをするレーヴァン。本人曰く警護のための見回りだというけど、どう見ても泥棒の家探しだ。

(本当に面倒でうっとうしいな。怒らせて失態を引き出したいのかもしれないけど)

音楽の授業を始めても勝手に動いたり口を出したりが続いたけど、一つの音で事態が動いた。

青の間のほうでノックはしたけど、入ってくる気配がない。

「誰か来ましたよ。さ、行って行って」

「何故あなたとアーシャさまを二人にしなければいけないのです」

「いやぁ、ご心配なく。俺だって子供のお守りくらいできますんで」

いつもこれくらいならイクトかハーティがすぐに対応するんだけど、今日はレーヴァンがいるし、イクトはいない。

「大丈夫ですって、何をそんなに警戒してるんですかねぇ？　それとも来ちゃいけない人来ました？」

「そう思うのでしたらあなたが開けてよろしいのですよ」

「やだなぁ。俺は警護ですって。ここから離れるわけにはいかないじゃないですか」

「ハーティ、行って。ヘルコフじゃないかな」

僕は促しつつ、青の間に続くドアとは反対の窓へ移動する。ハーティは不安そうにしながら、僕の指示に従って金の間を出た。

「あの軍人上がりの熊さんか」

言いながら、レーヴァンはさっそく物色しようというのか部屋をじろじろ見て回る。勝手に戸棚を開けるけど、からだ。元から物は少ないのでここにはピアノと椅子とテーブルくらいしか物がない。

「こんなにあからさまに物減らすって、何か隠してるって言ってるようなもんですよ」

変な勘違いされたみたいだけど、気にせず僕は窓辺に置き忘れたビーカーを取る。

「なんです、そのガラス？」

ビーカーを知らないらしい。理科の授業なんてないだろうから初めて見たのかな。中には摘まめるくらいの大きさの塩の結晶ができていたから取り出した。

「透明な石？　何かの呪術ですか？」

うん、馬鹿にした口調でうるさい。

そんな苛立ちとうっとうしさに追い出しを考えてたら、ヘルコフが来たんだよ。その上、ハーティを応対させて、二人きりの状況を作るようなことをレーヴァンから言い出した。

これは使うしかないと思ってね。

「こうかな？」

計りつつ、僕は硬い石造りの暖炉へ向かう。そして無心になってビーカーを振り下ろすと、激しくガラスが砕ける音が響いた。

（それはいいんだけど失念していたな……うん、レーヴァンの間抜け面を見られたなら良しってことで！）

僕は手から流れ出す血を見下ろして、強がりを胸の中で叫んだ。

「なんだ今の音は⁉」

「アーシャさま！　アーシャさま⁉　血が！」

青の間のほうからヘルコフとハーティが駆け込み、僕の手の傷に目を瞠る。

「どういうことだ貴様⁉」

「え、俺は、何も……！　うぐぅ⁉」

ハーティが僕の左手にどんどん血が滲むのを見て悲鳴を上げると、ヘルコフはすぐさまレーヴァンを締め上げた。そのまま頭に血が上ったヘルコフによって、レーヴァンは床に組み伏せられる。

さすが僕の剣術指南予定の元軍人。流れるように無力化した。レーヴァンも唯一剣を持ってるのに抜く暇も与えられない。

痛そう。けどこっちも最初は適当に受け流して追い払おうとしたんだけどね、うん。

「ストラテーグ侯爵がわざわざ寄越した警護と二人きりでこの怪我は、ちょっと問題だと思うんだ」

僕はよりによって塩の結晶を作るために、高濃度の塩水を作っていたことを後悔しつつ笑顔で告げた。

僕の嫌みに床からレーヴァンが顔を顰《しか》める。僕も顰めたい。割ったビーカーの中身の塩水がすごく痛い。けど今は虚勢を張る時だ。

「さて、医師を呼ばなければいけない。けれど僕も騒ぎになるのは本意ではない。このことをヘルコフと一緒に侯爵へ伝えて。そちらから医師を連れてきてくれたらいいな」

ちょっとハーティが僕を睨んでる。これは後でお説教だ。ヘルコフも僕の自作自演と気づいて溜め息を吐いた。

「おら、行くぞ。お前が警護のくせして怪我させたことには変わりない」

「今、今の！　無理くない!?」

「うるさい！」

ヘルコフに引き摺られてレーヴァンは退場。時間がかかるかと思ったら、塩水洗い流して傷の具合を見ている間にヘルコフは戻った。

レーヴァンももう一度現われ、イクトもいれば紫髪のストラテーグ侯爵もいる。あと医師らしい鞄を持ったお髭のおじさん。

「この度は、申し訳ございませんでした。こちらの人選ミスです」

医師に手当てされつつ、ストラテーグ侯爵はあっさり非を認めた。まぁ、実際送り込んだ警護と二人きりで六歳児が怪我だ。しかも左手でやったせいで力加減下手で案外ざっくりやってる。

父との面会までに治るかって医師に聞いた途端、ストラテーグ侯爵は謝った。別に素直な疑問であって、脅しじゃなかったんだけどね。責任問題として皇帝に知られるのは避けたいんだろう。

「全く礼儀もなっていなければ挨拶一つまともにできない方を寄越すなんて」

ハーティは僕への怒りも込みでレーヴァンの素行の悪さを挙げ連ねる。もちろんレーヴァンのほうから僕と二人きりになったことも責めており、僕は極力黙っていた。レーヴァンもうるさかったのが嘘のように、真っ直ぐ立って反論ひとつしない。

こうしてレーヴァンという無礼な警護は、ストラテーグ侯爵の謝罪つきで追い返すことに成功した。その後は、僕がお説教の時間になったけどね。

「自分で割るなんて！　なんて危険なことをなさるのです！」

「しかも塩水って！　殿下、痛いならそう言わないと！」

「私がいない間に何をなさっているんです⁉」

ウェアレルも来て、お説教する人が増えてます。

そしてストラテーグ侯爵と一度出て行ったイクトが、戻ってきて言った。

「色々言っていたので、殿下の行いは推測が立ちますが。それはそれとして今回のやり方が乱暴だったもので、アーシャ殿下周辺の警護を配置する際の裁量権をもぎ取ってまいりました」

どうやら無茶した甲斐はあったようだ。これで僕の平穏は保てそうで良かったよかった。

その後、四人がかりでのお説教になった、僕でした…………。

二章　出会いと別れと文通と

　ストラテーグ侯爵が手を出した理由は七歳になってからようやくわかった。

「ストラテーグ侯爵の政敵？　その人が僕に近づこうとしてるって、なんで？　僕、皇帝の四人いる皇子の中で扱いも帝位の継承権も一番下だよ？　近づいても旨味なんてないでしょ？」

　疑問符しか出てこない。けど、そう教えてくれたウェアレル、ヘルコフ、イクトの三人も否定できず苦笑していた。

　どうやら急な配置換えで裏があると睨み、ない伝手を頼って調べてくれていたらしい。正直僕の側近たちは身分が高くない。一代男爵のイクトと、子爵家出身で貴族籍があるハーティの二人が貴族。ウェアレルとヘルコフは貴族ですらないんだ。

　宮殿に知り合いだって、前職での関わりがなければいなかっただろう。

「低いとは言え継承権持ち。全く継承権もない家からすれば、万に一つの可能性を得られるチャンスといったところでしょうか」

「陛下も実際そのチャンスを掴んだ方ですしね。殿下、実は狙われてるんですよ」

　ウェアレルに続いてヘルコフが恐ろしいことを言う。

「ストラテーグ侯爵は帝国の外に姻戚もいますから、そちらのほうの権力争いの余波でアーシャ殿下を統制下に入れようと画策したそうです」

上司とはいえ、今まで直接の関わりなんてなかったイクトも調べてくれたようだ。

帝国は幾つもの国の集まりだ。帝国の傘下でも、構成する国には王がいて貴族がいる。この大陸にある国々の各法律の上に、国際法的に帝国の法があり、帝国は国際機構的なものと言えた。

「つまり、自国で帝国の権威をかさに着て勢力を伸ばしたい人にとって、重要度が低くて帝都から出しても問題のないような生まれの僕って狙い目？」

「まぁ、アーシャさま。そのようなことはおっしゃらないでください」

今日もみんなの分、朝食を運んで来てくれたハーティが、僕の発言を聞き咎めた。

朝食のメニューはひき肉を詰め込んだパイに、大量の豆や野菜、それらを覆う緑色のソース。不味いわけじゃないんだけど、なんでソースってこう上から全体にドバッとかけてあるんだろうね？

（で、わざわざ調べてくれたみんなには悪いけど、ストラテーグ侯爵の動きに関する話、もっと裏がありそうなんだよね）

伝手のない僕の側近に、今さらになって事情が伝わったのがまず怪しい。探ってるって知って、当たり障りのない遠い姻戚関係のごたごたをそれとなく流した気がする。

となると、ストラテーグ侯爵も誰かの協力者として僕に揺さぶりをかけたんじゃない？

「アーシャさま、午後の授業までの間は、今日も錬金術をなさいますか？　新しい本は借りておきましたが」

「うん！　ありがとう！」

ウェアレルに聞かれて、僕は面白くもない考えを脇に置く。

朝食を終えると、勇んでエメラルドの間へ向かった。ただこの日、僕は錬金術の難解な奥深さに遭遇することになる。

「――そちらは、なんだかわかりそうですか、アーシャさま？」

午後になってウェアレルが言うのは、僕の目の前にある一つの真ん丸なフラスコ。

口も短くて底も丸いから、三つ足の台に嵌めて置いてある。その中には微かに光る何かが漂っていた。中はほぼ真空にしてあるから空気の流れなんてない。けど揺れてるんだ。

「今のところ正体不明の物体だね。空気を分解しただけのはずなんだよ。で、わけて行ったらこれが残ったんだ。何かと言われたら、空気を細かく微細にしていった結果の残り物ってところかな」

ただの科学実験のはずが、最後に何かが残ったのは魔法のある世界だからだろうか。その何かをお湯につけてみたり、真空に近いフラスコに入れてみたりとさらに実験を施した。

結果、ほぼ反応が変わらないという、凡そ物理では説明できない現象が起きている。

「いやぁ、まずおかしいと気づける殿下の慧眼恐れ入るってところでしょう」

「それよりも空気を分解してみようという発想の妙こそ非凡ですよ」

ここにはヘルコフとイクトもいて、僕が実験しているのを見守っていた。ハーティはいったん家に帰ってるので不在だ。

「うーん、魔素かなとは思ってるけど……確証はないんだよね」

「なるほど、確かにあるとは言われていますが未だに可視化に成功した例はありません。空気を分解することで残る非実体となれば、可能性はあるでしょう」

ウェアレルは理解してくれたけど、魔法を使えても専門でないヘルコフとイクトはいまいちわからない顔。僕は本を捲《めく》りながら説明してみる。

「世界には魔素やマナって呼ばれる魔法の大元がある。種族によっては、魔素の濃い地域を好むとか言われてて、魔素に満ちてると予想外の現象も起こるんだったよね？」

この話はウェアレルが教えてくれたものだ。緑の被毛に覆われた尻尾が嬉しげに揺れていた。

「マナの地は幸運をもたらすとも言われています。マナを上手く扱うことができれば、天候をも左右できるとエルフは語りますね」

「うん、そして元から生物が生まれ持ったものは、魔力やオドと呼ばれる。これは大なり小なり生命が生まれながらに持っている力で、肉体の中で生成されるって考えられてる」

するとオの魔法が使えるイクトが頷いた。

「そうですね、魔法を使う際はまず自身の魔力を知覚するところから。資質によりますが、ひとによっては他人の魔力も感じ取れるとか。ただ魔素となると……」

「そう。そのオドに対してマナは、影響を受けて変容した時、初めて知覚されるんだ。マナは見えないけど、マナが火に変換されると僕たちの目にも見えるって感じに」

僕がイクトに答えると、ウェアレルが両手を握り締める。

「つまり！　もし本当にこれが魔素であるなら！　どんな魔法使いもあると言われながら証明できなかった魔素に関する大変な発見なんです！」

「落ち着け。殿下が言ったこと忘れたか？　目立たず大人しくだ」

ヘルコフが分厚い肉球のついた手で、ウェアレルを宥めるためか撫で始めた。

「うん、何かは知りたいけど発表する気はないかな。これだけ簡単に見つかるなら、僕が言わなくてもその内誰かが見つけるだろうし」

本を捲って魔素についての記述に目を走らせる。けれど内容は目に見えないけれどあるものとして、精神と霊の話に移ってしまった。

肉体は物質で、そこに宿る精神も物質に帰属する目に見えないもの。ただ霊は肉体に宿ってはいても、別の次元に帰属する。その別の次元は神に至るとか、宗教的な話だ。

「このまま才能を死蔵することはあっても潰えることはないでしょう。アーシャ殿下は私たちが何を言う前に自ら錬金術に興味を示された」

イクトが声を潜めて何やら言っている。本を読むふりで見ると、側近たちが顔を寄せ合っていた。

「争わない姿勢は大した自制心だとは思うが、場合によっちゃ一歩出ることで、自分の立場を確立するってこともありだろ。自衛のためにもよ」

「しっかりしてらっしゃってもまだアーシャさまは七歳。独り立ちには早いです。成人を早めて宮殿から出そうとする動きもありましたし」

過激なヘルコフに、ウェアレルが頷くんだけど、そんな動きあるなんて知らない。

僕の意志に関係なく政略は転がっていくけど、巻き込まれるのは嫌だ。皇子として生まれたからにはと言われたら黙るしかない。でも皇子として扱われてないのに責任だけ押しつけられても困る。

（いや、まず僕に自覚もないのが駄目なのかな？　けど前世は捨てられないし。そもそもなんで僕が皇子なんだか。あれ、皇子がたまたま僕だった？　あ、これは肉体の話か）

そう考えると、僕の精神は前世とどう違うんだろう？　いっそ違わないのかな。

「………我思うゆえに我あり、か」

そんな哲学が前世の世界ではあった。否定しても考えてる自分がいるんだから、自分を否定しきることはできないっていう。それで言えば肉体が違っても、精神として連続性があるなら、今の僕も前世と同じ僕だ。

（是なり）

「うん⁉」

「どうされました？」

僕が跳びあがるほど驚くと、イクトがすぐに剣を握って寄ってくる。

空耳のような声にも驚いたけど、イクトのその反応にも内心驚く。

（我思うゆえに我あり。我はここにある）

誰かの声とも呟きともつかない声は、どうやら他には聞こえていないらしい。

「………誰？」

片手で側近たちを制して問いかけると、思わぬところから答えが返った。

（我という自己を肯定し、我あれりと解釈す。故に我はあるもの。フラスコに閉じ込められしもの）

言われて、煙が声と一緒に揺れていることに気づく。うん、どう考えてもこれだ。

「…………えー？　僕もしかして幽霊でも捕まえた？」

思わずがっかりしてしまう。何せここは皇族の住んでた部屋。幽霊となれば親戚でしかない。何より魔素だったら実験に使ったけど、意識がある相手を実験素材にするのはためらわれた。

＊＊＊

壁が一面エメラルド色をした部屋で、今日も僕は錬金術に勤しんでいた。新しく本を借りて、目の前の未知を探究するのはとても面白い。

「つまり君が何かを色々調べるために刺激し続けた結果、自我が芽生えた？」

喋りかける相手は、真ん丸なフラスコの中で煙のように揺れる知性体。

（刺激と定義する仔細《しさい》を求める。自我が芽生えるとは確たる意味を説明せよ）

応答はできるけど、近くにいる一人限定。そして返答は四角四面というか細かいというか。どうも僕たちがここで話す言葉を聞いて覚えたらしく、語彙も実は少ないようだった。

このフラスコの中の我という何者か。幽霊かと聞いても我としか言わないし、どうやら本人も自己認識したばかりらしい。

フラスコに閉じ込められてるとかいうから出そうとしても、そんなことされたら霧散するって、相当不安定な存在だ。ただ喋っているとどうも、少しずつ語彙が増えてる。

「僕としては君の成長速度の説明が欲しいところだけど——あ、ちょっと待って。誰か来たってことは本を借りに行ったウェアレルかも」

僕は答えを催促するフラスコの中の我に言って、イクトに対応してもらう。予想どおり錬金術の本を持って来てくれたウェアレルだった。

「そう言えば、ウェアレル。このフラスコのことがあってから、何度も本を借りてもらってるけど、何か言われたりした？　問題がありそうなら対話だけで様子を見るけど」

僕の懸念に、ウェアレルは答えを選ぶそぶりを見せる。その間に、ヘルコフが赤い被毛に覆われた手を左右に振った。

「錬金術なんかを趣味にしてるってのが広まったみたいで。逆に錬金術系統は借りても相手にされないみたいですよ」

「その、錬金術は黄金が欲しい俗物の業であるというのが、大方の見方ですので。学術的にも近年は重要視されておらず、古い文献の残る帝室図書館だからこそ、錬金術についての書籍もこれだけ充実しているようです」

言いにくそうに耳を垂らしながらも、ウェアレルが一般的な見方を教えてくれた。難解で広まってないことや、金を作るというイメージ先行で、王侯貴族からは優雅でないと不人気なんだって。せっかく人間が作り出した技術体系なのに、もったいない。

「僕は面白いと思うんだけどね。それに黄金作れなくはないけど、相当費用対効果悪いし、本当に作りたい人は金銭面無視すると思うから俗物ってのも違うと思うよ」

「そうなのですか？　錬金術とは黄金を手軽に作れるのだとばかり思っておりました」

イクトが驚くことから、そんな認識が当たり前のようだ。それは悔しいことではあるけど、説明に対しての証明が今の僕にはできない。

理科的に言えば原子があるわけだ。その原子は陽子や中性子の数で決まる。つまりどんな物質もこの原子よりも微細な部分を分解して調整できれば黄金にできた。

ただし、これをやろうと思うと科学の発展した日本でも、巨大な装置と莫大なエネルギーが必要になり、比例して費用も膨れ上がる。そしてできるのは原子一粒。目に見えない。やるわけがない。

「これはさすがに魔法加えても、そう簡単に実現できないと思うんだよね。それとも賢者の石はそれほどのエネルギー体？　だとしたら黄金作るよりもいい活用法があるんじゃないかな……」

「アーシャさまは本当に錬金術がお好きなのですね。これらの錬金術の道具を下げ渡した者は、錬金術とは神がいかにして世界を創生したかを探る学問だと言っていましたが。アーシャさまはどのようにお考えですか？」

ウェアレルが興味を持ったらしく、そもそも論を聞いて来た。

「世界の創生、そうだね。そういうことを探ることもできると思う」

「黄金作りと世界の創生とかってのは、ずいぶん違う話に聞こえますがね？」

理科も錬金術もよくわかっていないヘルコフは、横目でフラスコの中に揺れる知性体を見る。

「魔法でも魔素を証明しようとする人もいれば、高威力の魔法を開発する人もいるでしょ。それと同じだよ。黄金作りたい人もいれば、ウェアレルの知り合いみたいに世界の成り立ちを知りたい人もいる。その中で僕は、うーん、便利に使える方法を探したい、かな？」

（仔細を求める）

大人しかったのに、フラスコの中の我がまた何か言い出した。

「まだ探してる途中だから仔細なんてありません」

言って、僕はフラスコを指先で弾く。

けどこの我、何処に思考するだけのエネルギーがあるんだろう？　記憶容量とかどうなってるの？　話す言葉は理論立ってるし肉体もなく意思疎通ってできるもの？

「あれ？　便利な可能性ここにあるな…………」

(仔細を求める)

僕がフラスコを両手に持つと、同じ言葉を繰り返された。そこに今度は金の間から声がかかる。

「アーシャさま、知的好奇心もよろしいですけれど、そろそろご用意していただかないと」

「う、はぁい」

ハーティが寝室のほうから呼ぶのに、僕は後ろ髪を引かれながら返事をした。ウェアレルたちは笑って見送るのに、一人だけ引き留める声がある。

(回答を求む)

「それは戻って来てからね。僕は今から父である皇帝陛下に会いに行くんだ」

今日は父に会う日で、実は僕の誕生月だ。ハーティに着替えを手伝ってもらいながら、普段よりもおめかしをする。

この世界、誕生日よりも誕生した月で祝う風習がある。生まれた月の内に祝うのが誕生祝いだ。

ネットも自動車もない世界だから、それくらい幅がないと祝いごともできないらしい。

「アーシャさま、喋るというあの者にご執心ですが、何かわかりましたか？」

「わからないから調べるんだよ、ハーティ。錬金術の基本なんだ」

「あのような者を生み出すのも錬金術なのですか？　私の知る魔法とも全く違いますね」

ハーティはちょっと不安そうだ。

「錬金術って名前のとおり金を作るでしょ。あれは結局、本質は同じ物だっていう真理を基に、物質を変成させる手法を探るって意味でね。金属に限らず万能薬のエリキシルを作る方法も錬金術だし、人間として真理に至って高次の存在になろうっていう神秘の探求も錬金術なんだよ」

「………………アーシャさまが読まれている本には私どもも目を通しているはずなのですが」

いつもヘルコフは訳がわからないと言うし、イクトは寓意があると詰まる。ウェアレルだけがなんとか僕がやってることと本を見比べてわかる程度の理解度だ。

理科の基礎知識って大事だね。あと文脈の裏とか、行間を読む国語力？　想像力？

ただあの喋るフラスコの中の我は僕でもわからない。

(同行を所望する)

「え？　同行って、僕にフラスコ抱えて行けって言うなら駄目だよ。…………あれ？」

今、僕は金の間にある寝室にいる。ここはエメラルドの間に通じる扉があって、フラスコの中の我は隣の部屋にいるはずだ。でも確かに、声が聞こえた。

僕はハーティに断って、着替え途中だけどエメラルドの間に戻る。そして見据えるフラスコには、揺らぐ煙が入っていなかった。

「何処に？　いや、もしかして、いる？」

（ここに）

普通に返事があった。辺りを見回しても見えないけど、どうやらフラスコの中の我は確かに僕の側にいるようだ。

「えぇ？　フラスコから出たら霧散するとかってなんだったの？　っていうか透過？　実体がないこと確定？　いや、それでも気体が物体すり抜けるなんてないわけで……………」

「アーシャさま」

「…………はい」

ハーティに強めに呼ばれて、僕は興味関心に走りそうになった思考を止める。ともかく今は父との面会で、そのために着替えだ。

「ともかく、もう捕らえておくこともできないみたいだから同行は許すけど、僕の手が届く範囲にいて。そして質問はエメラルドの間に戻って来てから。僕以外には話しかけないこと。これらが守れるなら来ていいよ」

（条件を受諾。観察行動開始）

どうやらフラスコで作ったこいつは、驚くべき成長速度を見せた上で、逆に僕を観察することにしたらしい。

「アーシャ、まずは生まれてきてくれてありがとう。そして今年も祝えて嬉しいぞ」

「はい、陛下。僕も亡き母と陛下に感謝を捧げます」

相変わらず会うと抱き上げて来る父なんだけど、僕ももう小学校一年生くらいの年齢だ。回されるのは楽しいよ、でもそろそろ子供扱い控えてほしいお年頃かもしれない。

「陛下、慎みをお忘れなく」

いつも邪魔するおかっぱの側近だけど、今日は悪くないタイミングだ。

「全く、これが一番アーシャの成長を実感できるというのに」

そんな理由で抱き上げていたのか。そうなると、僕の成長と共に歳を取っていく父は、ほどほどでやめてもらわないと腰をやってしまいそうだ。

「さて、アーシャ。今年もお前の誕生を祝って服を作らせた。気に入ってくれるといいが」

「毎年楽しみにしているんです。ありがとうございます」

父は誕生月に服をくれる。もちろん服に合わせたシャツや襟巻、小物や靴も一緒にだ。そしてそれは礼服から乗馬服、寝間着にまで至る。

これ、ハーティに父が相談してこうなった。というのも僕はこの誕生月プレゼント以外で、服を手に入れる機会がない。

後見のニスタフ伯爵が仕事をしない僕には、服を手に入れる仕立て屋の伝手さえない。服は基本オーダーメイドの上、皇子という身分から相応の格式を求められる。そのためそれなりに格のある仕立て屋じゃないと宮殿には上がれないそうだ。

だから帝室御用達の仕立て屋がついている父に、誕生月を理由に作ってもらうことになった。もちろん、父の邪魔をしないように、本当の理由は伏せてる。なんせニスタフ伯爵、父の与党なんだよ。内輪揉めほど面倒な争いはない。

「あれ？　今年は礼服、二つなのですか？」

僕は服の入った箱を開けて、二つの礼服を見比べた。礼服は毎年一つで、父に会う以外に使わない。そのため日常使いできる服を必要以上に喜んで、比重を上げていたんだけど。

「そう、その話もしなければいけなかった。こちらへ、アーシャ。――あぁ、お揃いだったのに、だいぶ色が薄くなったな」

手招かれて父の隣に座ると、頭を優しく撫でられる。実は僕の髪、どんどん灰色になっている。三歳くらいはちゃんと黒かったのに、正直白髪っぽくて僕も悲しい。

「でしたら髪粉というものをいただけませんか？　僕も陛下のように恰好いい黒髪がいいです」

「そうかそうか。用意しよう。…………構ってもやれない不甲斐ない父だが、恰好いいか」

目を細めて後悔を呟く父に、僕は本心から喜ぶ。だって髪粉欲しかった。言う機会を窺ってたんだけど、父はどうも構ってやれないほうが気がかりらしい。

「そうだ、喜んでくれ。ひと月後にルキウサリアの王族が表敬訪問に来る。その際に茶会を開いて歓迎するんだが、そこにアーシャも参加できるよう取り計らった」

「僕が…………、え、それって公式の場では？」

「緊張しているか？　大丈夫。アーシャと同じ年頃の貴族の子女も呼ぶ。というのもあちらが同じ歳の王子と姫を連れて訪れるからな。友人が作れるぞ」

いや、公式の場には変わりないよね？　え、そこで友達作り？

僕はいつもうるさい父の側近を見る。不本意そうな表情が一瞬見えた。今では睨むこともなく目を逸らすことが多くなってる。たぶん父に会いに行ってシャツ一枚になった頃からだ。

別に目が合っただけで冤罪なんてかけないのに。

それとは別に今回口を挟んでこないのは、もう決定事項だからだろう。そして礼服も作ってあるってことは、僕以外にはすでに周知されている。だったら僕が今からとやかく言っても遅い。

父は次に会った時に言えばいいやくらいだったのか、それとも喜ぶと思ってのサプライズか。僕としてはもっと早く知りたかったなぁ。

決まったことは決まったことでしょうがない。だったらそこに楽しみを探してみよう。

「それにテリーは出ますか？」

「いや、あの子にはまだ早いからな。四つではまだ礼儀作法も、…………そう言えばそれくらいにはもうアーシャは礼儀を弁えていたな」

「ハーティの教え方が上手いんです。きっとテリーもその内身につくと思います。テリーは今何を学んでいますか？」

「読み書きだな。物覚えがいいと、聞いた気がする」

「すごいですね。双子のほうは？　妃殿下のお加減などいかがでしょう？」

僕は弟たちのことを父から聞きだし、その姿を想像する。結局双子には会えずじまいで、ちょっと去年は問題起こした自覚もあるので悪い兄だ。

お手本になれないので会いたいとは言えないけど、こうして父から話を聞くだけで楽しい気分になる。弟たちは健康に元気に育っているそうだ。

「え、もう双子も性格の違いが現われてるんですか？」

「ワーネルのほうがフェルに比べて活発でな」

父も可愛い弟たちにデレデレだ、羨ましい。そうして面会はたっぷり弟たちの話を聞いて終了。

今日は荷物があるから父の侍従たちに手伝ってもらって、服飾品を金の間の使ってない控えの間に置いてもらう。控えって言う割にここも、家具が置いてないから全然広いんだけどね。

侍従たちも帰ったら、今度は僕たちだけで貰った服を片づける作業だ。

「よろしかったのですか？　アーシャさまはすでにヘルコフやイクトによって諸国の言語も修めていらっしゃるのに、そのご自身の成長を何一つ陛下にお伝えもせず………」

ハーティは憂い顔だけど、僕は楽しくおしゃべりをして祝ってもらえただけで十分なんだよね。

以前は成長について話していたけど、今はあえて言わないようにしてる。ハーティが言おうとするのも止めてた。

「言わないのは、僕自身が煩わしいことを避けて目立たないためだし、何より父を煩わせないようにするためだよ。だって陛下は父親である前に皇帝であるべき人だ。僕が何をしたなんて耳に入れても益はない」

「ですが、アーシャさまは廃れた錬金術に大きな可能性を示してくださっている。それは評価されるべき功績です」

服の片づけに来たウェアレルが話に入ってくる。

「まさか、本読むだけでどんどん錬金術覚えてくなんて思いませんでしたよ。俺は未だに何してるかさっぱりなんですけどね」

「私も難解な詩文としか。それを読み解いて本当に錬金術の工程を再現できるとなれば、才能と呼んで差し支えないと思います」

ヘルコフとイクトまでプレゼントを運ぶ手伝いをしつつ、僕が評価されないことを不満がる。

魔法込みの錬金術は面白いから、僕が色々やってみてるだけの趣味なんだ。それにまだ賢者の石もエリキシルも作ってないのに、それで才能って言われても贔屓にしか聞こえない。

「うーん、僕としてはどうして難解さから廃れるなんてことになったのか、疑問なんだよ。面白いと思うんだけどなぁ」

さすがに前世で有名だった、手を打ち合わせてバシュゥ！　ってことはできない。だからって廃れるとも思えない有用な技術のはず、なんだけど……。そう考える僕が特殊だというのは、困った顔の側近たちから察せられた。

「僕は楽しいからやってるんだし、評価は望まないよ。今は、あのフラスコの中の我を――」

「アーシャさま。陛下のお話ではルキウサリア王家の方々を招いての茶会がひと月後。今からマナーレッスンを中心に学んでいただくことになります」

「え？」

「もちろん主賓である王家の歴史、ルキウサリア王国の歴史や現状の勉強も行う必要がございます」

僕はハーティ以外の側近たちに助けを求めて首を巡らすけど、三人とも聞かないふりで衣装箱を抱えて寝室へと逃げていく。

「早速今日から貴族同士の挨拶に関するルールについて学んでいきましょう」

僕を思うからこそ有無を言わせないハーティに、嫌だとは、言えないのだった。

＊＊＊

ルキウサリア王家御一行を歓迎するのは、薔薇の咲く垣根がある庭園の一画だ。

僕は父からもらった髪粉で、頭を黒く染めて参加する。それと、髪も上げずにおろしたまま。生え際の問題もあるけど、目も成長とともに色が変わってるんだ。

元の青い色に、父の金色が差し込んだような色になってる。嫌いじゃないんだけど、珍しい色だから目立つってことで、隠すことにした。

着ているのは淡い青の上着に紺色のベスト。胸元のリボンは濃く鮮やかな青で、ズボンは黒。一揃いであることを示すように、全てに金の縁取りと刺繍が施された、手の込んだ礼服だ。

「もっと地味なのが良かったな。けどもう一つは金色に朱色だったし」

「どうあっても注目されますので。態度で害なしと思われるよう振る舞うべきでしょうね」

僕に忠告してくれるイクトは、警護として途中まで同行するけど、会場は僕一人しか入れない。

「僕に害はないよ。フラスコの中の誰かと大人しくおしゃべりするくらいだし」

「あれは…………本当に大丈夫なものなのですか？」

僕と一緒に庭園を徒歩で移動しながらイクトが疑問を呈す。

「心配しなくても錬金術のことは言わないよ。僕にとっても未知数だしね」

「悪意ある者ほど殿下に近寄り盛んに喋るでしょうからお気をつけて」

なんだか実感の籠った忠告をもらい、僕は一人会場へと案内された。

薔薇の垣根の向こうには日時計があり、その向こうに広くはないけど小さくもない棟が建てられていて、室内パーティーもできる場所だ。棟の中で飲食し、談笑ついでに帝国が誇る大庭園を眺めるという集まりになる。

さらに各所にはイクトと同じ制服が見えた。つまり今回の会場警備は、ストラテーグ侯爵率いる宮中警護らしい。

そうしている間にも、周囲はひそひそうるさい。案内は僕一人を置いて去っているし、どうして生まれた国で僕がアウェーにならなきゃいけないのか。

「はん、子供が一人でずいぶんと場違いな。いったい何処の子が紛れ込んだのやら」

「まぁ、髪色でおわかりでしょうけれど。まさか本当に出て来るなんて」

親がそれだから、一緒に来てる子供たちも同じように言い合い始めた。

「え、誰？　――あぁ、いらない皇子か。警護とか近衛とか色々辞めさせてるっていう」

「本物の皇子泣かせる意地悪な子よ。だから今まで出してもらえなかったのね」

子供でも僕の悪評しっかり回ってるんだね。辞めた人は向こうの落ち度だけど、僕がテリーを泣かせたという話が広まっているのには物申したい気分になる。

「本日はこのような歓迎をいただき――」

そして僕は一人放置されたまま歓迎パーティーが始まる。

さては僕が来たこと、父に伝えてないいな？　いい大人が職務放棄ともとれる嫌がらせするなんて。ただ僕は大人だから、主賓のルキウサリア王国の国王その人が挨拶する中、騒ぎ立てるなんてしない。本人はもちろん、一緒にいる王妃と王子と王女だとか、ここからじゃ見えないけどね。

ただ少し動くと、父の妻にして妃、テリーや双子の弟の母親である女性が見えた。実は姿見るのは三度目だ。

初顔合わせの時から、戸惑いと僕を扱いかねる様子のあった人だった。二十歳を前にいきなり三十子持ち男の後妻になったことを思えば、しょうがない。僕の中の三十男の部分がそう頷いてる。

開会の挨拶も終わると、人々に道を譲らせて父が僕を見つけた。何処かほっとした表情なのは、やっぱり誰かの妨害があると警戒してたのかな？

僕を心配してくれたのは嬉しいけど、皇帝としてはお客を後回しにしたのはちょっと駄目かもしれない。いつもの側近が不満顔だし。

「ここにいたのか、アーシャ。さぁ、私の息子として挨拶をして……………どうした？」

何やら意気込む父は、ルキウサリア国王夫妻がおろおろしていることに気づいて事情を聞く。

どうも棟に用意されたお菓子に、子供たちが群がったらしい。そしてルキウサリアのお姫さまを見失ったそうだ。警護に囲まれてる場所だから、その内見つかるとは言え親なら心配だろう。

ここは仕事中の父を煩わせるわけにもいかないし、僕が大人になろう。というわけで、子煩悩だけど皇帝としてはちょっと鈍い父に囁く。

「陛下、どうぞ賓客の憂いを晴らすことからなさってください。僕は後で良いので」

「いや、アーシャ………。その、すまない。お前も楽しんでくれていい」

父はルキウサリア国王夫妻の相手をしに戻って行った。端に寄る僕は、ちょっと困る。

「これほど賑々しい場の楽しみ方も知らない不調法者ですけど」

聞こえたらしいおかっぱの側近が顔を顰めたけど、そのまま父を追って行った。うん、余計なことは言わないでおこう。僕はそこら辺の植物と同じただの飾りです。誰の害にもならないよ。

なんて思って静かにしてたら、こっちに来る人間がいた。

青い髪で父と同年代くらいの偉そうな人と、その息子だろう紺色の髪の僕と同じくらいの少年の取り合わせだ。

「お初にお目にかかる。私はユーラシオン公爵と呼ばれる者だが、ご存じかな?」

偉そうなおじさんのほうが問いかけて、雑な名乗りを上げる。

王侯貴族の決まりの上では、偉いほうから声をかけ、許されて下は名乗るもの。つまり僕がここで名乗ると、ユーラシオン公爵が上になったことを認めることになる。

そしてこのユーラシオン公爵、面倒な立場の人なのは僕も聞いたことがあった。続柄としては父の従兄弟に当たる。つまり先代皇帝の弟の息子で、僕の下に継承権が位置する貴族だ。

宮殿にいた皇子が死に絶えた時に、皇太子候補筆頭に上がったのがこのユーラシオン公爵だったらしい。息子を帝位に就けたいと先代皇帝がごねたことで、帝位が遠ざかった人でもある。

ましてや父は血筋柄ユーラシオン公爵に劣るという、父の足を引っ張る筆頭だった。

指摘して敵対関係を明確にしたところで、嫌がらせが増える未来しか見えない。だったらここは、マウントをそれとなくかわし、なおかつ僕の無害アピールをさせてもらおう。

「これはご挨拶を…………どうも…………。そう…………おっしゃるの、でしたら…………僕の、名のりは、不要…………ですね…………？」

異様に間を置く喋りで、しかも続きがあると見せての溜めに意味はない。そして何もない言葉の終わりで、相手のやる気をゴリゴリに削ぐ。これぞ戦場カメラマンが命を懸けて身につけた処世術！

なんて思ってたら思いの外近くで、盛大にむせる音が聞こえた。

「ぶほっ、ごほ、げほ…………！」

見ると、会場の警護に見覚えのある金髪の無礼者レーヴァンがいる。こっちの宮中警護はどうやら首にならず仕事を続けてるらしい。

「へ、陛下。お鎮まりを、ぉ…………」

「お前も、声、震えてるぞ、ぶふ」

父も僕を気にしてくれていたらしい。ただ側近と一緒に挙動不審になったせいで、周りから奇異の目を向けられてしまっていた。

かくいうユーラシオン公爵とその息子は、ぽかんとしてる。僕とは本当に初対面で、悪い噂を聞いていたとしても、妙な口調は想定外だったんだろう。

たぶん僕が言った内容も良く頭に入ってない、これはチャンスかな？

「そちらの…………方は、ご子息…………でしょう、か？」

「あ、えぇ、ソート」

「ソ、ソティリオス・バシレオス・ビオノー・ユーラシオン、です」

ユーラシオン公爵親子は最初のマウントを忘れて、習い性のように答える。僕は素知らぬふりでニコニコ。何もおかしいことなどありませんと言わんばかりに頷いてみせた。

うん、案外これ使えるかもしれない。ただし普段の僕を知らない人限定だ。そうじゃないと僕以外の人に被害が出てしまう。

ただそう思えたのは、ユーラシオン公爵が僕に興味を失くして去るまでだった。いい大人の貴族が面白がって絡んできたり、子供も徒党を組んで馬鹿にしてきたり。

僕が心まで子供だったら泣いてたかもしれない事態だ。

ただ距離はあっても父がしっかり僕を気にかけてくれていたので、後から皇帝から何かあるかもしれない。けどそれは自業自得だ。

（まぁ、これで皇帝としての悪評に繋がっても嫌だしね）

僕はそう自分に言い訳しつつ、こっそりお茶会を抜け出すことにした。そこは勝手知ったる実家の庭園。宮中警護にも見つからず抜け出せた自信がある。

「ところでイクト」

「はい、お呼びでしょうか」

「なんで当たり前について来てるの？　…………じゃなくて、あの子が誰かわかる？」

元魔物専門の狩人から貴族になった、名うての腕は伊達じゃないってことだろう。そして問題の女の子。ここは見通しの悪い垣根の庭園で、向こうに見えるのは白樺の林だ。

前に迷子になって泣いてる弟、テリーを見つけた辺りだよね。そしてそこに一人、ドレス姿で泣いてる女の子がいるのはなんでかな？

「乳母どのであれば判別もつくのでしょうが。私は名ばかりの貴族でして」

「それを言ったら僕も名ばかりだけど。あのオレンジ色の髪の子、今日のお茶会のお客だよね？」

泣いてる少女は、赤毛とも金髪とも言えそうなオレンジ色の髪が綺麗な子。ドレスまで着ておめかししてるのに、こんな会場とは離れた場所で親もなく一人で泣いてるってことは、迷子だ。

「声をかけてもいいかな？」

「………………人を呼んだほうが確かかと思いますが、あちらが気づかれましたよ」

以前テリーを見つけて問題に発展したのを、イクトも懸念したんだろう。けど少女のほうが僕たちに気づいて、慌てて目元を拭い始める。

「あぁ、いけないよ。せっかくドレスを着て可愛らしくしているのに、目元を腫らしたら大変だ」

僕はハーティが持たせてくれたハンカチを出す。魔法で水を作って濡らし、冷たくして渡した。

「これで目元冷やして。大丈夫、会場への戻り方を知ってるから、君が落ち着いたら案内するよ」

少女は恥ずかしげに俯いていたけど、ハンカチを受け取ると目元を冷やし始める。

「お恥ずかしい、ところをお見せしました。ありがとうございます」

もごもごと話す少女は、黙ってるのが気詰まりらしい。

「僕のことはアーシャと呼んでくれたらいいよ。君は?」

「私は、親しい者からは、ディオラと呼ばれております」

「僕もディオラと呼んでもいい?」

「はい、アーシャさまと、私も呼ばせていただきます」

「さまはいらないんだけど、ディオラはこっちまで来たってことは庭園見てたの?」

後で僕の身分知って怒られるのも可哀想なので、さまづけは止めない。

「その、はい………。こちらの庭園を見る機会など、あまり………」

ディオラはよほど、迷子で泣いていたのを見られたのが恥ずかしいようだ。僕と同じくらいだしそういうお年頃かもしれない。

「会場の薔薇も立派だけど、こっちの珍しい草花のほうが見てて面白いと僕は思うよ」

「はい、希少なものばかりで、私も図鑑の絵でしか見たことのない花を見つけてつい………」

どうやら好奇心旺盛、そして花の話題で少し声が弾んだ。

「どれだろう? キャンディベリーはもう咲いてないか。あ、孔雀の尾羽って言う目玉のような模様の植物は見た? スターダストグラス辺りは今が見ごろかな」

キャンディベリーはベリーに似た実をつける一年草で、蜜を垂らす。孔雀の尾羽はその名のとおり、扇状の葉が特徴だ。スターダストグラスは箒星が花の中に落ちたような形から名づけられていて、すごく長いおしべとめしべが伸びている。

どれもこの庭園で育てられてる希少種だった。

「どれも見ておりません。私、ジュエルビーンズを見つけたのです」

「あぁ、あれはまだ莢《さや》が小さいから、中の豆が見えるまでは秋を待たないといけないよ」

ジュエルビーンズは見た目ただのエンドウかソラマメ。けど割れて中が見えると、宝石のように透き通った種子が現われるという植物だ。

「まぁ、アーシャさまはとても博識でいらっしゃるのね」

「庭園に植えてあるものは、図書にまとめてあるからそれを見て覚えてただけだよ」

テリーにまた会えた時のために覚えたんだけどね。残念ながら、未だに使いどころはない。

そうして喋ってる内に、ディオラの目元の赤みも引いた。

「あまり離れていても心配されるよ。孔雀の尾羽とスターダストグラス、あと燎原って花くらいは見て戻れるから行こうか」

「は、はい！　燎原は花一つは小さく、けれど火が燃えるように色がうつろい、野生下では群れ咲くために、かつては燎原の火に見間違えられ戦火の発端になったとか」

「僕よりもディオラのほうが博識じゃないか。他にも何か知ってることがあるなら教えてほしいな」

「よ、よろしいのですか？　その、お兄さまは、淑女が知識をひけらかすのは恥だって」

「ひけらかすなら紳士であっても恥だよ。今は僕が聞きたくてディオラにお願いしてるから大丈夫」

請け負うと、ディオラは嬉しそうに頬を緩めた。どうやら勉強熱心で、ちょっと喋り出すと勢いがすごいようだ。

「あ、あちらにあるのはクラゲ草ですか？　私クラゲというものが何か知らなかったのですけれど、海に浮かぶ透明な生物だそうで。けれど透明なのにどうしてそのクラゲがいるとわかるのでしょう？　海を泳ぐではなく、浮かぶとはどうして？」

小一くらいの女の子が一生懸命に話す姿が、僕には微笑ましい。後ろから無言でついてくるイクトと同じような、見守る目線になってる気がする。

そうして戻っていると、会場のほうから知った顔がやってくるのが見えた。

「まぁ、ストラテーグ侯爵さま」

「え、知り合い？　あー、だったらもう大丈夫だよね。僕は、用事があるからこの辺で」

「アーシャさま？　あ、まさか私のためにご用事を後回しにされて？」

「気にしないで。泣いてる女の子を見ないふりするほどの用事じゃないよ」

そう言ってる間に、ストラテーグ侯爵の隣にユーラシオン公爵まで増えた。

「ディオラ姫と…………殿下…………」

ストラテーグ侯爵、言いたいことはわかるからそんな嫌そうな声を出さないで。一年ぶりに顔合わせてそれって、レーヴァンの件が意図的だったってわかりやすすぎるから。

「何故そのいや、そちらの殿下といるのだね、ネルディオラ姫？」

ユーラシオン公爵はあからさまに怪訝《けげん》だし、こっちもなんで権力者二人揃っているのか聞きたいくらいだけど、関わるだけ面倒だ。僕は黙ってディオラの背を押した。

あと姫ってことは、もしかしなくてもディオラってルキウサリア王国のお姫さまだね。なるほど。お菓子のある屋内からこっちの庭園に抜けていたのか。

「迷っているところを助けていただいたのですが、殿下？　アーシャさま？」

ユーラシオン公爵には、ちょっとあれな対応をしたので、普通に喋るのは憚られる。あとディオラだけじゃなくストラテーグ侯爵も僕の素を知ってるから、イクトと共に被弾の恐れがあった。

ここは黙って微笑むだけにしておこう。

「も、もしかして！　帝国第一皇子殿下⁉　ま、まぁ、どうしましょう？」

僕は軽く手を振って背を向ける。本当は会場へ戻るべきだけど、ここで一緒に戻るのも気まずい。

「アーシャさま……！　ま、また！　今日のことのお礼をいたしたいと思います！」

ディオラは必死にそんなことを言ってくれる。きっと会うことは無理だけど、また会いたいと思ってくれただけで僕は嬉しかった。

＊＊＊

「なるほど、こういう方法もあるのか」

僕は今、青の間で初めて届いた手紙に感動していた。

手にした厚手の封筒には、ルキウサリア王家の紋章が封蝋に押してある。やはり僕と直接会うことを妨害されたディオラが、手紙を届けてくれたのだ。

「聞いただけでも三度、お手紙を書かれたそうです。なるべく早くお返事をされるべきでしょう」

ペーパーナイフを片手に、ハーティがそう助言してくれる。

ディオラたちルキウサリア国王一家は、賓客として宮殿に泊まっているけど、あちらは本館。僕のいる左翼棟は出入りが見張られていて、訪ねて来ることはもちろん、手紙も止められていた。

「殿下から音沙汰がないことで、お姫さまが父親に訴えたそうですよ」

「そのルキウサリア国王が陛下に直接問い合わせたことで、郵便事故扱いで手紙を返却。アーシャさまに届いていないことがわかったそうです」

名目上父から雇われている家庭教師二人が、そんな内幕を教えてくれた。手紙を持ってきたのもヘルコフなので、ディオラからルキウサリア国王、そして父である皇帝と渡されたのだろう。

「お茶会を抜け出したこと、次に会った時に陛下には謝らないといけないと思ってたけど、手紙で伝える方法があるんだね」

「アーシャさま…………楽しめませんでしたか？」

ハーティがペーパーナイフで封を切り、中の手紙を渡しながらそんな風に聞いて来た。

どうやらハーティにとって、お茶会は楽しいものであったらしい。ただ残念ながら、僕はそんな風には思えなかった。

「僕はここで錬金術をして、みんなから色々教えてもらえるほうが楽しいんだ」

「私は…………そろそろ話がつきかけていますよ」

ハーティは冗談めかしてくれる中、僕はディオラが一生懸命に書いたらしい文字を追う。

小学一年生くらいと思えば文字は綺麗で、ちょっと丸っこい。内容は僕が皇子と知らずにいた謝罪と、助けてくれたお礼。そして大半が、喋り足りなかったらしい庭園の植物に関する話だった。

「ふふ…………。ディオラって本当に博識だ」

僕が知らない、本にも書いていなかった話もあり、四枚あった手紙はすぐに読み終えてしまう。

ちょうどそこに、ノックの音が聞こえ、イクトが戻って来た。ディオラとの手紙さえ妨害した相手を、探ってもらったんだ。

「アーシャ殿下、やはりユーラシオン公爵とストラテーグ侯爵はルキウサリア王国と血縁か姻戚があるようです」

ストラテーグ侯爵が帝国外に繋がりがあるというのも以前聞いたから、それがルキウサリア王国だったってことなんだろう。

「実はアーシャ殿下を早い内に宮殿から出して独り立ちをという話があったそうです」

「皇子を外交上重要な他国へ送り込むことは珍しいことではありませんが、話が飛びますね？」

イクトの報告に、ウェアレルは警戒するように緑の尻尾を揺らす。

「その話は消えました。アーシャ殿下がその才気を隠す言動を取られたそうで、陛下が心配な我が子を他国に出すほうが心配だと強弁されたとか」

「なんだそりゃ？　殿下、いったい何をなさったんです？」

ちょっと戦場カメラマンの処世術をですね、えぇ。なんてヘルコフに答えられるわけもなく、僕は曖昧に微笑んでかわす。もちろん不審そうな視線が集まった。

「何故かお茶会の後から、アーシャさまを愚鈍だ、蒙昧《もうまい》だという悪口が出回っているのです。アーシャさまほど才知煌めく方を私は知りませんのに…………！」

ハーティはハーティで、別口から僕のお茶会の様子を聞き知ったらしい。うん、わざと愚鈍なふりしましたとは言えない雰囲気だ。

ただ父なりの親心なんだろうけど、一言相談の上で決めてほしかったな。ここで足場固めたら弟にも迷惑だろうし、外に出るのもありなら考えたのに。

「ともかく、僕はディオラに返事を書かないと。その独り立ちの件、もう少し詳しくわかるようならあとで教えて」

そう言って、筆記具のある勉強部屋、金の間のほうへと一時避難した。

それから僕は、ディオラと同じ宮殿内で文通を始めることになる。内容としては庭園の植物の話から、お互いに知ってる珍しい話や興味を持ったことなど。

「手紙を貰うって、ちょっと楽しいかも」

なんて言った矢先、ディオラからの返事が途絶えてしまった。出会ってから一月ほどのことだ。

「あ、そうか。そろそろルキウサリアに帰るよね。ってことは、国王一家として外交も終盤で、帰り支度もあって忙しい、とか？」

思いの外寂しく思いながらも、僕の中の大人の部分が冷静に理由を推測する。ただ正解は別のところからもたらされた。

「アーシャ殿下、何やらストラテーグ侯爵が動いたようです」

「イクト？　それはつまり、ストラテーグ侯爵から僕に対してよからぬこと？」

レーヴァンの件で貸しを作ったので、無茶なことはしてこないと思っていたのに。

「それがどうも、ディオラ姫との文通を邪魔しているようなのです」

「え、どうやって？」

ディオラとの文通は、ルキウサリア国王と皇帝である父を通してある。そこを塞ぐような力のある侯爵だったんだろうか？

「失礼、アーシャさま。ルキウサリア王国側の伝手からお手紙が途絶した理由がわかりました」

「今度はウェアレル？　えっと、今イクトからストラテーグ侯爵が邪魔してるって聞いたんだけど」

戸惑う僕に、ウェアレルは頷いた。

「はい、どうもルキウサリア国王とストラテーグ侯爵は親しい間柄のようで、そちらから物言いが入り、ルキウサリア国王が手紙の頻度を下げるよう姫君を説得されているようです」

なるほど、塞げないと思った文通の経路を塞ぐ手が、ストラテーグ侯爵にはあったんだ。

「また、ユーラシオン公爵もアーシャさまが主要国王族と親しむことを警戒し、ディオラ姫と同年のご子息を使って手紙を書く時間を与えないよう、連れ出していると」

「えぇ？　上位貴族二人がかりなの？　何が問題だったんだろう？」

「あぁ、そりゃ殿下。やり取りしてる内容じゃないですか？　さすがに俺が見てもお相手のお姫さま頭いいでしょ？」

イクトに代わり、僕の警護をしていたヘルコフが妙な指摘をする。わからず首を傾げると、ハーティも頬に手を当てて息を吐いた。

「確かにアーシャさまと対等に交流できる、聡明な姫君だとは思いましたが。こちらがそう思うように、あちらも自国の才媛と対等に言葉を交わせるアーシャさまに気づいたということでしょう」

見れば、調べてくれたイクトとウェアレルが揃って頷く。

どうもことは僕たちの文通内容が、七歳同士にしては大人びていたことが問題らしい。と言っても、お互いに興味関心からの話ばかりで政治的なやり取りなんて一切ない。

「つまり、ルキウサリア国王も興味を持ち接近の動きを見せたことで、ストラテーグ侯爵とユーラシオン公爵が妨害に動いて、ディオラからの返事がなかったってことだね」

それはちょっと、いや、だいぶ残念だ。

「……………よし、手紙を書こう」

「アーシャさま？」

疑問を抱きつつも、ハーティは僕の言葉に応じてインクとペン、便箋を用意してくれる。

「ほら、僕に手紙が届かない間もディオラは返事を待って手紙を書いてくれたらしいし。だったら、僕も出すだけはしようかなって」

もしこれでルキウサリア国王に止められるならしょうがない。そこは子を持つ親の判断だし、何より他国の事情だ。

そしてこれは僕の事情。なので、返事はなくても邪魔されただけではい、終わりじゃ悔しさしか残らない。なのでちょっとした意地も込めて、僕は筆を執ったのだった。

＊＊＊

ディオラの帰国が数日後に迫る中、相変わらず返事はないけど異変があった。

僕しか住まない左翼棟の扉の向こうから、誰かが言い争うような声が聞こえるという珍事です。

「止めるな、レーヴァン」

「本当まずいですって。一回頭冷やしてください、侯爵さま」

僕を始め、側近たちも揃ってドアに耳をつけ、外の様子を窺う。どう考えても外にいるのは二人。宮中警護を統括するストラテーグ侯爵と、その懐刀らしい無礼者のレーヴァンだ。

僕たちは青の間で身振り手振りで意見を出し合った末に、職務上関係のあるイクトにまず対応に出てもらうことにした。

「先触れもなしに、アーシャ殿下にどのようなご用件でしょうか？　…………はぁ、――いえ、かような無礼。侯爵といえど罷り通らないことはおわかりでしょう？」

「ですよね、ほら、侯爵さま。やっぱり駄目ですってこんなの」

「えぇい、邪魔をするな！　私は聞かねばならんのだ。直接問い質す必要がある」

何やらよほどのことらしい。僕は数の利があることを前提にして、ストラテーグ侯爵を招き入れることにした。

「用件はディオラ姫に関することだ」

何やら今までにない威圧感を放って、ストラテーグ侯爵が告げる。ただし後ろに立つレーヴァンから、訂正が入った。

「侯爵さま、今回は文通の件についてだけですって」

「う、うむ。いや、それでもまずはことに至った経緯をつまびらかにすべきだろう。第一皇子殿下、いったいディオラ姫と二人きりの時どうやって口説いたというのだ」

「はい⁉」

突然の暴投に僕が声を跳ね上げても、ストラテーグ侯爵は至って真面目。これは何か高度な駆け引きかと錯覚しそうになるけど、そこにまたレーヴァンの訂正が入る。

「だから、そこじゃないんですって。そこ掘ると会場を見てた俺らのほうが責められるって話したじゃないですか」

どうやらディオラが抜け出して迷子になった件を、責任問題にされると困るのはストラテーグ侯爵側。だったらここは悪いことしてないし、正直に答えても問題はないだろう。

「イクト、僕は泣き止んでもらってちょっと庭園を散策して戻っただけだよね？」

「はい、ディオラ姫の性格をよく掴んでのエスコートであったと思います」

「まぁ、アーシャさまったら」

イクトの相槌に、ハーティが嬉しげだ。レーヴァンなんか侯爵を止めるのも忘れて口笛を吹く。

どうやら素で無礼者らしい。ストラテーグ侯爵はなんでレーヴァンなんか送り込んで……いや、今目の前で無礼働いてるよ、本人が。似た者同士の上司と部下だってことはわかった。

「エスコートだと？　愛らしいディオラ姫を前に自制が利かないのは理解するが、出会ったその場で口説くような真似を――⁉」

「だから駄目ですって！　ストラテーグ侯爵！」

なにやら勝手にヒートアップするのを、レーヴァンが必死に止める。僕はその二人の様子を眺めてから、ヘルコフとウェアレルに目を向けた。

僕の優秀な側近二人は、すぐに頷いて動き、ヘルコフがまずレーヴァンを確保。ウェアレルが金の間に通じるドアを開けてそちらに隔離した。

「まず僕は、ルキウサリア王国とストラテーグ侯爵の関係性も良く知らないので、何故ディオラについてそこまで熱心になられるのかお聞きしたいな」

ストッパーがいなくなったことで、逆に冷静になってしまったようだ。王家と血縁があり、先代国王と生家が姻戚だということを淡々と告げる。つまり、ディオラの血縁者らしい。

「関係性はわかったけれど、それで僕とディオラの文通を邪魔する理由にはならないよね？　子供同士の交流にいったいどんな不都合があったのかな？　僕としても迷惑なら無理に続けようとは思わない。けれど理由もわからず邪魔されるなら、ちょっと意固地になってしまうよ」

反射的に何かを言おうとするストラテーグ侯爵だけど、まだ自制心が利いているようで一度口を閉じる。それから出てきたのは、取り繕うにしてもわかりやすい言い訳だった。

僕とルキウサリア王家が繋がると、帝国外の複数国で勢力図が激動するとかなんとか。その端緒がストラテーグ侯爵のいる帝都で起きたとなれば、各所から突き上げを食らう。ましてや他国にやってる娘の立場が下落する恐れがあるから、可能な限り邪魔する所存なのだそうだ。

ただあからさまに、ストラテーグ侯爵はディオラについて語る時と熱量が違う。これは手を離れた実の娘より、できのいい親戚の子を可愛がるおじさんってところかもしれない。

ここは情報源がわざわざ来てくれたことだし、突いてみよう。

「僕の知らない事情があるんだね。けれど惜しいなぁ。ディオラとはとても楽しく文通をしていて、きっとディオラも楽しんでくれていたと思うのに」

「それは……まぁ、殿下がどのような方か、私も聞かれて………」

「庭園で会った時も思ったけど、ディオラはとても博識だね。愛らしいばかりでない魅力があって、きっと将来は素晴らしい姫君なると思うんだ」

「えぇい！　そうやって幼く純粋な姫君をかどわかしたか⁉　何故ディオラ姫がいきなり婚約の打診などしてくるのだ⁉　いったい二人だけの間にどう口説いた⁉」

「えぇ⁉」

「侯爵さま！　建前！」

ちょうど隣の部屋から戻って来たレーヴァンが止めるけど、もう建前って言っちゃってる。そして本題がようやくわかったけど、これどうすればいいの？

もう興奮して、娘はやらん！　と騒ぐ父親のようになってるストラテーグ侯爵を、レーヴァンが宥めにかかる。そこに戻ったウェアレルとヘルコフが聞き出した情報をくれた。

「どうやら帰国間近になっても文通を邪魔されたディオラ姫が、勢い余ってアーシャさまと結婚したいとルキウサリア国王に申し入れたそうなのです」

「で、その話が陛下のほうにまで届いたらしく、ルキウサリア国王も検討姿勢と知り、陛下は乗り気で打診の相談を周囲にしたとか。それで邪魔したい人たちが大慌てになってるそうですよ」

父よ、せめて僕にも確認してほしかったな。さすがに七歳の女の子相手に、結婚どうこうは早い。

というか、僕の大人の部分が年齢差に拒否ぎみだ。

「僕としてはお友達から始めたいんだけど?」

「あんな可愛らしく聡明な子の何が不満だと⁉」

僕の呟きを拾ってストラテーグ侯爵が噛みついてくる。

「あーもー! ちょっと殿下! 無礼を承知で提案します! 侯爵さまの代わりに!」

レーヴァンが一人大変そうだ。色々言ってるストラテーグ侯爵がうるさいね。

「結婚だとか婚約だとかは今回無理です! ストラテーグ侯爵もこのとおりで、ユーラシオン公爵も利害関係上邪魔しますんで! けど、ルキウサリアのお姫さまを納得させる材料として、文通だけはさせたいってのがルキウサリア国王側の意見です!」

「そうだ! あのできた子が涙ながらに頼むからには、いたしかたない! 私が手紙を確かに届くよう計らおう! だが! ——こっそり盗み読みされるのと目の前でしっかり見られるの、どっちがいいかを選んでもらう!」

なんかストラテーグ侯爵ももう自棄かな? それ僕を前に言っていいことじゃないよね?

「すぐには答えられないなぁ。ともかく僕も婚約なんて何も聞いてないんだ。だからちょっと詳しく、そう、関わる人たちの話を聞かせてほしいな」

色々思うところはあるけど、目の前の情報源を逃がす手はないよね。

僕は思いの外おませさんだったディオラに驚きつつも、宮殿の端ではなかなか得られない政争の一端を知る機会を掴んだのだった。

＊＊＊

誕生月の後にディオラと出会い、始めた文通がそろそろ一年になる。僕は八歳になっていた。

一年でエメラルドの間では、稼働する錬金術の器具が目に見えて多くなり、僕一人では手が回らない部分も出てきている。

「昨日仕込んでおいた回復薬はどうかな？」

（主人の要望どおり、問題なく反応を終えています）

「だったらこれの効能を確認した後に、また術式としてセフィラが覚えられるかの実験をしよう」

僕を主人と呼ぶのはフラスコの中の我。今は僕が丸い容器から、玉《セフィラ》と名付けた意識体になっている。

一年でずいぶんと成長したけど、まだちょっと喋りは硬い。それでも学習力の高さから、今では自立して行動ができるようになっていた。

さらに術式として魔法を使った理論をセフィラに落とし込むということができるんだけど、これはなんだかプログラミングに似てる。すべきことを迅速かつ同じ工程で繰り返し行えるんだ。

「便利ではあるんだけど、セフィラ。疲れるとか覚えきれないとかはまだない？」

（主人の危惧する思考により消費するエネルギー、記憶容量の際限について問題はありません）

一年対話したけど、未だにこの知性体の正体はわからないし謎が多い。

一番近い存在として精霊がいる。自然界に存在する神の御業の疑人化というべき存在で、実在は確認されていない。ごくまれにエルフ辺りに見えるし交信できる人がいるそうで、精霊は世界の真理を知っているとか、魔法の奥義を伝授してくれるとかのすごい存在だそうだ。ただこのセフィラは学習力こそ高いけど、真理なんて知らないらしい。

精霊じゃないとしても、いくらでも記憶できるし疲れもないのは有用だ。何より自我がしっかりした今は、物理的な障壁をものともしない壁抜けができるのが驚くほど便利。

まぁ、セフィラのこの特性を使って僕がやったことと言えば、文字を読み取る術式や本なんかの重なった紙を透過する術式を入れ込んで、宮殿にある蔵書の閲覧程度。いや、盗み読みだから悪いことではあるんだけどね。

「周りの目を気にして錬金術以外手をつけないでいたけど、セフィラのお蔭でディオラとの文通で困らなくなったし、その調子でどんどん成長してほしいな」

謎の知性体は、思ったとおり便利に使える錬金術の賜物であることに間違いはない。

セフィラと対話しながら錬金術を楽しんでいると、青の間に控えていたヘルコフから訪問者がやって来たことを伝えられる。僕にあてがわれた区画に訪れる相手なんて決まってたんだけど、実は去年から一人増えてるんだ。

「はい、ディオラ姫に書いたお返事はこれだよ。レーヴァン」

「検めさせていただきます」

宮中警護のレーヴァンが、配達人のようにやってくる。そのレーヴァンはまだ封をしていない封筒から、僕の手紙を取り出して目の前で読み始めた。

「…………一年文通してお勉強の話ばっかりって、色気ないですね」

「色気のある返事書かないよう見張るのが君でしょ？」

うん、取り繕うことはするようになったけど、素はやっぱり無礼者のレーヴァンだ。

「もうすっぱり面倒ごと多いから文通やめますとか言いません？」

「文通自体は楽しいし、ルキウサリア王国のおすすめ本贈って来てくれるのがすごくありがたいんだ。それに面倒ごとなんて僕に直接影響はないしね」

「こっちに影響あるんですって。去年の婚約話は侯爵さま以外でも大変な騒ぎになったんですから」

無礼だけど、レーヴァンという宮殿の権力事情に明るい情報源は有用だ。

学園王国と呼ばれるそれなりに権威ある国に、帝室の血が入るとずいぶんパワーバランスが変わるらしい。どうやらディオラと僕が結婚なんてことになると、僕という帝位に遠くて近い存在が力を持つことに繋がるので、警戒がぐんと跳ね上がったそうだ。

僕の台頭を嫌がる帝国貴族は多く、それで散々な噂が急速に広がったとか。

「それにおすすめって言っても学園の論文でしょ？　俺そういうの贈られてくると事前に読まなきゃいけないんですよ？　めちゃくちゃ疲れるんですけど？」

そんなこともしてたのか。見張り役も大変だ。チェンジとは言わないけどね。

だって上司呼び出しで謝罪させたという負い目がある。呼べばすぐ来るし、聞けばストラテーグ侯爵の不利にならない限りなんでも答えてくれるしで、思ったより使い勝手がいいんだよね。

「もしかしてレーヴァン、全部読んでるなら論文についての意見交換できる？」

「無理！　…………です」

さすがに砕けすぎて、イクトに睨まれたレーヴァンは言い直す。

「本当無理ですって。このお姫さまとのやりとりも半分わからないんで、侯爵さまへの報告も困ってるんですから。せめてもう少し短いやり取りにしません？」

「え、うーん。手紙ってどれくらいが適量？　六枚って多い？」

「俺は、故郷の手紙は一枚で終わるな。言いたいこと書くだけだし」

「私は家族に近況報告や季節の話題などを入れると、六枚くらいにはなりますよ」

ヘルコフとウェアレルが自分の場合を教えてくれる。ハーティは明確に解答をくれた。

「距離もございますし、月一のやり取りとしては妥当かと」

「それにしてももう少し報告しがいのあること書いてくださいよ。論文の感想以外は庭園がどうとか、元狩人から聞いた異国がどうたらとか。そんなのここにいる人たち相手でいいじゃないですか」

「その人たちから聞いた話を誰かにするっていうのが、新鮮で楽しいんだよ。ディオラのほうから書き送られる日常も僕にとっては新鮮だし」

名ばかりの僕と違って向こうはちゃんとお姫さましてるのが面白い。暮らしが違うし、ファンタジー味が強いんだよね。

僕と目が合ったレーヴァンは、視線を逸らして何処か気まずそうに頰を掻く。

「どうしたの？」

「え、今の素？」

「何が？」

聞いても誰も答えてくれない。困っていると僕にしか聞こえない声がした。

（主人の人間関係の希薄さに戦《おのの》いたものと思われます）

（いや、それ今さらでしょ。まさかどれだけ僕がここ出てないかわかってない？）

（人間は自我を持ち知恵を学ぶ故に自らの内に答えを求めるものです。己の中の答えと主人の答えに乖離があったのでしょう）

ちょっと悔しい気持ちになるのは、実はセフィラのほうが今では僕よりも自由に宮殿うろついてるからかもしれない。

（………もっとわかりやすく言おうよ）

（どう表現するのでしょう？）

（想定外、かな？　想定外に僕が、友達、いなくて………）

自分で言ってて虚しいな。前世も友達多くはなかったのに、今のところ暫定婚約申し出て来たディオラ一人がお友達か。

「できればディオラとはお友達のままつき合いたいけど」

「まぁ、愛らしい方と聞いておりますし、アーシャさまとこうしてお話が合う聡明な方ですのに？」

なんでハーティさんは残念そうなのかな？

「レーヴァンじゃないけど、しがらみが多いからね。ディオラに僕は相応しくないよ。ストラテーグ侯爵が心配することはないさ。その内ディオラもっといい人見つけるって」

「その若さで枯れるってどうなんです？」

レーヴァンの無礼に答えようとしたところに、セフィラがノンブレスで聞いてくる。

(枯れるとはどのような意味合いか説明を求む。比喩であると推察します)

おっと、危ない危ない。危うく八歳児がなんで知ってるんだって反応しそうになった。

僕が黙ってる間にイクトがレーヴァンの脇に肘鉄を入れる。痛みに蹲ったところをヘルコフが首根っこを掴んで退出させた。

「アーシャさまはお気になさらず。あの方の言葉はよろしくないのです。決して真似しないように」

乳母が過保護だ。

(人間が枯れるという比喩表現について解答求む)

セフィラは知らないこと放っておかないんだから。僕はしょうがなく、人間を草木にたとえることから始めて、生殖までを説明することになった。

「殿下、あの配達人、妙なこと言ってましたよ」

レーヴァンを放り出して来たヘルコフが、戻ってきてそんなことを言う。

「なんか最近いきなり軍で指南役にならないかなんて復帰の誘い来たんですけど、どうもユーラシオン公爵からの働きかけで、今回はストラテーグ侯爵関係ないとかなんとか」

まずそんな話来てたってことを今知ったんだけどね、ヘルコフさん?

「私は宮中警護での昇進でしたが、今回はと言うからには前回は何かしら、何者かの指示でも受けて、私の配置換えをしようとしたんでしょうか?」

イクトが言葉尻を捉えて怪しむ。

「いえ、それでは昇進を打診している時点で文脈が合いません。ちなみに私は、学園での教職復帰を持ちかけられています」

ウェアレルも僕の知らない話を今報告してくる。

「前回も今回も動いていることを考えるに、前回は自主的に手を貸した。けれど今回のユーラシオン公爵の暗躍については、つき合い程度だと取れるかな？　……けどなんでユーラシオン公爵が今さら？　出会ったのは去年で、ルキウサリア国王一家の歓迎のお茶会で一度きりだし」

しかもその時は戦場カメラマン風の喋りで、放っておいてもいい皇子を演出したはず。

僕は放っておいてほしいからそうした。今なんか特に、これまで触れることのなかった娯楽小説なるものがこの宮殿にあると知って、セフィラに読み聞かせをしてもらうので忙しいんだ。

内容は明治大正文学みたいなんだけど、学術書的なものしか見てなかった僕からするとすごく新鮮で面白い。実はハーティに見つからないように、セフィラとこっそり夜更かししてる。

「ユーラシオン公爵ということは……あの領地についてでしょうか？」

ハーティが何やら呟いた。なんだか名前だけ皇子の僕には、縁遠い言葉が聞こえた気がする。

「それって、僕に関係がある話なんだよね？」

「えぇ、そうです。領地相続に関して付則があることはまだお教えしておりませんね」

ハーティ曰く、皇帝は幾つもの爵位や領地、国や慣習を引き継ぐことが義務化されているらしい。

そこは歴史だとか権威だとか色々面倒なので割愛。

「問題は帝室が継ぐべきと定められた領地で、未だに陛下が手にしていない地がいくつかあることに起因しています」

「え、それ大丈夫なの？　陛下を引きずり下ろすような悪事に使われない？」

「聞くところによると、先代以前より後継者が相続に関しての要件を満たせないようになっており、代官にその要件を満たす者を据えることで代替し継承していたとか」

ただ父の場合、帝位に就く時点でドタバタの準備不足があった。他の領地の継承も、数年かけて整理しながら条件を満たしているそうだ。

皇帝になって五年、帝位の正統性を補強する継承を邪魔したいのは、先代皇帝の甥であるユーラシオン公爵。継承を補助したのは、皇妃の実家であるルカイオス公爵。

どうやら権力者がバチバチやり合ってる裏で、父は必死に継承を進め大方は取得し終えたらしい。

「今もまだ手に入れていない領地や爵位は、以前から重要度が下がっていた土地などです。その一つに、継承するには錬金術を修めていることと定義された領地がありまして」

「え、そんなのあるの？」

「あぁ、かつては錬金術で帝国領内を変革したと聞きますから、魔法が隆盛の今では考えられないほど重要だったとか」

ウェアレルが言うような記述は、僕も錬金術関連の書籍で読んだことがあった。

まず帝国で錬金術が生まれたのが、そもそも内陸で未開の国土を富ませるためだ。

湿地と台地と乾燥地と、この大陸中央は環境が極端だったらしい。そこを埋め立てたり、土壌改良したり、運河を整備したり。魔法が得意でない人間たちが、知恵を絞った。

「人間が全ての魔法を使えるとわかった上に、力の引き出し方も体系化された今じゃ、人間のほうが器用に魔法を使うけどな」

身体強化しか使えず、派手な魔法は門外漢なヘルコフが他人ごとだ。

帝国ができるまで、魔法は種族に一種類、人間種は魔法が使えないと思っていた。それを覆して発展させたのが、大陸中央を開拓した帝国である。

未発展な魔法技術と未熟な運用法を、手さぐりな試行錯誤の上で発展させた技術が錬金術だった。

つまりその領地の継承についての決まりは、旧態依然のもの。今では時代に合わず、廃れてしまったということらしい。

「もしかして、錬金術が趣味って知られたから、そこを僕に継がせようって？　………その様子だと、僕が領地を得るとかってなしになったの？」

「帝室の継承すべき領地ということでユーラシオン公爵とルカイオス公爵が珍しく組んだそうです」

ハーティの言葉だけで、二つの公爵家が僕をどう思っているかよくわかる。

「ユーラシオン公爵としては、一番目障りで手をだしやすいのが殿下です。さっさと帝室から排除したい。けどそのために帝室の何かが奪われるのは我慢ならない」

「それで僕に領地をって話を邪魔するのはわかるよ。なんだかんだ帝国の支えになってくれるならいいけどね」

ヘルコフの忌憚のない意見に頷くと、さらに語る。

「で、ご本人に去年会ったら鈍いふりをされて騙されたまま。じゃあ、今回みたいに持ち上げる者がいなくなればいい。馬に乗った大将を戦場で討ち取るには、まず足元を支える馬を転ばせなきゃいけないわけです」

「うーわー、それでみんなにいい仕事斡旋して引き離し？　公爵って偉いんでしょ？　暇なの？」

僕の嫌そうな声にウェアレルが笑った。

「アーシャさまは品行方正ですから。悪い噂を流してもアーシャさまを知る陛下がまず取り合いません。ですから直接攻める手立てがないのですよ」

ただの引きこもりなんだけどな。あと品行方正なんて言われると、セフィラ使って盗み読みしてること言いにくくなったぞ。

いや、その前によく考えたらそれで困るのって僕だけじゃない？

「教員や軍部への復帰に昇進って悪い話じゃないよね？　だったら僕は止めないよ。みんなには良くしてもらったけど、僕にその恩を返せる当てはないんだ。望むならどうかその話を受けてほしい」

そう言うことしか僕にはできない。後ろ盾もないから、みんなを偉くさせるコネクションなんて持ってないんだ。

父にお願いしても、側近を通じてルカイオス公爵のほうが邪魔するだろうし。

「ありえません。アーシャさまを残してなど。ましてお側に仕える身に恩などはありません。アーシャさまを思えばこその身の振り方です」

ハーティが強く否定するんだけど。ハーティも何かいい話来てた？

「アーシャさまが気にかけられる必要はございませんわ」

僕の視線に気づいて、口に出す前に答えないことを告げられた。

ハーティに影響ってなると、実家の子爵家かな？　貴族のしがらみを突かれたのかもしれない。

そう思っている間に、ヘルコフが熊顔に苦笑いを浮かべる。

「だいたいいい話かは微妙なところですよ。俺が指南役とか言っても、回されるのは軍部の端でしょうし。それで言えばウェアレルも似たようなもんだ」

「イクトどのはストラテーグ侯爵から話があったのなら、悪いことにはならないのでは？」

「昇進を受けるならば腕に見合った場所は用意するが、陛下にはきちんと根回しをするようにとのことでしたね」

そう言えばイクトは、ストラテーグ侯爵が外そうとした時に僕が抵抗したんだった。

「戻りたいなら自分の伝手を使いますよ。アーシャさまはご心配なく」

「俺も同じですし、戻るなら国のほうに戻りますな。一度殿下も来られればいい。獣人の都も捨てたもんじゃないですよ」

「私は爵位をもらった際についでで務めてるだけなので、ここ以外に務めたいとは思いません」

みんな男前だぁ。……………けどハーティは微笑むだけで何か、違う。

普段の僕を見守る乳母の目と違って憂いがある。迷いがある。いったいユーラシオン公爵はハーティにどんな条件を突きつけたんだろう。

そんなことがあって、僕がようやく聞きだせたのは数日後。セフィラがハーティの持っていた手紙まで盗み読みしたせいだった。

＊＊＊

僕は休憩という名の研究をしていたところで、エメラルドの間に一人。セフィラのとんでもない報告に慌てていた。

意味もなく周囲を見回すけど、今日イクトはお休みだ。代わりにヘルコフが警護してくれるんだけど、扉を開けた状態で青の間にいる。錬金術を見てるだけだと眠くなるから。

「ちょっと待って。手紙は駄目だよ、セフィラ」

(何故でしょう?)

「私信っていうでしょ。個人間でのやりとりを、全く無関係の人が見るのはマナー違反だ。しかもそれを僕に教えるって。そもそもなんで手紙を読もうと思ったの?」

(本の間に手紙を挟み込んでいる者は一定数おりました)

「あー、そう来たか………。これは想定外だったな」

物覚えはいいけど、セフィラには善悪という考えがないんだ。

「僕が教えないといけなかったかな? いや、そもそも勝手に学習するし、他からも学ぶように言えばいい? ――セフィラ、人のふり見て我がふり直せっていう言葉があるんだけど」

(仔細を求む)

知らないことにはすぐに食いつくので、僕はルールを学ぶこと、他人を慮ることなどの意味を教える。僕の言い分を理解した上で、セフィラがさらに僕に教えた理由を伝えて来た。

（主人を観察した結果、乳母を覗う行動が散見されたため、その行動の原因を推測。把握したことを報告したことは人間の規範に反するでしょうか？）

「うん、すっごく危ないところ。未亡人の再婚話なんて、すっごくセンシティブ」

セフィラなりに僕の悩みを見ての行動だったそうだ。けどもう少し吟味するとか、気遣うとか感情の機微を覚えてほしい。

「僕のことは主人と呼んで気にしてはくれてるようだけど、さて、どうすべきか……なんて、言ってもいられないよね。セフィラ、ともかく私信は駄目だよ」

（有用であったと自負しています）

「確かにお蔭でハーティが黙ってた理由はわかったけどそうじゃないんだ。うーん、もう少し余裕を持たせる方向がいいのかな？　正答だけじゃ駄目なんだよ。直線的すぎる気がするな、考え方が」

（暗喩に富んだ意見が過ぎます）

「うん、駄目だしするくらいの情緒はあるのか。よし、だったら今度からは僕以外の人間を観察することもして。喜怒哀楽の感情を人間はどんな時にどうやって得るのか。いつ、どこで、誰が、何を、何故、どうした。これを体系化して人間の情緒面を補強して」

（主人のオーダーを受諾）

これで納得してくれたらいいな。けど今は他の問題を解決しないといけない。手紙を盗み読みされたハーティへの謝罪だ。

僕は一人部屋を出た。エメラルドの間の隣には、赤の間と呼ばれる部屋があり、唯一の女性であるハーティの控えや泊まり込みのために使ってもらってる。

「ハーティ、今いい？」

「まぁ、アーシャさま。いかがなさいました？」

ノックをして声をかけると、休憩中でもすぐに招き入れてくれた。

赤の間は赤い模様を描いた壁で飾られている部屋で、暖炉のある応接間と寝室だけという一番小さな間取りだ。応接間には椅子と机だけがあり、棚や収納は作りつけの小さなものだけ。

「単刀直入に言うね。僕が作った不可視の知性体、仮称セフィラがハーティの持つ手紙を盗み読みしてしまったんだ」

咄嗟に寝室のほうを見るハーティに、僕は肯定する。

「うん、再婚の話が来てるんだね。――ごめんなさい。勝手に手紙の内容を見たりして」

「それは、アーシャさまの非ではございません」

「でもセフィラにそれが悪いことだって教えられたのは僕だけだ。だったら教え損ねた僕の非だよ。それに………言わなかったならハーティは、言いたくなかったんでしょ？」

僕の指摘に、ハーティはいっそ諦めたように息を吐いて微笑んだ。

「乳母として、叔母として、何よりアーシャさまの成長を見守る者として、迷っていました。ですが、包み隠さず申し上げましょう。アーシャさまは、聡いお方だと知っていますから」

ハーティが僕を座らせて話す内容は、やはりユーラシオン公爵が絡む再婚話。

「私の実家の子爵家は、陛下のお引き立てもあり要職へ至りました。本来は分不相応で頼るべき交友関係もなく、職務上の関係からユーラシオン公爵の派閥の端におります」

元は僕の名前にくっつくニスタフ伯爵の下にいた貴族。伯爵家三男だった父なら相応の家格の姻戚だった。けれど皇帝となった父とつき合うには家格が足りないという、貴族的な問題が浮上。

「派閥で立場がないことはわかりますが、引き離しの目的がわかっているのに再婚話を推し、さらには泣き落としなどという手紙をアーシャさまに知られるとは」

派閥のボスからの要請を、子爵家として断れないのはわかる。それをセフィラが見てしまったのは、僕も想定外だ。

「ハーティ、そんなに嫌がるほど悪い相手との再婚を押しつけられてるの？」

「いえ、まさか！　あの方は決して悪い方では、あ……………」

ハーティは勢い否定してから口を押える。赤くなるって、どう見てもあれです。ほの字です。

僕の視線から隠しきれないと悟ったハーティは、ぽつぽつと相手について話してくれた。

「い、以前からそういうお話のあった方で、宮仕えをなさっているのです。今年になってから領地を継ぐということで、職を辞して領地に移られるとか。……………その、その際、私に、妻として同行してほしいと――あ、この話は今回の件とは関係なく、それ以前からあったお話で！」

「うんうん、落ち着いて。大丈夫。ハーティの言うことを疑ったりしないよ」

「今回のことはユーラシオン公爵の思惑が絡んでしまって、不本意だとおっしゃっていたのです。それでも、この機を逃せば、あちらの実家が別の妻を用意してしまうから、自分は、私を妻にしたいのだと、口説かれて……………」

もちろんハーティと亡夫の間の娘も、自分の子供として一緒に養育するとも言ってくれた。頬を染めるハーティは、僕の乳母だけどまだ二十代。全然新しい家庭を築ける年齢だ。

「ハーティがいいなら僕は――」

「よくはないのです。領地へ共に、赴くのです。私は、ここにいられなくなります」

はにかむ表情から一転、ハーティの眉間が険しくなる。

そうだ、一度離れたらもう宮殿に出入りする身分も失くす。新しい家庭を築くなら、乳母なんてやってられない。僕とは、お別れなんだ。

「私は……アーシャさまの成長を見守りたいのです。姉も病床であなたの行く末をどれほど心配していたことか………」

ハーティは涙ぐむと僕の手を握り締めた。

「何よりこの婚姻が、今一度ニスタフ伯爵家と実家を繋ぐ縁になってしまうのが業腹なのです」

相手の人はニスタフ伯爵家の縁類。どうやら以前から知っていたのもその関係のようだ。

「挨拶一つ寄越さないニスタフ伯爵家にも腹は立ちますが、実家も、姉が死んだ途端知らぬふりでユーラシオン公爵を憚ってばかりなど、情けない…………!」

ハーティがさっきまでとは違う理由で顔を紅潮させた。

「時候の挨拶もなければ誕生月を祝う手紙すらなし。陛下のお蔭と言いながら、その縁の礎たるアーシャさまを蔑ろにするばかり！」

「ハーティ、ハーティ。今は僕のことはいいから」

「よくありません！　何故アーシャさまを置いて行けましょう！　私は、誰よりも、あなたに幸せになってほしいのに…………」

ハーティは堪らず涙を零す。

「陛下は確かに姉を愛してくださいました。そしてアーシャさまを愛していらっしゃいます。けれどどちらももう、アーシャさまを見守ることはできない。それなら私が、私だけでも、あなたのお側にいなければ…………」

それは確かな愛情から来る使命感だった。軽々しく否定はできない。けれどここで言わなければ、ハーティもまた幸せを掴めないだろう。

「僕も、ハーティが大好きだから、こうして泣かれるよりも幸せを掴んで笑ってくれるほうが嬉しいんだけど、な」

本当はもっと強く突き放せばいい。けど僕も、ハーティともう気軽に会えないと思うと、寂しいし、苦しい。僕の今生の家族と呼べる人に、僕は自分の思いが邪魔をして、これ以上は言えない。

「ハーティ、僕に事情を話したからって、再婚話を拒否する理由にはしないで。一人のことでもないんだし、お相手もある…………それに、娘のこともあるでしょう？」

ハーティは再婚話がばれて、いっそ離れないと決意を固めてしまいそうになっている。僕は言葉を選んで、即決を止め、話し合うことをなんとか勧めた。

「アーシャさま…………はい、わかりました。話し合います。あなたを言い訳にはしません」

そう請け負ったハーティは、それから早く帰ったり遅く出てきたりしながら、再婚相手と話し合いを続けた。実家の子爵家に預けている娘とも、普段以上に話したと聞いてる。

「――それでいきなり会ってみたいって言われたのは、再婚話が関係あるのかな？」

この日僕は、イクトと一緒に赤の間で来客を待っていた。お茶とお菓子の準備を整えて、足りない椅子を運び込んで準備は万端。

「きっかけではあると思いますが。嬉しそうですね、アーシャ殿下」

「そりゃ、従姉妹と会えるんだもの。こっちに移るまでは会ってたって言うけど、さすがに一歳や二歳の記憶ないし。……………会いたいって言われたの初めてだし」

「アーシャ殿下、それは…………」

「あ、陛下は別ね。別で、初めてお客迎えると思うとそわそわするだけなんだよ」

今日はハーティの娘が僕に会いに来る日だ。しかも従姉妹のほうから会ってみたいと言われた。弟とは周囲が邪魔をして会うことも難しいけど、従姉妹とくらいは仲良くなれるといいな。

「アーシャさま、お待たせいたしました」

ハーティが赤の間にある階段から現れる。連れているのは僕と同じ年頃の女の子で、可愛らしくツインテールにした紺色の髪に赤い瞳をしていた。

同じ年頃の比較対象がオレンジの髪のお姫さま、ディオラしかいないけど。ディオラに比べて気が強そうな感じがある上に、なんだか緊張感が漂ってる。

ここは僕から柔らかくいこう。

「初めまして、待っていたよ。僕のことはハーティと同じようにアーシャと呼んでほしいな」

「ご厚情賜り感謝いたします。さ、ヒナ。アーシャさまにご挨拶を…………ヒナ？」

従姉妹のヒナはスカートを掴んで俯いて動かず、ハーティが困った様子で促した。用意した椅子にも近寄らず、不機嫌そうにも見えた。何か嫌なことでもあったのかと思っていたら、ヒナが顔を上げる。その赤い目は真っ直ぐに僕を睨んでいた。

「お母さまを返して！　アーシャさまに失礼でしょう！」

「何を言うの！　返してよ！」

ヒナの思わぬ訴えに、ハーティも予想外だったらしく慌てる。

「失礼なんかじゃない！　いてもいなくてもいい皇子なんでしょ？　なのになんでわたしのお母さまを盗るの？　ひどい、返してよ！　あなた悪い子なんでしょ。お母さまを巻き込まないで！」

言葉は拙く、感情のまま叫ぶ姿に道理があるとも思えない。けれど僕の立場を前提にした悪口は、かつて庭園に集まった貴族の口から聞いたことのある言葉だった。

「疫病神だってみんな言ってるわ！　わたし知ってるんだから。お母さまもいなくてお父さまにも見捨てられて、独りぼっちでとろいんだって！　嫌われ者で、問題ばかり起こして、周りに迷惑かけるんだって！　お母さまが憐れんでるだけなのに他人が甘えないで！」

「ヒナ！」

ハーティが顔を真っ赤にして怒った。僕は咄嗟にイクトを呼ぶ。

それだけでイクトは、叩こうと手を振り上げたハーティを止めに動いてくれた。

「放してください！　これは母親としての不始末です！」

「落ち着いて。よくよく考えれば八つの子供などこの程度。道理を弁えるにはまだ早い」

イクトがハーティを抑えている間に、僕は自らヒナに近づく。

「そうだね。子供が知るにはちょっと知りすぎてる」

ヒナはハーティの怒りに驚いて涙目になっており、イクトと揉み合う姿で完全に怯えていた。

「君の言うみんなっていったい誰？　本当にそんな人いるの？」

僕が安い挑発を向けると、途端に僕を敵認定しているヒナは言い返してくる。

「いる！　おじいさまもおばあさまも、おばさまもテティだっていうもの！　それにニスタフのおじさまもだし、それから、それから…………し、使用人たちだってお母さま可哀想って！」

「なんて……こと……」

ハーティはいっそ脱力してしまった。僕も脱力したい。疎遠だとは思っていたけど、母方の親戚は僕のことを問題児か何かだと思ってるらしい。

しかもニスタフって聞こえたよ。それ、名目上は僕の後見してるはずの人ってことだよね？

「ユーラシオン公爵に近いなら、僕の悪評が聞こえるのはしょうがないとして。…………正直、もうニスタフ名乗るの嫌になったな」

「アーシャさま、申し訳ございません！」

ハーティはイクトから手を離されると、すぐさま床に膝をついて僕に謝る。

「私の至らなさで、窮状を改善できないどころか、こんなふできな娘に育ててしまって…………！」

「お母さま？　どうして？　どうしてわたしを怒るの？　悪いのはそっちよ？」

ヒナは状況がわからず、悪いのは僕だと指を差した。けどハーティはそんな娘を後回しで僕に謝る。ヒナがどれだけ訴えてドレスを引っ張っても目も向けない。

その姿に僕はヒナに対して罪悪感を抱いた。だって呼んでも答えてくれない、見てくれない。そんな母親に呼びかけて、期待して、裏切られる底知れない悲しみを、僕は前世で知ってる。

「ハーティ、違うよ。僕を非難してる言葉は全部ヒナが君に伝えたい気持ちの裏返しだ」

「アーシャさま?」

「ヒナは鵜呑みにするくらい、僕のことはどうでもいいんだ。ただ、君に帰ってきてほしいくらい好きなんだよ」

自分で言って、ヒナの子供らしさに思わず笑う。するとヒナは赤い目で僕を睨みつけた。

「ヒナは甘えているんだ。甘えられる時に甘えていいはずの人がいる。それは羨ましいくらいに幸せなことだよ。どうして気づかなかったかな、僕もまだまだ子供だ。ごめんね、ヒナ」

どうやら僕は従姉妹とも仲良くなるのは難しいようだ。そこはもう諦めよう。というか、今回に関しては僕も悪い。

だってハーティが僕と一緒にいてくれた時間の分だけ、ヒナは実の母親に顧みられることなく過ごしたことに今、気づいた。

「ハーティ、僕はもう夜泣きもしなければ授乳も必要はないんだ。いつまでも君を乳母として扱うことのほうが間違いだったんだよ。僕も、大人になるために乳母離れしないとね」

僕のように寂しい思いをする子がこれで減る。そう思えば、少しは寂しさも紛れた。

これからはハーティが僕に割いていた分の愛情を、しっかりヒナに向けてほしい。それはとても温かく、優しい時間だと、僕に教えてくれたのはハーティだったんだから。

＊＊＊

従姉妹のヒナとの顔合わせが上手くいかなかった後、結局またハーティは泣いてしまった。

「ヒナの挙げた者たちに問い質したのですが、情けなくて情けなくて！」

僕はそう言って涙を拭うハーティから、ヒナの僕に対する悪口の出どころを聞いた。

まず母方の祖父母。この二人は宮殿から聞こえる噂しか知らなかったそうだ。そして聞こえるのは僕の悪い話ばかり。継承権の高い弟、テリーを害すなんて恐れ多いと震え上がっていたという。

「ヒナに悪い子になってはいけないと教えたらしいですが、全くの冤罪です！　事実無根だと訴えたのに、そう見られているのが問題だと、噂の払拭に手も貸さないくせに！」

「いいよ、ハーティ。しょうがない。だって会った覚えがないんだ。遠くの親戚より近くの他人とも言うし、僕に対して警戒が強いのはしょうがないことだよ」

ハーティはどうも実の両親を正面から責めたらしい。さすがに血縁があるせいか、罪悪感を覚えたそうで、祖父母から初めて手紙をもらった。ありきたりだけど、不義理の謝罪があったんだ。

前世でも疎遠だった祖父母だけど、今にして思えば前世の祖父母は二年で子供も孫も立て続けに亡くなり、苦しい思いをしたんじゃないだろうか。親しくつき合おうとは思わないけど、今生の祖父母がハーティのためにも表面上は許せる程度の材料をくれる気回しする人で良かった。

「それにあの兄嫁！　ヒナにあえてアーシャさまの悪口を吹き込んで！　その理由がいつまでも私が再婚しないからだなんて！」

ハーティが一番情けないと怒ったのは、子爵家を継いでいる兄の嫁と、それに影響されたもう一人の従姉テティ。ハーティとヒナを子爵家から追い出すため、僕と引き離そうとしていたんだとか。

「けど問題はニスタフ伯爵家だよね？　その兄嫁をわざわざ焚きつけていたんでしょ？」

しかもハーティの兄で僕の伯父に当たる人は、少額ながら僕の誕生月の祝い金を用意してニスタフ伯爵家に預けていたそうだ。

ユーラシオン公爵側の子爵家の立場で、僕へ直接渡せないのはわかる。けどその祝い金を着服した上で、僕の悪口を吹き込んだニスタフ伯爵家が問題だ。

主に動いていたのは次期伯爵である長男。けどニスタフ伯爵も容認していた。祝い金を理由に文句を言いに行ったハーティに、隠しもせず答えたという。

「あの方は情がなさすぎるのです……」

悔しそうに言うハーティは、乗り込んで不正を糾弾した際、祝い金ははした金と言って返されたんだとか。着服も別に金が欲しかったわけじゃなく、ひたすら僕と関わらないためだったらしい。

理由は、僕がいらないから。皇帝になった父を育てた恩があればそれでいいそうだ。

確実に皇帝となるテリーがいるんだから、僕なんて関わるだけ損。後見になってるのも、皇帝を育てたというステータスのためだけと言い切ったとか。

「うん、まぁ。そこまで割り切ってないと皇帝の隠し子を実子として育てるなんてしないよね」

「納得してはいけません、アーシャさま！　これは不当な扱いです！」

「ハーティ、僕の代わりに怒ってくれてありがとう。けどさ、ハーティが選んだ人みたいにわかってくれる人もいるんだ。悪いことばかりじゃないでしょう？」

ハーティはヒナの後、再婚相手としておつき合いしている人を連れて来た。その人は僕と会って、すぐに不遇であることがわかったらしい。

（何故だろう？　僕ってやっぱり皇子の割に庶民感抜けないのかな？）

ともかくハーティの再婚相手は僕の境遇をとても憐れんだ。そしてそんな僕からハーティを引き離すことはできないと言い出したのだ。

「再婚話をなかったことにするって言われたあの時は、どうしようかと焦ったよ」

「最後には、アーシャ殿下が二人を結び合わせていましたね」

一連の事態を見ていたイクトが微笑ましそうにしていると、ウェアレルとヘルコフがやって来た。

二人は別室で数字を確かめていたんだ。

「ウェアレルは教師だったからわかるけど、ヘルコフが数字に強いイメージないなぁ」

「戦争も結局は数字なんですよ、殿下。それで、概算出ました」

「現状維持であっても、五年でアーシャさまのご生母から継いだ遺産はなくなることでしょう」

ヘルコフが厚い肩を竦めると、ウェアレルが警戒ぎみに緑の耳をそばだてて告げた。

「まさか皇子の歳費もないとは恐れ入る。俺たちの給金は陛下から支出されてるから盲点だった」

ハーティは再婚で離れることになった。そして浮かび上がったのが金銭問題だ。

「衣食住は、陛下のプレゼントとこの宮殿に住むことで賄ってたけど、予算は知らなかったなぁ」

中身庶民だから、皇子ってだけで歳費という予算がつくことを僕は知らなかった。

だから今までこまごまとした出費は、ハーティが父から預かった母の遺産をやりくりしていたことを今回初めて知ったんだ。

「アーシャさまが今後錬金術を続けるとなれば、学園から譲り受けた材料も底を突きます」

ウェアレルが言うとおり、学園の廃棄品である錬金術器具には、初心者用のセットや在庫で余っていた材料も同梱されていた。手に入りにくい鉱物系統はそっちで賄っていたんだ。

他は台所や庭園でちょっと手に入るものを使い、たまにお酒をヘルコフに買って来てもらったりして実験材料にしている。

「つまりお金がかかるのは僕の趣味なわけだ。だったら錬金術で稼げばいいんじゃない？」

「アーシャ殿下、今後つき合いというものをしていく限りは出費がかさむことを考慮してください。まとまった額を今後のために積み立てる必要もあるでしょう」

「そうだなぁ、つき合いの悪いイクトでもそれなりにあるんだ。それに好いた相手に贈り物一つできなくても恰好がつかないでしょう」

「けど、陛下に波風立てないようになんて言う？　たぶん僕に歳費がないのは誰かの作為だ。まだ独力で国を動かせない陛下の与党を削ることはしたくない」

一番有力な犯人は、妃の実家で僕が力をつけるのを嫌がるルカイオス公爵。だからこそ、訴えることに迷いがある。外戚《がいせき》との軋轢《あつれき》ともなれば弟のテリー、まだ見ない双子にまで影響があるだろう。

そしてユーラシオン公爵のように父を蹴落として帝位を狙う勢力もある今、味方の分裂の種になるわけにはいかない。上手く調整するなんてできないから、現状維持で耐えて方策を練るしかない。その時間を稼ぐためにも、自力でお金を稼ぐ必要があった。何よりハーティを安心させて送り出したい。今も僕たちの会話に不安そうに眉を下げてしまっていた。

（錬金術を行う環境が悪いのならば、場所を変えるべきであると提言）

セフィラが身もふたもないこと言い出した。けど血縁とか立場とかないセフィラからすると、それが解決策になるんだろう。

「セフィラが場所変えろって。けどそれ、僕に皇子やめろって言ってるようなものだしね。さすがに八歳で親元離れて自立できるほどの甲斐性はないです。その元手もないです」

だいたいそのお金のために今悩んでるんだ。

「セフィラは記憶力はあるのでしょうが、人間を知らないのですね」

ハーティが、そもそも常識が違うことを案じるようだ。不安そうなハーティに気づき、他の側近たちは、僕が指すセフィラのいる方向に、帝室についてや国について説明を始める。

（障害となる当該人物を排除すべし）

うん、余計に物騒になった。そして早くも全員がセフィラの位置を見失ってる。

「これ、セフィラに見えるように意思表示してもらったほうがいいかな？」

（仔細を求む）

早速食いつく好奇心の塊。

「もしやホムンクルスですか？　錬金術で動く人形というものがあるとか」

「それはまだ早いし設備が足りないよ、ウェアレル。あと人形って言うならゴーレムだね」

「まぁ、場所わかったほうがこっちも楽だしな。けどどうやるんです、殿下？」

「見えるようにするだけなら別に体とか物質はいらないんだよ」

僕はヘルコフに答えながら、大きいビーカーの中に、小さいビーカーを入れる。

「まず人間の目に見えるからある、見えないからないってわけじゃないし、視覚っていうのは案外適当なんだ。見えるままに見ているわけじゃないんだよ」

大きいビーカーに水を注いでいくと、小さかったビーカーは空気中より一回り大きく見える。これは光の反射が空気中と水中で違うから起きる錯覚だ。

「触れば実際の大きさはわかるよ。けど、目で見る物は実物の真実ではない」

イクトが一生懸命睨むようにビーカーを見るけど、大きく見えてしまう錯覚は変わらない。他にも光の反射による錯視の実験をしてみせた。

「それによって何が言いたいかというとだね。見えるっていう現象は、つまり光を見ることなんだ。夜がわかりやすいと思うけど、光がなくなったら途端に見えなくなるでしょ」

「なるほど。セフィラが光を操ることで、その姿をあるものに見せるということですか」

本当にウェアレルは理解が早い。

セフィラは魔法が使える。僕が術式を仕込めば狙ったとおりにも動くから可能なはずだ。

「なんか、魔法で幻惑されたなら解けるのに…………これ全然、正確に見えないな」

　ヘルコフもイクトと一緒になって、錯視をどうにかしようとしてる。

「そこは体の機能だからどうしようもないんだけど。今度、時間がある時に盲点の実験してみようか？　どんな反応してくれるかちょっと楽しみ」

「まぁ、アーシャさまは本当に知的好奇心が旺盛でいらっしゃるのだから」

　つい錬金術の説明に終始してしまった僕に、ハーティは微笑ましそうに言う。子供だから別にいいはずなのに、この子供扱いがちょっとくすぐったい。そしてこの感覚も近く、なくなるんだ。

（主人は何を望まれる？）

「僕の望み？　セフィラ、いきなりどうしたの？　いや、そう言えばこれって僕たちの会話を元に言葉発してるはずだから、僕こんなにわかりにくい？」

「そんなことはありませんよ、察するにセフィラ自身が酷く合理的で不必要と断じた言葉を省いているのでは？　本を多く読み覚えているにしては詩的表現をしないのもまたそうした理由でしょう」

　ようやく錯視を諦めたイクトの推測に、僕はちょっと想像してみる。詩的に喋るセフィラ？

……………うん、よほど迷惑じゃない限りは本人のやりたいようにでいいよ。

　ただ外見を整えることで、表現ってものを覚えてくれればいいな。

（…………主人の望みを叶えるべくするべきことはなんでしょう？）

　あ、言い直した。

「つまり僕の手伝いをしたいんだね。もちろん、セフィラにやってもらいたいことができたんだ。そのために、僕のほうでも考えを纏める必要があるから。あ、はいこれ。光を発する術式」

人間は全ての魔法が使えるけど、極めると言えるほどの威力も範囲もない。ただ構成を理解すれば、魔法陣と呼ばれる術式を組むこともできる。

他の種族だと自分に合った属性しかできないそうで、純粋な獣人に至っては魔法陣を描くこともできないとヘルコフに聞いた。たぶん身体強化という魔法の適性から、外向きに影響させることができないんだろう。

それで言えばセフィラは人間に近いのか、使う魔法に属性の縛りはない。だったら僕の考えてることを実現できる才能が、セフィラにはあるかもしれなかった。

「うわ⁉　眩しい！」

なんて考察している間に、渡した術式で早速光ったセフィラは、僕たちに目つぶしを食らわせるという失敗をしたのだった。

それから数日、僕はセフィラにコミュニケーション能力をつけるのが楽しくなっている。

「ぉぉおおぉぉおぉぉお」

発声を調整しようとするセフィラは、姿は見えないのに声だけがする。しかも呻き声っぽくなっていた。実にホラー感がある。

「うーん、音声が安定しない。それに声出してると光って場所を知らせるっていうのもできなくなるし。これがセフィラの容量の限界かな？」

「異議ぎぎぎぎ、ぎ…………」

「怖い怖い怖い。セフィラ、言いたいこと無理に音にしなくていいから」

すごい歯噛みしてるような声がすぐ近くで聞こえた。

（異議を申し立てる。物理的容量は存在せず、魔法行使における術式の稼働にも問題はありません）

（いやいや、できないなら問題ありなんだよね？）

セフィラの自己申告では扱えない術じゃないし、魔法は問題ない。

「ってことは僕が組んだ術式が問題？　作動の両立を何かが邪魔してるとか。――人間も喉で声、舌や口腔内で言葉を作る。体はないけどセフィラも、役割分担したほうが安定して出力できるかも？」

僕が試行錯誤をしていると、それを見守るイクトが背後で同僚と会話を始める。

「アーシャ殿下が今何をしているかわかるだろうか？　私には皆目見当もつかない」

「そもそもセフィラがなんなのかわからない上に、完成図もアーシャさまの頭の中ではわかるわけもないと思いますよ」

「おいおい、お前さんがわからないと俺らじゃ無理だぞ」

「危険はないのですか？　何か危ない実験をしているなんてことは？」

呆れるヘルコフと不安がるハーティに、ウェアレルは渋い声を返す。

「いえ、魔法部分はわかりますよ？　えぇ、見ること、聞くことの原理をアーシャさまに説明されたからこそわかりますがね」

そもそも僕が説明したからこそだと、ウェアレルは両手で顔を覆ってしまうのが肩越しに見えた。

「私これでも学園を良い成績で卒業し、若手の有望株だと言われ、学園で教鞭を執り、キャリアを積んだ上で伯爵家に招請されて――。実は陛下がやんごとない方だとも聞かされていましたのに」

おっと、生まれてからのつき合いだったのに、今にして新事実。それだけニスタフ伯爵に見込まれてたという証左なんだろう。

「なんかごめん、ウェアレル」

「アーシャさまが謝罪すべきことなどございません。私もこの仕打ちでニスタフ伯爵への期待などもはや爪の先も残っておりませんので」

ウェアレルは顔を覆っていた手を外して、きっぱり言いきってくれる。

「貴族に用いられることで、安定した収入と次の仕事への踏み台という考えの者は多いですすね」

一応貴族のイクトがさらりと大人の事情を告げる。

「けどそれだと、やっぱり僕の側にいるのは損じゃない？」

「どこぞの貴族よりも、皇帝直々に望まれて雇われるほうがよほど箔になるんですよ。殿下が気にしなくても、こいつは自力でどうにかします。それに帝室図書館で今までお目にかかれなかった魔導書見つけて小躍りしてたりしますし」

「ちょ⁉　いつ見たんですか！」

ヘルコフが熊顔でもわかるくらい豪快に笑顔を作って暴露すると、ウェアレルは尻尾を膨らませて慌てる。本当にしてたんだ、小躍り。

数日前よりも笑うことが増えたハーティが仕切り直して聞いてきた。

「それで、アーシャさまは今何をなさっているのでしょう？」

「両立できないなら、別々にやらせて安定を図ろうかって。そのためにセフィラを小分けにしてる」

僕の説明に側近たちが固まった。

「…………増えるんですか、セフィラ?」

ヘルコフがなんか恐る恐る聞くけどそんな無茶はしないよ。

「増えるっていうか、大きくなって大雑把になってるところを細かく設定し直し? 分業? 同時に別々の動作をする上で、調整とか修正とかの処理が被るのが問題だと思うんだ」

みんなの表情を見るに、あまり通じてないようだ。スマホやパソコンで通じたら一番楽なんだろうけど、そうもいかない。

(説明は後でいいか。セフィラ、ゼロと一、二つの数字でのみ処理する方法ってわかる?)

(仔細を求む)

僕は二進法について簡単に説明した。一かゼロ、オンかオフ。機器の情報処理で使うんだけど、シンプルすぎるところもあるセフィラには理解しやすいかも知れない。

(容量がまだあるなら、桁が多くなっても処理速度早くできる二進法が合ってるかも?)

(適用します)

そうして僕が提案し、セフィラ自身も試行を繰り返して改良を続けた。それから数日。

「――――できた!」

セフィラを徹底調整することになったけど、結果は満足の行くものになる。

今までは丸い玉一つでイメージしてた。それが大きくなったから、最初の玉と同じ規模の玉を機

能ごとに専門化したような感じ。気分としては最初よりも磨き上げて、さらに術式で繋いでいる。

「玉《セフィラ》改め珠々《セフィロト》だよ」

僕の側にはこぶし大の光球が浮かんでいる。

「初めまして。セフィラでもありセフィロトでもある、セフィラ・セフィロトと呼ばれるべき存在ですが好きにお呼びください。私であることに変わりません」

話す度に明滅し、声は僕からサンプリングして発している。感情がこもってないせいか、ずいぶん落ち着いてて大人っぽい。

「このセフィロトになったすごいところはね、今まで文章を伝えてくれるしかできなかったのが、描かれた絵図を可視化できるようになったところなんだ」

僕の合図で光球から光が照射され、棚から垂らした白い布にプロジェクターよろしく絵柄が映し出される。これで盗み読みした書籍を余すことなく堪能できるんだ。

「思考の実現を達成した主人に問う。現環境における改善に私を活用できるでしょうか？」

「あ…………忘れてた。楽しくって、つい…………」

金銭問題も解決してなければ、ハーティの不安解消にもなってない。僕は不安そうな表情を思い描いてハーティを振り返った。けれど僕を見つめ返すハーティは、微笑んでいる。

「おめでとうございます、アーシャさま。おっしゃるとおり、もうあなたには乳母は必要ではないことが、よくわかりました。それほどの才能を持つアーシャさまなら、きっと大成なさる。そう思える結果を見せていただきました」

少しの寂しさを交えて、ハーティは僕に告げる。ハーティは光るセフィラにも声をかけた。

「セフィラ・セフィロト、アーシャさまの助けとなって、いつでもこの方が笑って過ごせるよう手伝ってあげてください。私も、アーシャさまには楽しげに笑っていてほしいですから」

「依頼受諾」

セフィラの素っ気ない返事にも、ハーティは安心したように笑ったのだった。

三章　帝都へ

乳母のハーティが再婚をして、僕の元を去って行った。それから九歳になった今、僕はお酒の密造に手を染めている。

錬金術による金策の一種でやってみたんだ。帝国は個人での酒造を禁じていないけど、売ることには許可が必要だった。だからヘルコフの知り合いのお酒を扱う人に売ってもらったんだけど。

「殿下。また追加製造してほしいと縋りつかれた……」

もう何度目になるかわからないお酒の増産依頼を持ってきた。

「完売の上に希少品として、宮廷貴族に重宝されるとは。ここで作っているというのに」

「質が良いのは味でわかっていたつもりでしたが。貴族方の流行への敏感さは恐ろしいものです」

イクトが笑えば、ウェアレルは予想以上だと首を振る。

「いやもう、飲んで売れると食いつくくらいは予想してたんですがね。殿下が作ったの渡す端から売約済みの札張っていくんですよ」

呆れ半分に言うヘルコフは、たぶん子供が作ったものという先入観があったんだろう。正直僕にもあったんだよね、これくらいっていう過小評価。

「アルコール度数が高いのが珍しいってことだよね？　けど今までお酒蒸留した錬金術師がいなか

ったわけでもないのに。どうしてだろう？」

僕は蒸留器を動かしつつ考える。器具として完成品があるし、本にもアルコールの蒸留は載っていた。なんだったらこれから薬酒を作る工程もある。

ヘルコフも改めて錬金術の器具である蒸留器を見る。

「ちなみに酒は錬金術では何に使うんです？」

「エタノールって言う、アルコールよりも純粋な状態にする。薬にもなるし、溶剤にもなるんだ」

「だからこそ逆に飲料とは考えなかったのやも知れませんね」

僕の説明にイクトが一つの可能性を上げる。続けてウェアレルは別の可能性を上げた。

「どうでしょう？　以前はあっても失伝してしまった可能性もあるのでは？」

「失伝もあり得るの？　それはそれで僕、不安なんだけど。錬金術ってすごい技術なのに、そこまで廃れる要因が何かあったのかな？」

「まぁ、いきなり神髄だとかいう難解な文言理解するわ、セフィラなんていう知性体生み出せちまうわする殿下からすればそうでしょうな。ただ魔法のほうが使いやすいし効果は大きいもんで」

「異議あり」

ちょっと申し立てますよ。ヘルコフの言い分は聞き捨てならない。

僕の反論の気配に、イクトが取り成す様子で声をかけてきた。

「世間的な評価ということでしょう。同時に実用的ではないとも言われていますし、やはり肌感で扱える者もいる魔法よりも難しいのですよ」

「確かに器具はいるし手順も時間もかかる。けど、錬金術が魔法よりも使いにくいってことはないよ。──あんなに関連書籍あるのにおかしいな？　それに歴史の中でもこの帝都を拓くために使われたってあった。いったい何処で不要になったたって言うんだろう？」

僕が見られる帝室図書館には、一定量の錬金術関連の書籍がある。そこには確かに難解で、あえて読み取らせないようにした文章もあったけれど、ちゃんと使える内容だった。

悩む僕に、ウェアレルが予想の斜め上なことを言い出す。

「錬金術による帝都造設は、伝説の類と言われています。ただ確かに、宮殿の図書には歴史的事実かのように書かれていましたね」

え、伝説扱いなの？　つまり、事実じゃないと思われてる？

「けど地質の改造とか、水の供給とかいう内容は、魔法じゃなくて錬金術だよ。だって魔力の供給しなくても今も継続して使えてるでしょ」

僕の訴えに、側近たちは顔を見合わせ、ヘルコフがわざわざ手を挙げた。

「もしかして殿下、その大昔の伝説、再現できそうなんですかね？」

「できるよ。設備と人員は必要になるけど。ちゃんとどうすればそうなるか理屈も書かれてるし。伝説とかじゃなく理にかなった方法だった」

側近たちはまた顔を見合わせる。僕を疑ってるわけじゃなく、錬金術に対する懐疑なんだろう。

（みんな優しすぎてはっきり言わないから気づくの遅れたけど、錬金術ってそれだけ下に見られてるってことだよね）

この事実は、セフィラが教えてくれなかったら気づかないままだったかもしれない。

セフィラが適当に文章をあさったからこそ、錬金術を貶す文言が散見されることに気づいた。そうして見えたのは、錬金術という学問の地位の低さだ。

（錬金術が魔法を模しただけの劣化技術扱いになってるなんて………）

（異議を申し立てる）

錬金術で生まれたセフィラが、勝手に思考に混じってくる。

（世の潮流を得たことによる恣意的見方の流布あり。是正を勧告する）

（それはちょっと僕に言われてても。機会があったらするけどね。だいたい、魔法の隆盛と同時に錬金術を貶す論文書く魔法使いが多いのがいただけないよ）

なんだったら僕の前世と同じような扱いで、迷信だとか詐欺だとか言われてるし。効果があると認められるのは毒の抽出のみといううさん臭さだ。

「よし、まずは身近なところから始めよう。ヘルコフ、精髄液ってわかる？」

「いやぁ、錬金術はとんと」

「精髄液、またはエッセンスと呼ばれる錬金術のアイテムですね」

代わりにウェアレルが答えてくれた。本当に魔法以外でも物知りだ。それとも、錬金術科に知り合いがいるらしいし、そちらからの知識かな？

「それって一般的にはどんな扱い？」

立ち上がり、僕はワインを蒸留する大きな蒸留器よりも小さな蒸留器の前でヘルコフを手招いた。

するとイクトが答えてくれる。

「各属性を抽出して閉じ込め、活用できるというふれこみが多いですね。まだ世間ずれしていない狩人が掴まされます。けれどできることと言えば焚きつけや、少量の水を生む程度で、やはり魔法を使ったほうが効果は大きいですね」

「あぁ、そのまま使うんじゃそうだよね。じゃ、基本から。精髄液にも属性は地、水、火、風の四属性がある。それを薬液に溶かし込んで使うアイテムで、別名エッセンスと呼ぶんだよ」

僕はヘルコフを座らせ、自分で作った試験管入り四属性のエッセンスを取り出した。

「はい、じゃあやろう。身体強化しか使えないはずのヘルコフくん」

「なんでしょうかね、アーシャ先生」

こういうヘルコフの乗りの良さ好きだ。

「これは雪晶花の乾燥葉。花のほうが雪の結晶に似てる薬草だよ。これを蒸留器にセットして、まずは火のエッセンスを使って魔法の火を点火して――。そう、これで魔法の効力が加わって普通にやるより時間短縮になるんだ。次にこっちの乳鉢ね。土のエッセンスをこの粉末とよく混ぜて」

僕はヘルコフに指示を出しつつ、実験工程をやってもらう。

風のエッセンスは、蒸留した雪晶花の葉の蒸留後にできる液体に混ぜて冷ます。これでより効能を引き出すさらなる時短になった。

「で、蒸留した液体を乳鉢の中に入れるのと同時に、水のエッセンスをゆっくりと投入するんだ」

できあがったのは銀色の粘性のある液体。ちらちらと金属片に似た輝きが流動している。

「はい、それをここにあるなんの変哲もない水を汲んだビーカーの中へ入れて」

何をさせられてるのかわからないまま、ヘルコフは従う。水に入れた途端、透明になった銀色の液体が、見る間にビーカーの中身を凍てつかせた。

「お、おぉ⁉　うわ、ちゃんと冷てぇ」

「おめでとう、ヘルコフ。君は水の魔法使いでも難しい冷却の魔法と同じ効果をもたらした」

胸を張って言う僕に、ヘルコフは唖然とする。水の魔法を使えるイクトは苦笑いだ。

「私でもできないことを成し遂げたとなれば、なるほど。水の適性もない者が、この短時間で習得した。これはすごい技術であると言わざるを得ません」

「そして使いやすい技術、ですね。今のやり方を踏襲すれば、私もまた一瞬で氷を生み出すことができるというわけですか」

ウェアレルはやっぱり理解が早い。

これこそ僕の世界の錬金術との大きな違いだ。魔法という技術があるお蔭で眉唾が現実になる。そして科学的な考えも再現できると来る。

改めて自分でもすごい技術だと思うけど……………うん、結局やってることお酒造りってなんか間違ってる気がしてきたな。それに隠れて作ってるから密造だし、悪いことしてる気分だ。

「ただ結局、増産は無理なんだよね。ここにある設備だけだと限度があるんだよ」

金策のためにお酒を売って、思ったよりいい値がついた。こちらとしても悪い話ではない。けど現状では、今以上に作ることも売ることもできない。

「それに外部から酒類を持ち込むにも限度があります。すでにとある獣人が酒乱ではないかと噂になっていますから」

イクトがとんでもないことを言い出した。どうやら宮殿の出入りで持ち物検査があるそうで、僕がヘルコフにお願いしてるお酒も調べられるんだとか。しかも最近お酒運びの頻度が増えてる。

「そんなことになってるなんて。僕がお酒で金策しようとしたせいでごめん、ヘルコフ」

「いやぁ、俺が酔ってるかどうかもわからねぇ節穴の言葉はどうでもいいんですがね」

「ヘルコフの酒乱疑惑か。お酒を見えなくさせることくらいできると思うよ」

「仔細を求む」

声を得てもいつものとおり。セフィラ・セフィロトは僕に短く求めたのだった。

それからまた数日。季節的には秋が近づいてる中、僕は科学でも実用化が難しい光学迷彩に取りかかった。言い換えれば透明人間化だ。

科学の上ではレーダーなどで可能になってたはずだけど、素材や反射が違うと無理だとかいろいろ問題はあるらしい。けど魔法を取り込むことで、なんと、できました。

「お酒を見えなくするだけのつもりだったけど、もしかしてこれ使えば、僕も自由に外へ出られる？」

「ちょっとお待ちを、アーシャ殿下」

ワクワクして聞いたら、イクトからストップがかかった。僕は今、セフィラ・セフィロトにお願いして、透明化中。全体を消す予定だったんだけど、縦半分が消えたところで止められたのでそのまま次の言葉を待つ。

「あ、殿下。それなんか怖いんで戻ってください」

ヘルコフに言われたので僕は声に出さず命じる。

(セフィラ・セフィロト、戻して)

(試行の中断理由として不適当です)

邪魔されたことに文句を言いつつも、セフィラは光学迷彩を解除した。

(光学迷彩なる技術の実証実験を求む)

改めて要請されました。本当に好奇心を放っておかないんだから。

けどイクトたちは顔を突き合わせて話し合い中だ。漏れ聞こえる内容は、安全面での懸念。責任問題とかあるもんね。つまり、問題にされないためには絶対ばれないという確信が必要なんだろう。

「じゃあ、ついでに実験もしよう。三人とも、かくれんぼするよ」

「アーシャさま、それはまさか、この室内でその見えなくなることで私たちを試そうと？」

ウェアレルが落ち着かない様子で三角の耳をくりくり動かす。

「逆だよ。みんなが試すんだ。僕とセフィラが隠れるから、百数えたら捜しに来て」

僕は言いながらエメラルドの間から出て行く。瞬間セフィラが僕を見えなくした。最近は側近にお願いされて光ってたのに、それも消して見えないようにする。

(推奨、机の下)

(それじゃつまらないよ。見えないことによって身を守れるってことを証明しないといけないんだ)

これは隠れてるだけじゃ駄目だ。危険となったらそのまま逃げられるくらいのことを証明しないと、きっとあの三人も許可を出してくれない。

(同じ部屋に誰か来たら離脱を図る)

(了解)

こうして広い部屋を初めて有効活用した、僕たちのかくれんぼが始まった。

「おや、そこですね。ほう、見えないのに掴める?」

僕は金の間の暖炉脇から移動しようとして、イクトに肩を掴まれ見つかる。

「どうしてわかったの? 見えてなかったんだよね? なのにこっち見たのはなんで?」

「視線を感じたからですね。そうして注意を向ければ、足音や身のこなしで衣擦れが。あとはアーシャ殿下の身長を考えたところちょうど肩を」

「む、僕が動いた音で大きさと、向かう動きを予測したってこと? ………………もう一回! セフィラとちょっと話し合ってからもう一度!」

ここで靴を脱いで足音を殺すのは違う。

僕はセフィラに音を反射させて消す方法を教えた。足音なら僕の体重や床と靴底の硬さなど、情報は揃ってるのであとは調整だ。

「………………そこですか? なるほど、確かに見えなくなるだけのようですね」

今度は青の間に隠れてるところを、動く前にウェアレルに見つかった。

「目を閉じて魔法使ってたよね? 風がちょっと来た。………………もしかして風の通り方で、ないはずのものがある場所を探り当てたとか？」

「正解です。風を三段に分けて放つことで、しゃがんでいた場合の漏れもカバーしていました」

均一に風が当たらない場所には物があると睨んでの、ソナー的な活用だ。

「むむ、これは反射じゃ駄目だよね」

（魔法の発生は予測可能です）

「けど打ち消しても結局他とは違う反応出るし……」

セフィラとまた打ち合わせのため、エメラルドの間に戻って考え込む。目を上げると、形も大きさも違うフラスコの数々があった。

「いや、待てよ。あることはわかるんだ。それなら木を隠すなら森作戦、デコイを発生させよう」

（仔細を求む）

僕はセフィラと相談して、今度は風や水といった波状の探査に対して、あると誤認させる魔法を作動させた。そこは音を打ち消すのと同じように、波状の探査を遮断するように見せかけた魔法だ。

これが功を奏し、ウェアレルは僕たちを捕捉できなくなる。

「まぁ、色々思いつくもんだ。おら、そこだ！」

ウェアレルを掻い潜って赤の間へ抜けようとした時、ヘルコフに素早く襟首をつかみ上げられた。

「音もデコイも駄目って、ヘルコフの嗅覚反則だよ」

「まずもって姿が見えない殿下のほうがすごいんですよ」

ヘルコフに降ろされて、なんだか諭されるように言われる。

（献策、嗅覚を麻痺させる臭い物質の散布を推奨）

「直接鼻潰すのはなぁ。それに僕自身が臭いを発してるんだから、動いたら気づかれるし」

消臭しても無駄だし、別の臭いに置き換えても見つかった。セフィラが言うように嗅覚自体を攻撃はできるけど、それは足音を消すために靴を脱ぐのと同じだ。

「ウェアレルのような画一的な方法なら、デコイで行けた。けれどヘルコフは本能的に生の臭いを嗅ぎわける………。よし、今度は魔法を使おう」

「まだやるんですか、殿下？　そろそろ身の危険感じるんですが？」

「だってあとはヘルコフだけだもん。大丈夫、怪我するようなことはさせないから」

僕はヘルコフを置いて、エメラルドの間でセフィラに術式を入れ直す。けどその日は結局、ヘルコフを出し抜くことはできなかった。

三日後。

「もうわからん、降参ですよ、殿下。いやぁ、恐れ入る」

僕はヘルコフの声に姿を現し、会心の笑みを浮かべた。

「やった！　けど、やっぱり対処しないままだと、臭いを誤魔化してもいる方向察知されるのが驚くんだけど？　イクトもそうなんだよね」

「あぁ、視線は慣れと勘ですね。なんか意図持って見られてるなってのはわかるんで」

話しながら青の間へ向かうと、ウェアレルとイクトが拍手で迎えてくれた。

「まさか獣人の鼻を惑わすとは。風魔法で臭いの元をわからないようにというのは、最初上手くいかなかったようでしたが」

「あぁ、どんどん偽装が上手くなって行ってな」

ウェアレルが聞くと、ヘルコフが鼻の辺りを擦りながら答える。イクトは満足そうに頷いてた。

「アーシャ殿下の成長ぶりは素晴らしい。少し足さばきを教えただけでも良くなりました」

「お前ら面白がって教えるから、どんどん上手くなっていったんだよ」

ヘルコフが文句を言うとおり、ウェアレルも風の魔法の上手い操り方を教えてくれてる。

「ねぇ、これで外出てもいい？　宮殿の外に出てみたい。この帝国の都を見てみたいんだ」

宮殿は街一つくらいの広さがあって、生活するには全く出なくても問題はない。けど、問題がなくても観光をしたいと思ってしまうのは、前世が日本人だった僕の好奇心だ。

僕が希望を告げた途端、側近はそれぞれが難しい顔で考え込む。

「外、外か…………。そういやこの五年、即位されてから避暑地にも冬の宮殿にも行ってねぇな」

聞き慣れない単語が聞こえたけど、考えてみれば皇帝が別荘の一つや二つ持ってないわけがない。

前世でも社長とか持ってるイメージだし。

「六年前の日記類にそのような記述なし」

「こら、セフィラ。勝手に人の日記読んじゃ駄目だったら」

セフィラ・セフィロトが光の玉を明滅させながら、とんでもないことを言ってくる。

「…………表紙偽装の上で隠されていました」

「それ余計に読んじゃ駄目なやつだと思うよ？　表に置けない日記とか余計に駄目だって。――あと六年前は先代皇帝が病床に就いてるだろうから、記述がないのは当たり前でね」

病人大移動させてバカンスとかない。そんな僕たちの会話に、ウェアレルが咳払いをして入る。

「おっしゃるとおり、先代皇帝の容体が悪い時にはなかったことです。ですが、十年ほど前ならば、宮殿の引っ越しと言われるような、壮麗な馬車の行列が毎年この都を出入りしていました」

「外交や地方視察などありましたので、そのための役人や設備は共に、皇帝と移動するそうです」

補足してくれるイクトも、言い方からして見たことはないらしい。

行列………参勤交代みたいな？　あれは権威づけの意味もあったから派手だったとかなんとか。けど父は皇帝としてまだ権力が弱く、強化するためにこの五年頑張ってる。外交でいい顔するより、内側を固めるほうが重要と判断したのかもしれない。

「あーと、殿下？　たぶん小難しいこと考えてるんでしょうけど、違いますよ？　問題はもっと感情的なところでしてね」

ヘルコフが言いにくそうに言葉を挟む。けど僕も鈍いつもりはない。

言いにくい上に感情の問題か。そしてバカンスと言えば日本語訳は休暇や家族旅行になる。

「もしかして、僕を置いてく話があって、それに陛下が怒ったとか？」

揃って頷かれた。

「冬の離宮は帝都から東に、夏の避暑地は帝都から西にあります。どちらに行くにも要地を公爵家が押さえており、公爵家の意向を無下にはできないのです」

ウェアレルが言うことはつまり、公爵家は僕を皇子として遇するなんて既成事実を作るような真似、したくないってこと。

ルカイオス公爵は妃の実家で僕を嫌ってるし、父の出現で帝位を逃したユーラシオン公爵も似たようなものだってのは知ってる。

「僕、嫌われ過ぎじゃない？」

「邪推するほうが心卑しいのです」

イクトが笑顔で毒を吐く。よく邪推してくるの、イクトの上司ストラテーグ侯爵もなんだけど？未だにルキウサリア王国のお姫さま、ディオラと文通してるのを怪しんでるし。いいお友達続けてるだけなのにな。

最近はディオラが似姿を描かせて贈ってくれたのに、それは僕が見る前にストラテーグ侯爵に没収された。美しく成長したディオラ姫に、惚れられてはいけないとかなんとか…………。

上司は大事にするレーヴァンからは、僕が文句を言われる始末だ。別に似姿欲しいなんて言ってないの知ってるくせに、妙に絡んで来たんだよね。

もしかして似姿を女性が贈ってくるって、何か特別な意味でもあったのかな？

「ま、殿下を置いていくくらいなら、バカンスには行かないってのが陛下のお答えでしてな。お蔭で弟君たちも帝都から出たことがない」

「あ、それは可哀想。僕のことはいいから連れて行ってあげてほしいかも」

ヘルコフに答えるとなんか呆れた顔された。

「楽しい思い出はあるほうがいいでしょ？　…………僕は、いつか自分の足で世界を見たいな。イクトのような冒険譚はなくていいんだよ。自分が今を生きる世界を知らなすぎることは問題だと思うんだ。ねぇ、帝都を少し見るだけでも、駄目かな？」

顔を見合わせる三人に、僕はさらに訴える。

「ウェアレル、何ごとも勉強だっていつも言うでしょ？　実際見ることも必要だと思うんだ。イクト、ごく短い時間でいいんだよ。絶対危ないことしないって約束するから。ヘルコフ、そのお酒売ってる人には、もう直接会って説明しないと増産の依頼を振り切ることもできないと思うんだ」

僕の必死の訴えに、考える様子を見せる。

「帝都は地図で見るよりも広いのですよ、アーシャさま。宮殿の治安は外に比べて大変よろしい」

「八歳の子供なんて一人で歩けば誘拐されるような危険な場所が、帝都と言えどあります。まぁ、姿の見えない相手に乱暴を働くことなどできないでしょうが」

「うーん、身を守れないなんてことないのは、身をもって知らされましたけどね。人も多ければ建物も高くて、見通し悪い場所もある。危険はあるんですよ、殿下」

それぞれに危険を口にするけど、光学迷彩で僕を捕捉できなかったことが効いてるようだ。

「それでも危険を避けてばかりではいられなくなる。だったら今の内に少しでも慣れたほうがいいと思うんだ」

僕が退かない姿勢を見せると、それぞれ目を見交わして息を吐いた。

「………………しょうがない。この場合適任は俺か？」

「でしょうね、街中で魔法を使うわけにもいきませんし」

「私は宿舎住まいなので、市街地に近づきませんから不案内です」

ウェアレルとイクトが身を引く。これはどうやら応諾と見ていいようだ。僕が笑顔になった瞬間、セフィラが光を強めた。

「湖なるものの見学を希望」

「あ！　お前もいるのか。頼むから外では喋るなよ？　なんて言い訳すればいいのかわからん」

ヘルコフは光を強めるセフィラに盛大に顔を顰める。眩しいだけなんだろうけど、牙がちらついて恐ろしげな顔だ。

そしてセフィラ・セフィロトはしれっと自分の要望を押し込んで来たのだった。

＊＊＊

「いいですか？　正門は式典や皇帝が使う以外では開かないんで、人の少ない門を使います」

僕は今、セフィラの光学迷彩で姿を消したまま、ヘルコフと一緒に左翼棟一階を歩いていた。茶色っぽい大理石で飾られた床や柱が、高級ホテルのような豪華さだ。ここは左翼棟の正面玄関で、三歳から住んでるけど、僕が使ったのはやって来た時一度切りだった。

「出て正面にある建物は、エメラルドの間からも見える議会棟。左に行くと宮殿前広場で、宮殿前広場から宮殿を背に真っ直ぐ行くと正門ですよ」

説明してくれたヘルコフは、合図を送って来る。ここからは僕にも話しかけない。

そして僕たちは、正面から左翼棟を外に出た。ほどなく夕暮れとなる空。辺りに人影はなく、肩越しに見る左翼棟は無人であることを物語るように、ひっそりとしていた。

向かう左翼の門は、馬車道でもある。けど高台にある宮殿から帝都に行くには、つづら折りの坂を行かなくてはならない。だから馬車だと揺れるし、歩きだときついって不人気らしい。

門を出て門番から見えなくなった途端、ヘルコフが顔を片手で覆う。見上げると熊耳も垂れてた。

「…………できちまったよ。宮殿は魔法での侵入も難しいはずなのに」

「ばれなかったね。光は魔法で出しても、起きた現象自体は魔法に関係ない形だからかな？　もしかしたら害ある魔法を見わけるとか、指定の危険な魔法を検出するとかなのかも」

門番は全く気づかず、僕の通行を見逃してる。ただヘルコフの荷物検査みたいなことはやってたから、サボってたわけじゃない。

話す間にも、僕たちはつづら折りの道を下って行く。すると木々の切れ間に帝都が見えた。落ちる日に照らされた湖が、まるで海が広がる港町のような景色だ。

「うわぁ、広い！　湖ってこんなに広いの？」

「おう、いい反応。前もって言ったとおり帝都は広いんで、行く場所は絞らせてもらいますよ」

寄り道もなしだと言われてるけど、すでに夕方だからそれは仕方ない。確かに見渡す限り街並みが続く帝都は、一日でも回り切れないだろう。

帝国として君臨して以来遷都なしだから、街は広がる一方でこの広さなのかな。

（こうなると定期的に外に出たいし、こうして抜け出してることがばれてはいけないわけだ）

（今回のことで実証されています。懸念事項があるようには思われません）

歩きながら考えていると、セフィラが頭の中に直接語りかけて来た。

（楽観すべきじゃないよ。今回は人間の門番だった。これが獣人だったら、鼻がいい者もいれば耳がいい者、皮膚感覚が鋭い者もいる。あと、竜人には温度を検知する者がいるかもしれない）

竜人は見たことないけど、本の記述では、千里眼で見えないものを感知できる者がいるらしい。

（蛇のピット器官みたいなのだとなぁ）

（仔細）

（略すな。蛇は体温で獲物を捉えることができるんだ。その能力を持つ竜人がいたら、目で見えなくても耳で聞こえなくても鼻で嗅げなくても意味がない）

セフィラがすごく興味津々だけど、対策は後で考えよう。それよりも僕は目の前の未知に全力を傾けたかった。

「…………これが、湖？　上から見て広いのはわかってたけど、すごい！」

「はは、殿下は初めて見るから驚くよな。俺も故郷にはこれほどの湖はなかったですよ」

僕は目深に被っていたフードを持ち上げる。帝都周辺は山や湖が近いこともあり、真夏でも三十度行かない。ちょっとした防寒着として外套を着る人は良くいるそうで、僕のこの顔を隠すスタイルは全く問題がなかった。

（走査開始…………終了。落ち着きのない主人をことのほかに注目する者は検出されませんでした）

僕に一言余計なことを言うセフィラの報せに、ヘルコフが唾を飛ばして噴き出す。頭上の耳に手をやって目を白黒させていた。

ヘルコフの反応から、セフィラが伝えたんだろう。僕は思考に突然絡んで来られるのにも慣れたけど、ヘルコフからすれば突然「今、あなたの心に語りかけています」って言われたようなものだ。

「セフィロトにしてから既存の機能も強化できてね。今までは一人に対してだった精神対話が、二人同時にできるようになったんだよ。危険はないみたい」

「そういうのは俺の仕事なんですが、まぁ、心強い見張りがいると思っておけばいいか？」

僕はヘルコフの困惑を他所に、物珍しく湖を眺める。

湖と呼ばれるものは前世なら映像で見たことがあるんだけど、琵琶湖レベルを越える水面が広がってるんだ。今僕たちがいる展望台のようなところから左右を見ても、湖の端は見えない。

さらに右手には、立派な船が帆を畳んで並んでいるという、もっと好奇心を刺激される物もある。

「あっちは商業地区で、河川使って物資を帝都に運んでるんです」

僕の視線に気づいて、ヘルコフが教えてくれた。夕方の今、港のほうには明かりが点《とも》ってる。この時間から開ける店があるようで、窓やドアを開放してる人影もあった。

「もしかして酒場とかある？」

「あの辺りなら庶民のがありますよ。ですが殿下が行かれる所じゃないですからね」

「それはいいんだけど、あんなに明るくして、油って高くないの？」

「お貴族さまの使う精製油は高いですよ。安いと煤や臭いがひどくって、たちの悪いのになるとまんま獣脂に灯心差してるのとかありますよ」

「えぇ？」

「ただ古い家から高値で売られる設備で、小雷ランプってのがあって。それはちょっと魔力流すと火も使わずに灯りが点くんで重宝してます。あそこの光はそれでしょう」

古い家から売られるっていうのは、解体に際して使える物をリサイクルに出すからだ。それと同時に、その小雷ランプがどういう仕組みかわからないかららしい。そしてデザインが庶民向けで武骨だから、宮殿にはないし、作り直せないいんだとか。

偉い人はあえて薪や油を消費して、火を使うことで権威づけにもするってヘルコフは説明してくれるけど、僕は小雷ランプだという灯りを見直す。

灯火のように揺れないし赤くもないため、確かに他と違うのが見てわかる。

「もしかして、電気？」

「あれ、まさかあの小雷ランプって……………？」

「錬金術だと思うよ。明日電気を発生させる実験見せるね。たぶん同じ感じの明かりになると思う、けど……まさかの失伝技術なの？」

今でも有用なら残っててもいいはずなのに。

（セフィラ、今も使ってるような技術が失伝した理由ってなんだろう？）

（一度普及した後に新規需要が開拓できずにいたものと思われます）

頑丈で壊れにくく作って今も稼働するため、新規需要がないことで製作者は技術を手放した。人口が増えて需要ができても、すでに作れる者は絶えた後となる。さらにそれが錬金術だと知っていた者が減っていて、忘れ去られる一方になったのではないか。

捜せば作れる錬金術師はいるかも知れないけど、捜すにもどうやって作られているかを人々は忘れてしまったため、捜すこともできない。だから古い物をリサイクルして使っていると。

「世知辛い…………」

僕は夕暮れに染まる湖を眺めて黄昏る。

「ただ小雷ランプが庶民の手にあるのも帝都くらいですね。大きな町ならともかく、村程度になると油使って灯り点すよりも、日暮れと同時に寝てます」

「生活水準に差があるんだね」

帝都を見た感じ近世風だ。同じ文化圏でそこまで文化レベルに差ができるものなのかな。

あ、いや…………前世でも貧困国はあったし、国土が広いからこそ、都市部と農村部が一世紀単位でずれてるって話もあったな。遠い何処かの国じゃなく、すぐ近くの大陸で。

(サーチ、サーチ、サーチ)

そしてセフィラは放っておいたせいか、楽しそうに湖の中を走査してる。本を開かず読むための能力のはずなんだけど、どうやら水に入らずに調べることにも使えるようだ。

(波形に異常あり)

なんか言ってる。けど湖に変化は見られない。

「ヘルコフ、異常ある？　セフィラが湖の中調べてて異常ありって言うんだけど」

「何してんですか。けどこう暗いと…………うん？　ありゃ魔物か」

ヘルコフの声が不穏な呟きと共に変化する。僕も目を凝らすと、波間に異物が動く様子を捉えた。

「あれは、背びれ？」

「退いてください、魔物だ」

ヘルコフは僕を背後へ庇う。そうして背中に手を回し、括りつけていた剣を降ろした。

これは帝都の決まりらしい。許可された兵以外は、剣をすぐに抜けるようにして持ち歩くのは禁止だそうだ。逆さにして剣が落ちないよう縛った上で、背中に回すのが礼儀なんだって。

「早……………」

剣を抜きにくくしていたはずが、ヘルコフは一呼吸の間に柄と鞘を縛っていた紐を解く。次には剣を抜いていた。

「逃げろー！　魔物がそっちに向かってるー！」

背びれの魔物の向こうから叫びが上がる。見れば背びれの魔物の後方斜めに、小舟を一生懸命漕ぐ一団がいた。夕日に金属が反射してるから武装してるようだ。

「ったく、何処の狩人だ」

ヘルコフがぼやくと同時に、背びれの魔物が水面に姿を現した。尖った顔と、大きな背びれを持つ魚で、大柄なヘルコフより一回り大きい。

「カジキ!?」

どう見てもカジキな魔物が、水しぶきを上げて僕たちのほうに跳んできた。しかも不自然に水がついて来てるのはきっと魔法だ。

魔物は一属性の魔法を使えるから、獣と違って魔物と呼ぶのは知ってたけど！　あれ!?　ってい

うかカジキって海の魚じゃなかった⁉

「ふん！」

驚く僕と違って、ヘルコフは冷静に一歩踏み込んで剣を振った。

まるで叩きつけるような乱暴さだけど、威力はすさまじい。カジキは一刀で展望台の上に叩きつけられる。たったそれだけなのに、魔物は暴れることもなく動かなくなった。

「え、何したの？」

「ふふん、俺らの一族は魚型の魔物を狩って食らうもんで、これくらいの奴なら朝飯前ですよ。産卵で興奮して攻撃性増してる鮭のほうがずっと厄介だ」

鮭！　熊さんが鮭！　すっごく見たい！　あとやっぱりこっちではカジキって淡水魚なの？

そんな困惑混じりの思いが雰囲気に出たのか、ヘルコフがちょっと気恥ずかしそうに耳を掻く。

「さすがに故郷離れて長いわ、四十過ぎてるわで腕鈍ってるんですがね」

「すみませーん！」

ヘルコフが呟くように言ってると、展望台の下まで漕ぎついた狩人が、大慌てで下船していた。

「おう、こら！　この間抜けの狩人ども！」

獣人、しかも猛獣熊の顔で凄まれ、魔物相手の狩人たちは揃って肩をはね上げる。見た感じまだ十代で、ヘルコフの威圧感に尻込みしてしまっていた。

僕からすれば魔物退治を生業にしようという勇気がすごいと思う。なので、ヘルコフの袖を引いてちょっとお願いしてみる。

「ヘルコフのかっこいいところ見られたから、あまり怒らないであげてほしいんだけど」

「そ、れはちょっと……ぇぇい、しょうがないですね」

ヘルコフは唸るように言うと、怖い顔をやめてくれたのだった。

聞けば親元を離れた若手だけで組んでの初仕事。けれど目的の魔物を見つけられず、見つけたら日は傾きかけで狙いが定まらなくなったそうだ。

「そして追い回す内に岸に近づきすぎて、僕たちのほうに追い込んでしまったと。危険な仕事の上に慣れない人ばかりって、若いのに大変だ」

狩人たちはぺこぺこ頭を下げつつ、カジキを担いで僕たちを見送る。

「殿下のほうが若いですし、大変な身の上でらっしゃるんですがね。――まぁ、危険ばかりじゃないですよ。若い内はギルドも経験させる程度で、配達や採集で歩かせることなんかもあるんです」

「ヘルコフ詳しいね。イクトは狩人だったっていうけど、ヘルコフもやったことがあるの？」

「いやいや、だいたい国が出なきゃいけない魔物討伐ってのは、狩人から情報入るんで。聡い奴は前兆気づいたりするもんですから、ちょいと話通しやすくするために交流を持ったくらいですよ」

軍人も大変だ。父も伯爵家三男をしていた頃に、経験として入隊をしている。もしかしたら魔物退治したことあるのかな？　今度の面会の時に聞いてみよう。

この世界には魔物がいる。だから人間同士で争うよりも、団結して退治をするために帝国も長く続いてた。話を聞く感覚から、魔物は毎年何処かに現れる災害のような扱いだ。

「さて、少し歩きますよ」

僕たちは湖から乗合馬車に乗った。他にお客はなく、降りると辺りはもう暗くなり始めてる。

歩いて行く先は人もまばらで、すでに店仕舞いしている店が多く、表の扉は閉まってる。

「戦争があったとも聞かないし、軍って魔物相手が多いの？」

「年に何度か程度ですね。基本は有事を想定しての訓練をしてますが、人間相手もなくもないですよ。と言っても国境問題で小競り合いとか、取水量の問題で小競り合いとか」

「小競り合いで済む程度なんだ？」

「何せ街にしても国にしても、帝国に仲裁申し込まれると周辺一番の軍が動きますからね。――帝国が仲裁に乗り出した時点で、争いやめてより良い条件で講和するため大人しくなるんです」

僕の表情を読んで、補足情報を教えてくれる。僕はまだヘルコフの熊顔わかりにくいのにな。

なんにせよ、帝国が出ると号令一下で周辺国すべてが敵に回るそうだ。

「うん、やっぱり平和のためには僕じゃ駄目だな」

「殿下………」

「僕はこうして楽しく歩けるのが嬉しいし、こうして平和が続いてほしいだけだよ」

なんだか憐憫《れんびん》を含んだ声で呼ばれるので、重い話じゃないと言っておく。

実際僕が皇帝になってもついて来てくれる人は少ない。公爵家はそっぽを向くし、足場固めの内政だけしてても、周辺国に舐められて抑止力になれないって思っただけだ。

「ところでこんな時間に行って大丈夫なの？」

僕は話を変える。今日の目的の一つであるお酒屋さんについてだから、全く関係ない話でもない。

「それは大丈夫ですよ。なんせ俺が行くのもだいたいこういう時間なんで」

「そうか、僕のところから帰ったついでに寄るならそうだね」

行く先はワインを蒸留して作った、なんちゃってカクテルを売ってもらってるお店。ヘルコフがお酒を調達してるお店でもある。店主は増産を願うほど売りたいらしく、短い期間と少ない本数で宮殿にまで広める手腕もある人だ。

ヘルコフの案内でお店の裏のほうに回ると、道は広いけど荷車なんかを通すための場所だった。倉庫のような半円を描く両開きの扉の片側を押し開き、ヘルコフは中へと入る。

「おーい、いるか？　モリー」

明かりが点っているけど、見える範囲に人はいない。ヘルコフは勝手知ったる様子で奥へ向かう。

僕は周囲に並ぶ樽や木箱に興味津々だ。木でできた大きな棚に並んでて、たぶんロープと板で上から上げ下ろしする形。人力だけど相当重い物もあげられる滑車があるんだろう。

「ほら、殿——えー、ともかく、離れないでください」

ヘルコフが僕の呼び方に困って言い淀む。僕としては名前でいいんだけど。

「おい、って、いるじゃねぇか。返事しろよ」

「あ、ヘリー！　お願い増産してぇ！」

叫ぶや牙の目立つ女性がヘルコフに襲いかかる。いや、抱きついてる？　泣きついてる？

どうやら竜人の血が入った人らしく、人間に似た顔かたちはしていても肌に鱗が浮いていた。

「うるせぇ、懐くな。無理だって言ってるだろ」

「絶対売れる！　いや、売る！　今の倍なんてちゃちなことは言わないわ！　十倍だろうが百倍であっても売りさばく自信があるの！　だからお願い！　数を増やしてぇ！」

「だからそれが無理だって！　いいから落ち着け！」

尖った爪のある手でがっしり掴まれるヘルコフ。ヘルコフ自身も爪があるから、服はその分丈夫だし、被毛も爪を通さない。

けどつんつるてんの人間である僕から見ると、とても恐ろしい掴み合いに見える。あとモリーと呼ばれた女性の取り乱しように、ヘルコフも手を焼いてる。

「あ、あの！　初めまして！」

僕は意を決して声をかけた。するとモリーは橙色の瞳を見開く。あ、瞳孔が縦割れだ。

「あら、やだ。どうしたの、ぼく？　…………え、あれ、あ⁉　まさかヘリーの！」

「違う！　そんな誤解されたと知れたら、父親のほうからあほほど怨まれる！」

ヘルコフが全力で否定。そしてさりげなく皇帝陛下に無礼。偽装としてはありだと思うよ？

モリーは僕の存在と、本気で否定するヘルコフの剣幕に正気を取り戻したようだった。

「取りあえずご挨拶されたら返さないとね。初めまして、私はモリヤム。竜人と海人の血を引いてるの。モリーって呼んで。ヘリーとはお酒の趣味が合って仲良くさせてもらってるわ。あなたは？」

乱れた白い髪を払って落ち着くと、やり手っぽい女性だ。年齢は三十代くらいかな。

爪や牙、縦割れの瞳孔が肉食感を出してるけど、全体として理知的。

ヘルコフと何処で知り合ったかは知らないけど、たぶん職業くらいは知ってそうな親しさだ。

「僕は父の知り合いのヘルコフについて来させてもらった…………ディンカーって言います」

適当な偽名の由来は殿下です。ヘルコフは笑わないでください。

モリーがなんだか不審そうに、笑いを堪えるヘルコフを見る。

「小さいのに偉いわね。…………ヘリー、可愛い子連れて来たって商談の席は立たせないわよ」

「違うって。まずこっちの話を聞け」

ヘルコフは、モリーに今も腕を掴まれたまま辟易してる。僕もここまでだとは思ってなかった。

「ヘルコフ、僕が話すよ」

僕はかぶってたフードを持ち上げた。

「なぁに？　お父さんにお酒でも贈るの？」

「あ、それいいかも。けど、どうやって手に入れたか言い訳できる自信がないから、今度にするよ」

「そう…………。ちょっとヘリー、何処のお坊ちゃん連れて来たのよ？」

今の会話で、すでに僕が上流階級出だとばれてるのはなんで？

「俺の昔の同僚の子供だ。ちょいと頼られて手を貸しただけで、別に無理強いはしてない」

「すみません、お仕事の邪魔ですよね。けど、少々お時間ください」

「あらぁ、ヘリーが連れて来るにしてはお上品ね。お母さまの教育がいいのかしら？」

「家庭教師と乳母のお蔭ですね」

「まぁ、本当にお坊ちゃん…………」

あ、そうか。一般家庭には家庭教師なんて珍しいし、お金がなくちゃ雇えないんだ。

それでいうとお酒を父親に贈るって、贈答用のお酒なんて話が通じる時点で暮らしぶりは想像できる。これは下手に会話を続けるとばれそうだ。抜け出して時間もないし単刀直入に行こう。

「これを見てください」

僕は持ってきたメモ紙を渡す。受け取ったモリーはにこやかな笑みを浮かべたまま、固まった。

「それは僕が作ったものです。今卸しているお酒の香りづけと口当たりを改良してあります」

「おい、戻ってこい。これが現実だ。お前がずっとなんで増産できないんだとうるさかった答えだ」

動かないモリーの肩を、ヘルコフが大きな熊の手で叩く。モリーは錆びついたドアのように、軋む動きでメモから顔を上げる。

「これ、ディンカー………君が作ったの？」

「はい。お酒の味はわからないので、ヘルコフに売る先はお願いしました。僕の金策に手を貸してくれていただけなので、ヘルコフに増産をお願いしてもどうしようもありません」

「もう少しつけ加えるとだ。でん――ディンカーはちょいと家の事情がある。父親が再婚してそっちに息子が生まれた。母親はすでに亡く、再婚相手方のほうに権力がある」

「つまり、いずれ家を出されることを見越して今から金策？　こんな子供が？　あ、それで再婚相手の実家の権力か。大人たちは子供一人見捨てるほうが得なのね」

ヘルコフが不必要な説明をしたと思ったら、モリーも身も蓋もない言い方をする。そしてモリーは腰に手を当てて沈痛な表情を浮かべた。

子供ってこと気にしてるのかな？　いや、同情でもなんでも話の主導権に変えてしまおう。

「そこで提案です。僕は金策がしたいけれど、今以上に家族に隠れてお酒を造ることはできません。そしてあなたは今の百倍の量があっても売り切る自信があるとおっしゃった」

僕の言葉にモリーは少しずつ表情を変えた。

「元となるお酒はモリーが用意してくれている。だったら百倍を用立てるだけの資本がある。であれば僕はアイデアがあり、あなたには商品を望む気概がある」

もう親に見捨てられた憐れな子供を見る目じゃない。商売相手に向ける冷徹ささえ感じる値踏みの目で、モリーは僕を見ていた。

「作るには部屋と機材があればいい。その機材を大型化して量産体制をあなたが作る。そうすれば望むとおりに増産はできます。その分僕はアイデアに報酬をいただく。悪い話ではないでしょう？」

「それは成功して初めて良い話になる類ね。まず、あれだけ高純度のお酒を造る機材を大型化する？　つまり存在しないものを一から作るのよね？　どれだけのお金と期間が必要かわかっている？」

「一年でできたらあなたの手腕は間違いないと言えるでしょうね」

「負けず嫌いな竜人の性質知ってるの？　けど残念。私も商人。挑発でお金を無駄にはできないわ」

髪をかき上げるモリーは、懸念を投げかけて来た。

「すでに出てるお酒があるからこそ売れると言ったのよ。今話題になっているの。そこから一年なんて話題の賞味期限は終わってる。すぐに粗悪な真似したものが流通して、一年後に量産できたって売れるわけじゃないの」

他にも問題点をモリーは上げた。

「存在しない機器を作るにはきちんと稼働を確認しなければいけないわ。それには一年じゃ無理だし、まず作る職人探しから始めなければいけないのよ」

「そうですね。僕には職人の伝手はないから、そこもモリー頼りではあまりに偏りが酷い。そして運よく稼働に問題がないところまで行っても、お酒を作る人手や場所もまたモリー頼りになります」

「わかってるじゃない。失敗した時の負債もまた私一人が背負うことになるからには、まったくうまい話なんかじゃないの」

僕も問題の多さはわかってる。けど理解した上でやれると思わせてくれたのは、モリーだった。

「あなたのやり方はわからないけど小規模よね。それをそのまま人数揃えて既存の物でやるほうがまだ現実的よ。なのに何故一から？　そっちのほうがアイデア料を稼げるって考えかしら？」

「それもありますし、後々の僕の金策のためでもあります」

「あら、素直。損得勘定ができるならいいわ。それに、それだけじゃないみたいね？」

「えぇ、あなたのイメージを慮ってのことです」

僕の言葉にモリーはわからない顔をする。逆にヘルコフのほうが、今気づいたって顔をした。

「どういうこと、ヘリー？」

「あぁ、うーん、まぁ、作り方知ったら嫌がりそうではあるな」

ヘルコフが濁すので、モリーは僕に答えを求めて視線を寄越す。

「実はあのお酒、錬金術で作ってるんです」

「…………はい？」

「詐欺、欺瞞、大言壮語のイメージがつきまとう、錬金術で作っています」

もう一度言い直した瞬間、モリーは頭を抱えた。

「え、ちょっと待って。あれ、あのお酒…………もしかして毒？」

「あ、そっち？」

「いや、で――ディンカー。ちゃんと教えてやってくれ。あとモリーも極端なこと言うな。錬金術でも薬酒ってのはあるだろうが」

ヘルコフが声をかけると、モリーは白い髪の間から熊顔を見上げる。

「薬酒ってあの臭くて不味い…………薬草入って、る…………」

モリーは何かに気づいた様子で僕が渡したメモを見た。

「はい、錬金術で必要なアルコールの純度を高める手順の上で、匂いと味を整えた物になります」

モリーはメモと僕を見比べる。そして自分の額を一つ打った。

「…………ヘルコフ隊長、どんな入れ知恵したの？」

「恐ろしいことにディンカーはこれが素だ。だから無理して家に残ることもしないし、この歳で大人は頼れないって知っちまって、自分で金策し始めてんだよ」

なんだか酷い言われようだ。

「僕は別に今の環境嫌いじゃないよ。錬金術を趣味にしてても怒られないし」

「そりゃ放置された末でしょうが。趣味にしてるのもそうして口出しされないと知ったからで」

なんだか深読みしてくるヘルコフを横目に、僕はモリーに商談の続きを持ちかけた。

「それで、もし新たな技術として施設を造れるなら、錬金術の風評は気にせずレシピの問題になります。より良いレシピはすでにあって、最初に売り出した相手はあなたが握ってるはず。だったら、改めて本物を全く新しいレシピで出す。そこからブランド化を始めます。場合によっては今売れている物は、宣伝だったと割り切ってください」

いきなり量産は無理だから、考えた結果だ。より良い物を発表して、新たなブランド化を図り、一からやり直したほうが計画としては破綻しなくていいんじゃないか。

やるだけの体力がモリーの店にあるか、新規事業に踏み込む勇気があるかどうかが重要だった。

だからこそ増産するために工場を造ってほしいなんて、今日いきなり纏められる話だとは思ってない。

「今日は顔合わせの挨拶程度のつもりが長居をしてしまいました。僕も抜け出してきてるのでそろそろ戻らないといけません」

前世でも商談っていうのは、信頼を築いた上でようやく動き出すものだった。

まず錬金術であることを素直に話し、最初から悪い印象がついてしまうデメリットを理解してもらう。それでも百倍売ると言い切った意気込みがあるなら、モリーはまた話を聞いてくれるだろう。

「そのメモはお近づきの印ですからどうぞ。レシピどおり作ってもいいですけど、錬金術で作るアルコールを使う前提なので、不純物が多いとその分美味しくなくなります。ご承知おきください」

僕はヘルコフを目で促す。倉庫を出ようとしたら、モリーが背後ですごく大きな溜め息を吐いた。

振り返ると、白い髪を乱して額を押さえている。

「あー、恐ろしい。見た限りまだ十歳行ってないでしょ。年齢を考えればさらに末恐ろしいわ」

「だろー？」

何故かヘルコフが同意する。

「売り物の改良版なんてそうホイホイ置いて行かないわ。ディンカーをただの子供と思うなら、うっかりか人の好さ。けど、あなたの言動からするとそうじゃない」

モリーは縦長の瞳孔で僕を見据えた。

「これ一つ手放しても気にならないくらいのアイデアが、すでに複数あるのね？　場合によってはこれよりもっと売れるとあなたが思うものが」

どうやらこっちの裏を読まれたようだ。本当にお近づきの印程度のつもりだったんだけどな。ただモリーの言うとおりでもある。

「はい、それはあくまで手に入れやすい材料だけです。もっと希少性が高かったり、嗜好品として親しまれている物を使うことで、ブランドとしての価値と独自性を出せると思っています」

前世でもカクテルは多岐に渡る。その分リキュールも多々発明されており、そう簡単にアイデアが枯渇することはない。

まさか一人飲みの寂しい週末ルーティーンが、こんなところで使えるとは思ってなかった。中でも甘味料や香料は、それこそ科学の分野だ。そしてこの世界では錬金術の分野だった。

「いいわ、うん。これは投資よ。ここで押さえてないと、きっと将来私以外の誰かがあなたのアイデアを買って大成するわ」

「そこは僕自身が自らのアイデアを形にできると思ってほしいな」

「もっと恐ろしいじゃないですか………」

ちょっと強気で言ってみたら、ヘルコフが遠い目をしてしまった。

「だいたい、この錬金術で作れるアルコール？　それが肝よね。あなたの案に乗ってこのアルコールを量産できれば、最初にそれをした者が富を握ることになるわ」

メモをこれでもかと睨むモリーの目には意欲が漲る。

「いいわ！　この投資、乗りましょう！」

「ありがとうございます！」

まさかの即断だ。正直海の物とも山の物とも知れないのに、こうまで冒険心旺盛だとは思わなかった。時間をかけるつもりが、モリーの決断力は僕の予想をはるかに超えていた。

「それでこの改良版を超えるアイデアって——」

「待て待て！」

期待の目をするモリーを止めるヘルコフ。僕も不思議に思って見つめると、首を横に振られる。

「で——ディンカーは抜け出してきてることを忘れるな」

「あ、はい」

そうでした、僕はこれから宮殿へ戻るんです。ヘルコフの忘れ物という言い訳だから、あまり遅いと翌日にしろと追い払われる可能性があった。

あと初日から時間守れないようじゃ、次は今日以上に側近たちから難色を示されるだろう。ここはモリーにその気があると確認できただけで満足しよう。

「モリー、また後日でいいですか？」

「もちろんよ。そうよね、まだ子供だものね。それで次はいつ？　ヘリー、いつ？」

「お前はそのせっかちどうにかしろ」

決断力だと思ったけどどうやらそういう気性の人でもあるらしい。

「抜け出したのは今日が初めてだから、まずは数日様子見。ばれてないならまたってとこだな」

「ずいぶん慎重ね」

「色々あるんだよ」

モリーは探ってくるかと思ったけど、すぐに身を引く。

「いいわ。あなたがそこまで伏せてるってことは、知ったほうが後々面倒なんでしょう。私が重視すべきはこのディンカーのアイデアが本物かどうか」

「アルコールはこちらでしか用意できないので、それは次に材料を持参して目の前で作ります。それと、嗜好品を元にした案もまた持って来ますね」

「だから、話し込むなら次にしろ」

期待満面に応じようとするモリーを止めて、ヘルコフがもう一度言う。

どうやら僕とモリーは、目標を定めるとぐいぐい行ってしまうらしい。ちょっと気をつけよう。

＊＊＊

「おぉ…………おぉ！　…………おぉ！　これは売りさばけば確実に富になるぞ！」

「これは、こぉれぇはぁ…………！　いや待て、数を絞って値が何処まで行くかを見るべきだ！」

「なんと、なんとも、なんたる、なんだ？　ともかく、まずは製法を隠さねば富など生めまいよ⁉」

暗く人の少ない倉庫の奥で、おじさんたちが唸るように声を出す。

怪しい会合じゃありません。ただの試飲会です。

「先にも申しましたけれど、まだ量産体制はできてないのです。けれど必ず売れる。私はそう確信しています。だからこそ確実に売るための形を作ってから売り出さねばなりません」

モリーが前に出て説明し、僕は隠れてる。ここはモリーの店の倉庫から入ったバックヤードだ。

ヘルコフも僕を一人にするわけにもいかないから、こうして一緒に怪しいプレゼンを見ることになってる。モリーはお酒を売る構想を語り、出資者を募るための試飲会を開いていた。

「――なるほど。以前のあれは数が少なく思うように振る舞えなかったからな」

「その反省か。ふむ、だが数が出てしまえば我々の優位も下がるのでは？」

「とは言え、今から整えるとなるとそれ相応の時間と金が必要だろう」

出資者候補として選ばれたのは、モリーが知る酒の味のわかる金持ち。商会で当てた男爵や実家がお金持ちの伯爵家の子息、帝国では男爵だけど出身国では伯爵とかいう人たちだ。

ヘルコフが最初に持ち込んだアルコールを買わせた相手でもあるらしい。なんかモリーは試しに値を吊り上げたらしいけど、大枚叩いて買った上で、さらに売れとしつこかったとか。そんな金づる、もとい、お客がいたからヘルコフに縋っていたらしい。

「おほほ、これはまだ序の口。こちら、より質と味、そして材料に拘り洗練された――」

「くれ！」

「いくらだ！」

「惜しまんぞ！」

早い、早い。

モリーが高級志向を売りにしたお酒をプレゼンしようとした途端、三人で争うように口を挟む。そしてモリーも、僕が試しに高級志向の物を作った途端に、こうして出資者を募る行動に出てる。

せっかちすぎない？

ただこの世界で錬金術が数百年で廃れた理由は、おぼろげながらにわかった。

さっきの酒好きも言っていたように、特別な技術は囲い込む。その上でばれると粗悪品が出回り、広まると大したことないと言って廃れるんだ。本来の錬金術ごと。

どうやらそのせいで蒸留酒は知られていない、いや忘れ去られた。ただ美味しいお酒の伝承はいくらか残っている。探せば何処かの修道院か何かで、いいお酒は極秘製造されてるんじゃないかな。

「…………ちょっと悲しいなぁ」

小雷ランプのように本物だけが後世に残り、錬金術だということさえ忘れられる事例もある。いい物だから独占しようって考え方が、いい物を衰退させているんだ。

「いやぁ、欲にぎらついてもあそこまで見苦しいのは珍しいんで、まだ世を儚まないでください」

ヘルコフが誤解して慰めて来る。けど確かに酒を一杯飲んでからの醜態は酷かった。

絽らんばかりにモリーに値段交渉し、突っぱねられるとお代わり交渉。モリーも残りは自分が飲むからこれも突っぱねる。そして身も世もなく嘆く酒好き三人のできあがりだ。

「僕、別に錯乱作用のあるもの作ってないよね？」

「それを俺に聞かれても……………」

不安になって来たぞ。作ったのはなんちゃってカルアだったはず。こっちでは高級品扱いだけどコーヒーはあった。そしてもう一つサトウキビのお酒も見つけることができてる。

サトウキビのお酒は砂糖を作る時の副産物で地方の地酒扱いだった。それをモリーが商人としての伝手を使って取りよせてくれたんだ。

後はコーヒーとサトウキビのお酒を混ぜて試行錯誤。ただ、錬金術には錬金炉という時短装置がある。これを使って二カ月ほどかかる熟成は二日で完成した。うん、錬金術ってすごいね。

なお錬金炉は構造が特殊すぎて大型は作れないもよう。お酒造りは地道がきっと一番だ。

「コーヒー中毒じゃないだろうし、香料に使ったバニラかな？　いや、匂いに害はないはず」

「人がおかしくなる理由は当人の趣味嗜好で、で——ディンカーが気にすることじゃないですよ」

僕たちが話す間に、モリーは優しく説得にかかっていた。

「美味い酒を飲みたいのなら、飲めるように工場を造るのです。いくら出しても惜しくないというのであれば、工場の出資を惜しむいわれもないでしょう。工場の生み出す富と幸福はもうおわかりですね。その立ち上げに協力をお願いしているのです。もちろんあなた方の貢献を汲んで定期購入の権利を約束することも吝《やぶさ》かでは——」

「乗った！」

「もちろんだ！」

「一体どれくらいで着手する⁉」

早い、早い。だから気が早いよ。

「これウェアレル辺りに知られたら、何見せてんだって俺が怒られそうだな」

「さすがに出資者のこの惨状は外に漏らす気はないかなぁ」

僕が言わないならヘルコフも言わない。だったらばれない、ばれない。

そうして出資の話はとんとん拍子に進んだ。手土産に用意したお酒を渡してお帰りいただく。

「ちなみにあの土産の酒はどれ渡したんです？」

僕が作るお酒の試飲役であるヘルコフ。モリーと顔を繋いでから、地方のお酒を取り寄せては蒸留しまくった。そうして使えそうなお酒を探してたから、何を作ったかはだいたい知っている。

「竜人のところのお酒。蒸し酒とか言ってたかな」

僕からすれば蒸留したことで、たぶんテキーラ的なものになってると思うお酒だ。

球形の茎を穴の中で蒸し焼きにして、すり潰した汁を発酵させる地酒だった。竜人とのハーフであるモリー曰く、正月のような親戚の集まる季節に大人数で作って翌年に飲むものなんだって。

ヘルコフは食前酒にしたいって言ってたし、モリーは食事中に口直しに飲みたいって言ってた。

そんなカパカパ飲める度数じゃないはずなんだけどな。

「うっふっふっふ！　どう⁉　ディンカー！」

「どうと言われても、ちょっと僕の教育に関する悪影響について話さなきゃいけない感じだったよ」

「全くだ。あんなの連れて来るなら先に言え。お前も——この足音は………」

文句を言っていたヘルコフが、モリーから顔を逸らして熊の丸い耳を忙しなく動かした。

見ていると暗く最低限しか灯りのない倉庫から、短い足を動かす三匹の子熊が現われる。生きたぬいぐるみって言えばいいのか、ふわふわコロコロで各部位が丸い。

「あ、いたいた。ちぇ、やっぱりモリーさんとこか」

「帰り遅い日も多いし、浮いた話でもあればいいのに」

「叔父さんに春が来たってばあちゃんたちに手紙書けたら良かったのにな」

ヘルコフが恐ろしい猛獣顔だけど、子熊三人は怯まない。様子からして親しい獣人のようだ。

(発言から血縁である可能性が高いと推察)

様子を見る僕に、セフィラが声にならない声を伝えて来た。

(だろうね。けどヘルコフの春とか僕も聞いてない。あり得るのかな?)

(主人の関心を把握。主人の家庭教師ヘルコフに婚姻歴があるかを問う)

(あるよ。僕も聞いただけだし、出会った時にはもう死別してたらしいけど)

若い頃ヘルコフには獣人の奥さんがいた。詳しくは知らないけれど、死別したらしいと聞いている。子供もおらず、その奥さんに操《みさお》を立てて再婚せずにいるんだとか。

父が軍にいた時かららしいので、もう十年ほど前には男やもめだった。そして父もまた、僕の生母と死別して男やもめになってる。それで落ち込む父を、ヘルコフが色々世話を焼いたそうだ。

（で、その内父が皇太子になる運びになって、微妙な立場になる僕を任せられるのはヘルコフだってことで、家庭教師として宮殿に招いたんだ）

これらは全てウェアレルやイクトから聞きだした。本人は大したことしてないって言って話したがらないんだよね。

そう言えば、セフィラがこうして他人に興味示したのって初めてかもしれない。声と光で交流が増えた分、コミュニケーション能力を身につけだしたかな？

「あら、甥っ子くんたちね。ディンカーは初対面？　ヘリーは預かってる子を放り出さないの」

どうやらモリーも知ってる相手らしい。僕はお世話になってることもあり、ヘルコフの甥だという子熊に挨拶をした。

「僕はヘルコフの軍時代の同僚の息子で、相談にきたディンカーっていうんだ。君たちは？」

「あ、ディンカー。こいつらこれで成人だ。俺との体格が違うのはドワーフの血が入ってるからだな。歳は一回り以上離れてるぞ」

おっと大人だった。つまり子熊じゃなくて、小熊だ。あとひと回りってこっちでも十二歳くらい上？　つまり二十歳以上でハーティくらい？

しかも三つ子だって。僕が獣人を見わけられないだけでなく、この三人に至っては同じ顔らしい。

「なんかお上品だから別に態度はそのままでいいけど、俺はレナート。木工職人をしてる」

橙色の被毛をした小熊が、気後れしたように名乗った。

「軍ってことは国軍で、やっぱり何処かのお坊ちゃんなんだろ？　俺はテレンティで鍛冶職人」

黄色い被毛が多いけど、首下や手の先が白い小熊は気軽に笑う。

「エラスト。ガラス職人だけど、こんな時間に親はどうした？　なんで叔父さんに？」

紫の被毛って、獣人も人間と同じで僕の前世の色彩感覚非適応らしい。そんな紫のエラストを、ヘルコフが上から押さえつけた。

「仕事終わりにつき添いして、これから家に帰すとこなんだよ。お前らなんの用で俺捜してたんだ？」

「夕飯誘おうと思って家行ってもいなかったし……あ、酒の匂いがする！」

エラストが鼻先を上げて呟くと、すぐさまヘルコフの赤い被毛に覆われた腕を掴んだ。

「「なんだと⁉」」

「しまった！」

あっという間にヘルコフは三匹の小熊にじゃれつかれる。体格に差があるんだけど、三人にすがりつかれてヘルコフは動けない。

「あれ？　この光景何処かで……」

すごい既視感あるなぁ。考えなくても今僕の隣にいるモリーが声をかけた、三人の出資者だよね。

（しかし、木工に鍛冶に硝子か。街にいる職人としては珍しくないけど、ちょうどいいな。セフィラ、帝室図書館の中から錬金術の器具制作に関する書籍検索して）

（了解しました）

僕はセフィラが今まで読んだ本から、知識を引き出す準備の間に声をかけた。

「ヘルコフには僕の手伝いをしてもらってる。だからその匂いだろうね」

「そう言えばお前は薬っぽい臭いがするな。薬師か？」

黄色と白の被毛のテレンティが思いつくまま聞いてくる。

「薬酒に近い物を作ってるんだ。けど子供だからヘルコフに仲介してもらってる」

「あ！　叔父さんが持ち帰ったあの美味い酒！　もしかしてディンカーが作ったのか⁉」

紫被毛のエラストは目端が利くのか、すぐに思い当たったようだ。頷く僕に寄ってこようとするのを、ヘルコフが素早く二人を脇に抱え、もう一人は足で踏む。雑だけど素早い拘束だ。

「ちょっと、殿――ディンカー？」

「実は困ったことに、お酒の良し悪しを左右する器具を作れる職人がいなくて捜しているんだ」

「「「な、なんだってー⁉」」」

ヘルコフは諦めたように天井を仰ぎ、その上で忠告をくれる。

「腕は俺、保証しかねますよ？」

「今までになかった物を一から作ることになるんだ。時間と情熱が必要だと僕は思うんだよね」

「あー、まー、そうかもしれませんけど」

「「「ぜひ！　手伝わせてくれ！」」」

早い、早い。まだ何作るとも言ってないのに、決断が早いよ。お酒ってそこまでの魔力あるの？

「うーん、一理あるとは思うけど。甥っ子くんたち、評価としては腕はそこそこ。可もなく不可もなしで、特別仕事を任せられるほどでもないわよ」

モリーもなかなかシビアなことを言う。そして小熊たちも揃って頷いた。

「鳴かず飛ばずで、中堅って言うにもちょっと年数足りなくて。見習いに毛が生えたようなもんだ」

「北の故郷からは戻って来いと言われてるけど、俺たちこの帝都での暮らしを気に入ってるから戻りたくないいんだよ」

「ていうか、故郷から帰れって言われてるのは、腕は悪くもないし日用品の修繕なら任せられる潰しの利く職人だからだな」

見た目よりも大人なせいか、本人たちも淡々と認める。押さえつけられたままだけど。

「まずは試作と模型作り。確実に動く機構を考案するところからなんだ。だから何より作り上げるという情熱を重視したい。火力が安定する炉を作れるなら、小さいところから始めて、少しずつ大型にしたいんだ」

僕の説明に、三つ子の小熊は揃って両腕を肩の高さに持って来て力こぶ作るみたいにする。やる気の表れかな？　子熊サイズだから怖さより可愛さが目立った。

即断即決のモリーも、頭の中で算段を整えたのか小刻みに頷く。

「確かにそうね。形になったら受けてくれて口の堅いところに改めて頼んで、大型に手をつけるってことで。その時には三人を工房から引き抜いても？」

「問題ない。若い徒弟を入れたいって言われてる」

「こっちも問題ない。大きな仕事は今のところ入れられてないし」

「雑用のためにキープされてるだけだから全然、ははん」

エラストどうしたの？　熊顔だけどすごくシビアに笑ったのがわかったよ？

ヘルコフに視線を向けると、ようやく三人の甥を解放して、僕に向かって肩を竦めてみせる。

「ともかく、今日はもう遅いんで送りますよ」

「うん、わかった。そうだ。職人がいるなら、工場を造るにあたってまずはアルコールを作れるってことを証明したほうがいいよね？」

僕があえて濁した錬金術という言葉を察して、モリーが頷く。そして三人の小熊に声をかけた。

「ヘリーはまだやることあるから、今夜は私と夕飯にする？　今後の動きのほうも説明したいわ」

なんだかビジネスランチみたいなお誘いを、ヘルコフの甥たちに投げかけたのだった。

＊＊＊

それから僕は十日後にまた宮殿を抜け出した。

ヘルコフには僕が行けない間に、モリーとのやり取りの仲介をお願いしている。

「はい、なんとか揃えたわよ。錬金術の道具」

「わぁ、見たことない形」

「え、違った？　指定された道具を揃えたつもりだったけど？」

僕の感想に、知識のないモリーが不安そうに聞き返してくる。

アルコール生成実演のために蒸留器を用意してもらったんだけど、僕が使ってる器具と形が違う。

「そうか、製品化されてないから規格が揃ってないんだ。けど基本的な装置の理屈としてはたぶんこれで問題ないはず………」

僕は軽く確認して、まずは器具の消毒から始めた。飲料作るしね。というわけで、熱湯で煮ます。

基本がガラス製品だからこれで済むのは簡単でいい。

「なんだかすでに訳がわからないわ。あなたたちはどう？」

ガラス器具を煮始める僕に、モリーは目を白黒させ、一緒にいる小熊の三つ子に意見を求めた。

「熱湯消毒は耐熱性のある器には簡単にできるから――」

「ディンカー。それ、薪と水を際限なく使える奴限定だぜ」

おすすめしようとしたら、橙毛並みのレナートに呆れられた。

「まぁ、けどガラス容器なら確かにそれが楽そうだな」

ガラス職人のエラストは一定の理解を示してくれる。

僕は消毒を終えて熱を冷ます間に、持ってきたアルコールを使ってメモの再現のため準備をする。

小熊たちはすでに、錬金術でお酒を造ることはモリーから教えられていた。

「飲むには時間を置いたほうが美味しいらしいんだ。蒸留したアルコールが飲料にされてなかったの、このせいもあるかもしれない。熟成の度合いはちょっと僕もやってみないとわからないし」

「で――ディンカー、まさか今以上の酒の造り方を思いついたんです？」

僕がお酒を造る手順はもう見慣れたヘルコフなのに、恐々聞いてくる。

本来蒸留酒なら、数年の熟成でウィスキーやウォッカにできるはずだ。

「管理が必要で数年かかるから、今はやらないけどね」

「数年………ワインよりも長いって、酸っぱくなるんじゃないのか？」

黄色い毛の中で白い被毛に覆われた手を、熱々のガラス器具にかざしてテレンティが聞いて来た。

ワインは長く置いておくと酢になるらしい。前世でもビネガーってワインからできるし、たぶん管理体制の問題なんだろう。

「酢にはならないと思うけど、管理を失敗するとお酒として不味くなるのは同じかな。僕が作ってるのはお酒に共通する成分を取り出してるだけだから」

「それできるのがディンカーのすごいところで、て言っても錬金術は誰でもできるんでしたね」

「やり方さえわかればね。というわけで、モリーもやってみる？」

「え、錬金術なんでしょ？」

びっくりするモリーにヘルコフが得意げに言う。

「だから錬金術ってのは、種族を問わずに同じ結果出せる技術なんだよ」

前に僕が教えたことだね。

では簡易の錬金術教室の始まり始まり。と言ってもやってることはお料理教室みたいなものだ。

「香草を刻んで、よく匂いを出すためにこっちの精製水と混ぜてから蒸留を」

「なんで？　どうして？」

モリーは好奇心旺盛らしくなんでも聞くし、そしてやる。その上真面目に取り組んでくれて、僕も教え甲斐があった。

同時進行でアルコール蒸留もしつつ、器具と作用、理屈の説明もする。

「温度が大事だよ。沸騰すると水も蒸気になるからね。せっかく分離させたのに濃縮する意味がなくなってしまうんだ」

「待ってくれ。ちょっと追いつかない」

「蒸気って、湯気のことだろ？　沸騰しないと出ないよな？」

「濃縮って煮詰めることじゃないのか？」

あぁ、通じない。これはヘルコフ並みの理解力、つまりは理科の基礎知識皆無だ。

気体、液体、固体、さらには水という物質の特性から説明しないといけなかった。

でもそれで職人ってできるんだね。結果に至る専門の工程だけ知ってればできるもんかな？

「ヘリー、ディンカーについてる家庭教師は誰？　高名な錬金術師なんて今日日《きょうび》いないでしょうに」

「恐ろしいことに目の前にいるんだよな。高名になるだろう錬金術師が。ちょいと伝手で錬金術の器具手に入れて、独学でこれだよ」

ヘルコフの言葉に小熊たちが揃って僕を見る。

「ディンカー、今幾つだ？　独学ってどうやったんだよ？　まず器具の使い方わからないだろ。それで酒造るとか………」

「八歳だよ。関連書籍を読んで、手元の器具でできることからこつこつと？　お酒は錬金術で使うから、飲用にしたら売れるかなって。僕はお酒飲まないけどね」

「酒好きじゃないのか？　飲まないって、じゃあ普段何飲んでるんだよ？」

小熊が同じ顔、同じ角度で首を傾げる。

「お茶かな？」

「そう言えば貴族だった！」

レナートがふさふさ丸い手で目元を覆う。言われてみれば、お茶はお酒よりも嗜好品扱いだ。

「まぁ、そこはともかく。こっちを水に浸けるのはなんでかしら？　水が必要なら作る物の大きさによっては工場の場所も選定しないといけないわ。錬金術って水路に毒を流すって言われるし」

「それは錬金術師の危機管理の問題かな。できれば僕も覗きに行ける所がいいんだけど。うーん、冷却も錬金術頼りでいいなら流水を使わない方法あるよ」

僕がヘルコフを見ると、ちょっと考えて思い至る。

「あのエッセンスの？」

「そう、あれ。道具と材料さえあればヘルコフでも作れるし」

「え、叔父さん錬金術使えるの？」

エラストが毛をぶわっと膨らませるほど驚いた。

うーん、錬金術の認知度がひどく低いなぁ。よし、こうなったらここにいる四人にも、錬金術とはなんたるかを知ってもらおう。そして僕の代わりに、少しは印象良くするよう表立ってほしい。

「錬金術は誰でも使えるからこそ、雑なことをすると誰にでも迷惑をかけてしまうんだ。ブランド化を図って、まずは高級志向で行くならすぐに錬金術を使ってるとは言わないんだよね？」

「えぇ、そうね。そうして資金を回収しつつもっと大きくアルコールを作れる器具の開発をして、一定の評価を得てからよ。粗悪品が出て、しかも錬金術だと外野から言われるより、こっちから公にしたほうがまだ心証はましなはずだもの。だから開発が成功するまでは、厳重に秘匿するわ」

モリーは錬金術であることも含めて、お酒を広めることには前向きだ。自らの食卓に乗せるためにも頑張ってほしい。

「こうして机の上で作れるってこと自体驚きだ。ただ確かにこの大きさと量じゃ量産は無理だな」

ガラス職人のエラストが言うと、鍛冶師のテレンティも頷く。

「しかも専門の器具ばかりだから巨大化させるにも難しいな。この規模だから火もこの大きさで足りるんだろうし」

「そうなんだ、ただ巨大化させても非効率でね。だから一から新たな機材を作ってほしいんだよ」

量産するには工業化しなければいけない。そのためには現状のガラスのフラスコを繋げたようなものじゃ駄目だ。

これは蒸留を繰り返して濃度を上げ、熟成のために加水する必要がある。さらに売り出す際にまた加水してと、一人でやるには手間がかかりすぎた。今は蒸留回数を抑えて手間を省いてさえいる。

「この形で作るにしても、ここの蒸留してできた液体を、改めてまた蒸留するためにこっちから前の工程を繰り返す器具を連結するような形が一番簡単かな？」

「それもまた難しい。そもそもこの厚みをできるだけ薄く均一にしたガラスの量産には技術がいる」

ガラス職人のエラストが唸るように技術的指摘をくれる。自分じゃできないってことらしい。

「金具もガラス支えて割れないように調整できる螺子《ねじ》か。型押しで行けるか？　流し込むほうがいいか？　こっちもやってみなきゃわからないな。本当に一からだ」

鍛冶師のテレンティも考える様子なんだけど、木工職人のレナートは、話に加われず困っていた。

「なんで俺までいるんだ？」

「あ、それは今はガラスでやってるけど、樽に置き換えられる部分あるから。それに蒸留はアルコール以外を飛ばす作業で、匂いも味もなくなるんだ。正直蒸留しただけのなんて美味しいものじゃない。美味しくするためには熟成が必要なんだよ。そのためには熟成を可能にする樽がいる」

これはウィスキーなんかの要領で樽につめて管理が必要で時間もかかる。

「ま、これは安定的に作れるようになってからだね。だからこの過程でできたアルコールはすぐには飲めないんだ。今日はこの持ってきたアルコールに、用意した味と香味をゆっくり混ぜたら完成」

蒸留具合を見ながら、手元で作業してたんだ。反応がないと思ったら、全員が無言で僕を見てる。

「どうしたの？　飲まない？」

「「「「飲む！」」」」

即答すると、モリーが気を取り直した様子で髪をかき上げた。

「工程は時間と人手が必要ね。けれど量産は確かに可能だわ。それに量産して数を確保できれば、貴族用のお高い物を別にすることで生産ラインをわけて私の食卓にこの酒を乗せるのも夢じゃない！早速味見よ！」

真面目だと思ったら飲みたかっただけらしい。ヘルコフもしれっと味見に加わってるし、三つ子も嬉々としてコップに手を伸ばす。

「…………ディンカー」

僕は突然モリーに抱きしめられた。体温が低くひんやりしてて、皮膚がなめし皮っぽい質感。

「もう放さない！」

「離れろ」

ヘルコフはすぐさまモリーから僕を引き剥がす。うん、びっくりしたけど、どうやらお酒の味に感動してくれたらしいことはわかった。

と思ったら、今度はもこもこで温かいカラフルな被毛に包まれる。

「大成する奴って本当に子どもの頃から特別なんだな。マジうめぇ」

「けどこうして頼られてるんだから応えないと駄目だろ。パないくらいうめぇ」

「逆にそこは子供だからこそだよな、うん、そうだよ。どちゃくそうめぇ」

「変な言葉教えるな。散れ散れ」

甥たちもヘルコフが追い払う。錬金術で美味しいお酒ができると理解してくれたと思っておこう。

「今は机の上でしか作れない。ここから次は室内で作れる形に持って行くよ。そのための器具は昔の錬金術師が量を確保するために作っていて、絵図だけは残ってたんだ」

机上での理科実験から、台所レベルに格上げをするための蒸留器具が、実はすでにある。僕は写し取って来た絵を広げた。

これを作って稼働させ、そしてさらに大きく工場化をしたい。それが僕の構想だった。

＊＊＊

情熱ってすごい。これが最近の僕の発見だ。

けどそれを上手く伝えられず、手紙のために用意した真っ白な紙の前で首を捻ることになった。

「まだ書いてないとか珍しいですね。ネタ切れならこれを機に、手紙の頻度落としません？　月一で分厚い論文読ませられるの辛いんですけど？」

配達係のレーヴァンが、そんな泣き言を漏らして、イクトに追い出されるのは大した問題じゃないとして。本当にちょっと困ったな。

「どうされたのですか、アーシャさま？　お加減が優れませんか？」

ウェアレルが心配するのは、ここ一年近く外出の頻度が増えたこともあるんだろう。

「そうじゃないんだ。書きたいことは決まってるし、レーヴァンが言うような書くことがないわけじゃないんだ。…………ただ逆に、書きたいことはあるのに、どう書いていいか、迷ってしまって」

僕の前には二人の女性から来た手紙がある。一つはレーヴァンが配達係をする、ルキウサリア王女ディオラからの手紙。もう一つは一年ほど前に乳母を辞めた叔母のハーティからの手紙だった。

「殿下、わかってると思いますけど、ハーティにも宮殿抜け出してるとかは教えられませんからね？」

ヘルコフが念のため釘を刺す。もちろんわかってる。わかってるからこそ、そこを伏せてどう近況を伝えるべきか迷ってしまっていた。

「ハーティとはイクトを挟んで文通してるし、皇子への私信ってことで門番もさすがに封開けて検めるなんてことしてない。それでもばれる可能性は低く抑えるほうがいいのはわかってる」

けど上手くやってるよっていうのは、僕を心配してたハーティには伝えたい。同時に友達のディオラには、最近一番の僕の関心ごとを語りたいんだ。

「ま、急かすもんでもねぇ。納得いくまで悩んでていいと思いますよ。それより、今日は明るい内に出るんです。ちょっと頭切り替えて行きましょう」

ヘルコフが促すのに応じて、僕はいい言葉も浮かばない手紙の返信を諦めた。寝室へ向かうと、できる限り質素で目立たない服を選んで着込み、フードのついた外套を羽織る。

「今までは暗い中で誤魔化せたとも言えますから、よくよくご用心を」

「とは言え、アーシャさまのお知恵が結実した証。どうぞ、お楽しみになってください」

僕はイクトとウェアレルに見送られ、光学迷彩で姿を隠すと、今日も宮殿を抜け出した。

八歳でお酒造りに手をつけ、一年経った九歳の今、お酒を売り出す算段が立ってしまったんだ。

「熟成よ。やっぱり熟成期間をもっと置いてまろやかさを追求すべきよ」

「いや、結局混ぜるなら落ち着くくらいの期間でいいだろ」

「工場の地下貯蔵庫はもっと深くしたほうが良かったんじゃないか？」

「寒すぎても駄目なんだ。それに風通しも必須ならあれくらいで十分だって」

僕がヘルコフに連れられて行くと、モリーと三つ子の小熊が熱く意見を交わしていた。

今僕たちがいるのは、帝都商業区の端にある蒸留所。元は倉庫で、広くて何もなかった場所だ。

そこに据え置きの炉と釜と樽を使い、冷却器を連結した蒸留装置を一定間隔で並べてある。

蒸留装置への移し替えは人力だけど、宮殿よりずっと多く作れる形になっていた。

器具作りを模索しつつ、場所の選定から蒸留器の作成、蒸留作業の効率化や残留物や不純物の処理、容器の作成や発注までもろもろ忙しい一年だった。最初はわからないと言ってばかりだったモリーたちも、今ではお酒について僕に教えてくれるようになってる。

「………やっぱり情熱ってすごい」

「なんと言いますか、ディンカーの人選が上手く噛み合いましたね」

思ったことが結局口から漏れた僕に、ヘルコフが笑って中に入るよう促す。

蒸留所の中でも、ここは元倉庫に新しく建てた別棟で、錬金術の器具を置いた専用の部屋だ。下階にはカクテルとして仕上げるための部屋もあるので、混合棟と呼ばれてる。

他にも保管庫や熟成庫、アルコールの蒸留回数によって部屋もわけて品質管理をする予定だった。

「僕としてはもっと効率化したかったけど、情熱に負けたよね」

蒸留は複数回必要で、今の蒸留装置では一度の蒸留しかできない。だから一つの蒸留装置で、必要回数蒸留できる仕組みを作るつもりでいたんだ。

前世の世界では発明されてたから、理論的にはできるはずだった。けれど噛み合ってしまったモリーと三匹の小熊に押され、ともかく安定した量を作れる形に落ち着いている。

「熟成に最低二か月はいるんで、来年売り出しだとこれでギリギリなんですよ」

「数年かかる覚悟してたよ、僕」

「俺もですが………………まぁ、ことあるごとに焚きつけるように新たな酒のレシピちらつかせたんで、ディンカーにも非はあると思いますよ」

四人にはそれぞれ必要になる錬金術アイテムの作り方を教えた。

モリーは一度つまずくと長く、三匹の小熊は深く考えるのが苦手で勘に頼ってよく失敗した。そんな四人を机に向かわせるべく、量産できれば君たちの食卓にも並ぶんだよと囁いてたんだよね。

結果、台所レベルでの量産に舵が切られることになったんだけど。

「うん、これへい、父上には絶対言えない」

「すでに名前だけなら知ってるかもしれませんよ。モリヤム酒店のディンク酒って」

「名前、別のにしてほしかったな」

量産化の目途がついたお酒には、僕の名前がついてしまった。いや、偽名なんだけどね。そのままディンカーはここで名前呼ばれた時困るって言って、ちょっと変えてもらってはいる。

「宣伝用の完成品は結局僕が部屋で作ったのに、回り回って陛下に献上されるなんて………」

モリーが蒸留器の作成が始まってから宣伝に力を入れた結果なんだけど。

「蒸留所の監督から人員の精査、材料の確保や運搬の手配とか忙しいのに、さらに売り出すための前宣伝にも余念なくって、すごい人だよね」

「混合のための材料はまず高級品からってんで、モリーが入手の時間逆算してるようですよ」

すでにアルコール作りは専用に雇った人に手順を指示して作らせているし、本当に情熱のまま売り出しに邁進している。

「あいつは趣味を仕事にした奴なんで。けど宣伝用、あれの効果もあってこそでしょ」

宣伝用に作ったのはなんちゃってマティーニだ。

作り方は、まず麦酒を蒸留して針葉樹の実で匂いづけされた地酒を探します。これはなんと、蒸留酒として古い修道院が薬扱いで作ってた正真正銘のジンを見つけた。次に白ワインに香草やスパイスを入れたベルモットを用意。

「――って、ある物を用意してもらっただけだから、僕、寝かせた以外は混ぜただけだね」

二つを混ぜればお手軽にできちゃうカクテルの王さま、マティーニの完成。あとは瓶に詰めてお早めにお召し上がりくださいと一筆入れるだけ。

「アイデアを売るってところは成功かな？」

「大成功でしょう？　酒の王さまと銘打ったのはいい宣伝文句ですよ」

「ジンだけだと手順さえわかれば手軽で度数が高くて、逆に飲み過ぎて害になるんだよ。だから少しくらい手が出しにくいようにって思ったんだ。王さまだし、遠慮するかなって」

「そりゃ逆効果ですね。権威欲の強い貴族はこぞって手を出しますし、そこまで謳われて実際に美味いとなれば、良いものを献上してさらに陛下に覚えよく、なんて画策するのが貴族ってもんです」

「なんで叔父さんのほうが貴族のお坊ちゃんに講釈垂れてるんだ？」

黄色い耳を揺らして、テレンティが寄って来た。

「うん、えっと……僕はちょっと、貴族との交流薄いから……」

「おい、ディンカーは複雑な生い立ちだって聞いただろ。こんな所で酒造りしてるんだ。貴族として扱ってもらってねぇんだよ」

エラストが気を遣ってくれるけど、実際はもっとどうしようもない背景なんだよね。実は帝国の継承権持ってますって言ったら、きっと今みたいに普通に相手してくれないだろうな。

「あと忘れがちだけど、今の叔父さん宮仕えってやつだろ。貴族相手になんかあったんだよ」

レナートがついでのように重大なことを指摘してしまう。

「そう言えばそうだね」

「なんで殿――ディンカーが他人ごとなんです」

ヘルコフに頭わしわし撫でられた。宮殿の外のほうがスキンシップ激しめだ。

「あ、待って待って。零れる零れる」

「あら、せっかく蒸留所稼働のお祝いにお酒造ってくれるって来てくれたのにもったいない」

「おっと悪い」

モリーも参戦してヘルコフは謝った。実は今、カクテル制作中だ。

「ふんふん、匂いはオレンジとレモンだな？」

「ディンカーって柑橘類好きだよな」

「こっちはジンっていう修道院の薬酒だろ？」

三匹の小熊がカラフルな体を寄せて、興味津々で僕の手元を覗き込んでくる。

「これも売りたければ後でレシピ教えるけど、ジンとホワイトキュラソー、レモンジュースだよ。作ったのを持ってきたんだ」

キュラソーはオレンジのリキュールだけど、ここにあるのは僕のなんちゃって品。蒸留酒にオレンジの皮を入れて匂いづけしただけのものになる。

シェイカーを鍛冶師のテレンティに作ってもらって、氷はモリーに用意してもらった。そして適量を入れてシェイク。

色が見えるようレナートに作ってもらったガラスの器に注いで完成だ。

「はい、ホワイトレディ。甘くて苦くてちょっと酸っぱい。ジンの風味を楽しんで、ゆっくりね」

言わないとカパッと飲んじゃうから、あえて勿体つけて説明した。もちろん白い髪のモリーを意識してのカクテル選びだ。

途端にモリーは飲もうとしてた手を止めて、じっくり眺めて頬を染める。

「うわ……こういう手管で、一度会っただけなのに婚約申し込みだったのか」

ヘルコフが何やら邪推をしたようだったけど、好評だったので良しとしよう。

あとは、この楽しい成功をどう手紙に書くかが問題だな。

四章　暗殺の嫌疑

ハーティが乳母をやめたのが八歳。そこから九歳の間に色々あって、僕はもうすぐ十歳だ。寝たり起きたりの準備は自分でするようになった。減った側近は今も手わけして僕の世話をしてくれている。それでも少し楽になったのは現金収入の当てができたことだ。

ハーティに安心してもらうため、僕の将来の貯蓄のため、錬金術を続けるため。心の余裕にも繋がっている気がする。

「いやぁ、まさか俺が錬金術やることになるとはなぁ」

工場ができた今も、お酒造りを手伝うヘルコフがワインの蒸留をしつつ呟く。身体強化の魔法しか使えない獣人のヘルコフは、こうして属性魔法使うと良く言うんだ。

「適性のある属性で使う以上の意義はないと思っていましたが、こうして作業を分担する上では効率的ですね」

ウェアレルは水のエッセンスを使って、アルコールに入れる香料を煎じている。実際お酒造りを手伝う中で、魔法に勝る有用性を見出してくれたらしい。

工場化ができたとはいえ、僕は今もエメラルドの間でお酒造りを続けていた。

レシピの買取から増産体制の原資持ち出し、会社設立まで色々今もモリーは忙しい。大きくやれば、その分回収できると見込んでのことだそうだ。

その上で新たなお酒造りも依頼してくるんだけど、熱意が怖い今日この頃。

「アーシャ殿下、どうやら酒店から次の新フレーバーの材料として持ち込まれたコーヒー豆は、熟成が違うようです」

モリーから押しつけられた袋を検分していたイクトが報せる。取次のヘルコフが押しつけられた袋の中身はコーヒー豆なんだけど、どうやら底のほうに説明書きのメモが落ち込んでいたようだ。

「以前お造りになった、コーヒーフレーバーの酒の改良はできないかと書かれていますね。焙煎前から、焙煎済みは深い、浅い、中間のコーヒー豆を四種用意されているようです」

「あぁ、最初に高級志向で作ったね、カルア。まずは豆の味を見てみようか。他にもコーヒー使ったお酒考えてもいいし」

僕は煮沸《しゃふつ》してある実験器具を使って、サイフォンを組み立てる。

昔お酒は生水よりも傷まないって、子供も飲めたと聞いた。ただ帝国は内陸の湿地から干拓して拡げた国土だ。

さらに帝都は湖に面して広がっているから、水に困らず子供が肝臓を傷めてまでお酒を飲む必要がないと禁止されたとか。それで言えば確かコーヒーもあまり良くなかった気がするけど、お酒よりは罪悪感なく味見ができる。

「また新商品の開発を持ちかけられたのですか？　これでは量産を持ちかけられていた時とあまり変わりませんね」

「そのとおりではあるんだが、早くも類似品は出ているらしくてな。それでもディンカー、殿下がお作りになる以上の品質や独創性はないそうだ」

苦笑いするウェアレルに、ヘルコフは分厚い肩を竦める。僕もディンカーとしてモリーに会うと、上流階級の味の違いが判る者たちからは注文が殺到していると聞かされていた。

(器具仕様の仔細を求める)

相変わらず好奇心の塊で、今も急激な速度で学習を続けるセフィラが声をかけて来る。

(主人の情動における低下を推測。視線、動作の伝達、集中力に常との違いを把握。確定事項なし。理由はなんでしょう？)

これは、少しは心情を理解したと思うべきか、数値的にしか計れないと思うべきかどっちだろう？

そう考えている間も手が止まってしまっていて、側近たちにも変調がばれてしまった。気遣わしげな視線を感じ、笑って見せても誤魔化せないようだ。

「僕が今落ち込んでるのは、会ったこともない双子の弟の内、一人が重い病を患ってるらしいと知ったからだよ、セフィラ」

セフィラが不可視なのを使って、噂話の類を集めたり、弟の様子を探ったりしてたんだ。そして実は先日妹も生まれていたことを知った。

僕には何も知らされず、父が何度か会う度に言いにくそうにしてた理由が、今ならわかる。教えてくれなかったのが正直悲しい。

さらに悪いことに、双子の片方が病弱らしいと聞いた。これはセフィラに拾ってもらう必要もなく、派手な騒ぎになったから知っている。

発疹ができたとか、高熱が出たとか原因不明の症状まではセフィラに調べてもらった。ただ今回噂になった時には、元気にしていたのにいきなり倒れるという原因不明の変調があったからだ。

「幼い内には病にかかりやすいものです。不埒な噂に耳を傾けすぎても翻弄されることになりますよ。心配であるなら、陛下にお聞きになればいいのです」

ウェアレルが気遣ってくれる。けど、無闇に聞けない理由もイクトは察してくれた。

「アーシャ殿下、暗殺を疑う声はありますが、やはり第四王子殿下を狙う理由はありません。病状を聞くだけならば、咎められはしないでしょう」

セフィラに集めさせた推測の噂話の中にも、服毒を疑う声はあった。そして暗殺ではないかという噂も立っている。

「殿下を疑う声があるってレーヴァンが言ってたが、それこそ無理な話だってのにな。陛下はもちろん、ルカイオス公爵だって徹底して調べてんだ」

ヘルコフが言うとおり、毒を仕込まれた形跡もなければ、怪しい人物もなしという結果は、ストラテーグ侯爵がたまに差し向ける宮中警護の無礼者レーヴァン伝いに聞いてた。

イクトから十分距離を取ってそのことを教えてくれたと同時に、僕が無理ってことはよくわかっているとも言っている。まぁ、引き篭もってるし、左翼の出入りは宮中警護も見張ってるしね。

「アーシャ殿下はご自身の身の安全を一番に考えてほしいところですね。何者かの作為によって第四皇子が倒れたとなれば、そこには陽動の可能性も出てきます」

まだ子供の弟が狙われる理由に、イクトは一つの可能性を示唆する。

「つまり……陛下に害が及ぶようなこと？」

「最初にそこ疑います？　ないとは言いませんよ。戦うならまず弱いところを攻める。それで言えば陛下はまだ立場が弱いですから」

ヘルコフは手元の作業をひと段落させて、僕に応じた。

僕が三歳の時に皇帝となり、十歳になる今、父は約七年でだいぶ足場を固めた。それでも連綿と一族で、宮殿内部の立場を作って来た貴族たちの中に放り込まれた形は変わらない。

低い身分での成り上がりか……あ、前世でも歴史であったな、摂関政治って。自己判断のできない子供を、あえて上に奉って臣下が実権を握る政治形態だ。

「弟たちが生まれて跡継ぎを作るっていう帝室の義務は終えたからこそ、陛下を廃すことを考える者も……。守りが薄く、陛下周辺も動かざるを得ない皇子を狙って騒ぎを起こし――」

「ア、アーシャさま。お待ちください。それはきっと想定外ですから、ちょっと待ってください」

ウェアレルがついていけないというので、僕は外戚が実権を握る策であり、フェルのことは陽動ではないかという考えを説明した。

（その状況に踏み込むにはまだルカイオス公爵に比肩する敵が多すぎます）

側近たちに説明したのに、セフィラが口を挟む。

「わかってる。陛下がよほどの失態を犯すか、ルカイオス公爵と仲違いした時でしょ。けど、その失態のだしに使われそうなのが僕なら、ルカイオス公爵と仲違いの原因になりかねないのも僕なんだよ」

「いや、そこまで…………ありえます？」

ヘルコフは僕の悪い想像を止めようとして、自分が考え込む。

「すごく極端な想像だけど、今はまだ悪評で済んでる。それが冤罪に発展したら？」

僕の指摘に、ウェアレルは緑色の耳を下げた。

「陛下はアーシャさまを庇うでしょうね。けれどそれで反感を買う。冤罪だとしても、アーシャさまを訴えた相手を追い落としたなら、その派閥が敵になる、ということですか」

「確かに、それがルカイオス公爵の派閥でないとは言えないでしょう。今のところアーシャ殿下を一番目の敵にしてるのは、皇妃の実家であるルカイオス公爵です」

自分の娘の息子であるテリーが皇帝になる道を、僕が阻むかもしれないと疑心暗鬼になってる。別に可能性を考慮して動くのは悪いことじゃないけど、僕を左翼の端に追いやったり、派閥の貴族使って父との接触邪魔したりしてる人だ。

正直極端なことしそうだと僕が思う相手の筆頭だった。

「まぁ、僕もルカイオス公爵直接知らないから、想像で疑心暗鬼になってるかもしれないけど」

言ったらなんかウェアレルががっくり項垂れた。

「どうしてそう冷静におっしゃるのか…………。実は情緒が育っていないなんてことが？」

「それはちょっと失礼だな。ちゃんと嫌なことされたら怒るよ。それに楽しいことは楽しいし、僕を思ってくれてるみんなのことも好きだよ」

顔を上げるウェアレルに笑いかけると、困った様子ながら尻尾が揺れる。

「冷静なのは、皇帝になる気がないからだ。権力闘争にも興味がないし、いつか出て行く場所だと思っているから、距離を置いて見られるんだ」

「…………アーシャ殿下なら、ここでもやって行けると思いますが」

イクトも困ったように笑う反面、視線を合わせないという照れを見せる。

「やって行ったとして、錬金術極められると思う？　僕はまだやりたいことだらけだよ」

手を広げて子供らしく言えば、ヘルコフはようやく笑う。

「野暮言いましたね。忘れてください」

被毛に覆われた耳の根元を掻くと目を逸らした。これもわかるよ、照れてるな。

うん、心配ごともあるけど、僕は周囲に恵まれてる。ただできれば、手放しで弟を心配できる環境が欲しいところだった。

＊＊＊

基本的に部屋にひきこもってる僕だけど、庭園には定期的に出ている。

庭園の植物採取を禁じられるという嫌がらせを受けているので、庭園を手入れする庭師が切って捨てる分をもらっているんだ。この宮殿の庭園は広いから、手入れは日ごとに場所を変え、それなりの種類が手に入る。

錬金術が趣味と知られているので、ちょうだいと言えば貰えるけど、珍しい薬草でも無害なものに限られるのはちょっと残念だ。

「うわ、本当に今日来た」

「あれ、レーヴァン。なんでいるの？」

左翼から庭園に出ると、いつも出入りに使ってる場所に、僕を監視する警護とは別にレーヴァンが立っていた。

左翼周辺にいる宮中警護は、僕を見るとこれでもかって目で追ってくる。庭園へ出ても見える限りは追ってくるんだから、監視で間違いない。

「いえ、殿下が庭園で草むしって戻ってくる日があるっていうんで、確かめろと言われましてね」

「毒じゃないのは、いつも戻る時にここで調べられてるはずだけど」

「まぁ、うるさくせっつかれただけなんで、どうぞお好きに。あ、早めに戻ってきてくれると、俺がここで立ちっぱしなくて済むんでよろしく」

勝手なこと言って見送るレーヴァンは、相変わらず皇子の僕に敬意がない。とは言え情報はくれるんだよね。

せっつかれたなんてストラテーグ侯爵には言わないから、きっと他の誰かの差し金だろう。侯爵相手に強く言えるなんて人物は限られるし、時期からして弟が倒れたことと関連してるんだろうな。

なんて気軽に考えながら庭園を歩いていたら、迷子を発見した。

僕たちに背を向ける形で、左右を見ては行ったり来たり。何処へ行けばいいのかわからないと全身で訴えていた。

「緑の髪で歳の頃は四つくらい。かわいい盛りだなぁ。ふふ、イクト。あの子誰だと思う？」

「前にもありましたね…………二度ほど」

警護として同行するイクトは、普段冷静なんだけど今は渋面だ。

「僕の弟ってどうしてこんなに可愛いんだろう」

「アーシャ殿下…………」

イクトは止めるように僕を呼ぶ。うん、僕も過去二回の迷子については覚えてる。どっちも碌な結果にならなかった。

けどね、今も泣きそうな顔で、不安な足取りで、迷子が目の前にいるんだ。

「一人ってさ、心細いものだから。ごめん」

謝って僕は弟の下に足を向けた。イクトは厳しい顔だけど周囲に目を配ってついてくる。

「やぁ、迷子かな？　何処に戻りたいの？」

声をかけると双子の弟だろう四歳児は、疑いもなく目を輝かせて振り返った。

くぁいい！　いや、可愛い！　本当大人の勝手な事情とかの不快感も消し飛ぶほど！

「ワーネルのところ！」

「そうかぁ。じゃあ、君はフェルなんだね」

弟である双子は、緑髪のフェルメスと紺髪のワーネルジュスという名前だ。

他にこんな年齢の子いるわけないし、間違いなく僕の弟だろう。顔はそっくりだけど色は違うと父に聞いてた。あと性格にも違いが出ているらしい。

「うん、フェルだよ。ワーネルどこか知ってる？」

フェルが無邪気に聞いてくると、イクトに小さく呼ばれて指を差された。

フェルの手を引いて、一緒にそちらに行ってみれば、泣き声が聞こえる。

「フェル？　フェル？」

「ワーネル！」

フェルは僕と繋いだ手をそのままに駆けて行く。一緒に駆け寄った先には、青い目に涙を溜めたフェルとそっくり同じ顔のワーネルがいた。

うん、可愛いの二乗。お互い慰め合ってるのも加わって三乗。

「この人が連れて来てくれたの。ワーネルの場所すぐにわかったんだよ」

「すごい！　魔法使い？　兄さまみたいにかっこいい！」

すごい尊敬の目だ。これは嬉しい。

そしてテリーも兄として慕われてるなんて誇らしいなぁ。

以前会った時には迷子になって泣いてたけど、もうお兄さんなんだ。僕の三つ下だからテリーも六歳かぁ。結局一度顔を合わせただけだし、どれくらい大きくなってるのかな？

「僕が名乗れるとしたら錬金術師だよ。それで、君たちは何処から来たの？　ワーネルはフェルを捜しに来た？」

「違うよ。ぼくがワーネルいなくなったってみんなが捜してたから捜してあげたの」

どうやら迷子はワーネル。そして双子の片割れを捜して、自分も迷子になったフェル。

尊い。尊いけど、それって周りの大人は迷子二人目が出て困ってるだろうね。

「イクト、僕が直接連れて行くとやっぱりまずいよね」

「そうですね。待っていてもらう形が一番かと。ただ周辺に捜す者の気配はありません」

「いや、きっとワーネルが迷子でフェルは待ってるよう言われたはずだよ。それが一人で捜しに出てるとなると、さ」

待っててって言っても、きっとフェルは聞かないし一緒にいないとまた迷子になる。だけどイクトも、職責の上で僕を一人にはできない。前は乳母のハーティも一緒だったから手わけができたけど、今はもういない。

双子を置いて行くわけにもいかないし、僕の悪評なんて今さらだ。幼い弟二人が優先だろう。

「二人は何処で何をしてたの？　君たちを捜してるみんなって、誰？」

「あのね、お祝い。お菓子食べてお花見ながら。フェル、お熱でてたの」

ワーネルがさっきまで涙を流していたことなど忘れたように、今は安心しきった笑顔だ。そして今時分に花が咲いていて、お菓子を食べられる椅子かテーブルのある場所が目的地。

「お母上は一緒かな？」

「ううん、兄さま」

「兄さまと四阿《あずまや》でお菓子」

テリーが主催のお茶会か快気祝いかな。そして花と四阿、二人の年齢を思えばここからそう離れていないはず。

僕は近くの、花木のある四阿へ向かうことにした。

「あれ………？　誰もいない」

「二人ともいなくなったために総出で捜索かと」

向かった四阿にはお茶会の用意がされてあり、たぶんここで間違いはない。けれど誰もおらず、イクトが推論を述べた。

その間に戻って来られた元迷子二人が四阿へ走る。

「お礼にぼくの好きなお菓子わけてあげる！」

「ぼくあれ嫌い。のどもやもやする！」

双子なのに味の嗜好に違いがあるようだ。面白いなぁ。

何より二人が仲良く言い合いながら、四阿に向かう姿が和む。それが僕に対してのお礼のためと思えば、なおさら口元がにやけた。

「………あなたは本当に慎み深く、慈愛に満ちた方ですね」

イクトはなんだか見ていられないように、双子から目を逸らしてそんなことを言う。

まぁ、自分が仕えてる相手との落差すごいもんね。お茶会なんてしたことないし、見たことのない豪華なお菓子ばかりだし。

花や布で飾られた四阿も、ふんだんに人手を割いてのことだろう。

「慎み深くなんてないよ、ただ僕は弟に成り代わりたいと思ってるんじゃなくて、弟たちと一緒にいられたらいいなと望んでいるだけだから。あと愛情は陛下からの血かもね」

弟たちがそれぞれ両手にお菓子を持って、笑顔で戻ってくる。必死に走る姿は転ばないか心配になるけど、僕は近づかない。近づいたらきっとまた、碌なことにならないから。

「――もし、宮殿から出られて、皇子でもなくなるようなことがあったなら、私はあなたと共に参りましょう。他の者の前では言えませんが、狩人というのもアーシャ殿下には合っているように思っていたのです」

それは僕が放逐される未来。ハーティ伝いに後見が後見をする気なんてないことがわかったからこそ、あり得る末路。

すでに公爵家に睨まれてる今、僕に出世という未来はない。そんな子供を見捨てない情はあるけど、イクトは現実的だ。だから僕が生き残るという最低ラインを重視してるんだろう。

お酒でお金を稼ぐ手伝いをしてくれるヘルコフも、現実的で厳しいことを指摘するけど、目標は高く楽観も忘れないって感じ。だからイクトはシビアと言ってもいい。

「うん……………心に留めておく」

「受け入れて、しまわれるのですね」

「現実は受け止めるよ。錬金術だって、あり得ないで現実を否定しても進歩はないんだし」

「やはりその強さは狩人向きですね」

声を低めて会話する内に、笑顔で双子が戻ってきた。

「これね、ナッツとハチミツとベリーと混ぜて焼いたの！」

小麦粉の焼き菓子っぽいものをフェルが差し出す。満面の笑顔は、それだけ好物なんだろう。

「これはね、ミルクとお砂糖いっぱいに混ぜてあって美味しいよ」

ワーネルもお菓子を差し出してくれる。スフレってやつに似てるけど、これはもやもやしないのかな？　うん、柔らかすぎて手掴みでは食べられない形状だ。

毒見にイクトが動くので、僕はそれとなく双子に確認する。

「嬉しいな。ありがとう。だから、僕の連れにもわけてあげていい？」

「いいよ！」

「美味しいよ！」

本当に無邪気で癒される。イクトもこんな二人が何か仕込むとは思ってないだろうけど、そこはやらなきゃいけないお仕事だからね。

それにしてもやっぱり弟って可愛いな！　あぁ、テリーにも会いたくなってきた。

また周りから邪魔されることがないならって、前提がつくけど。こうして双子と笑い合っていられるのも、四阿が無人だったお蔭だ。好都合と思うべきか、一人くらいいて幼い子は保護してほしかったと思うべきか、迷う。

双子は僕にくれたものと同じお菓子を、それぞれ手に持っていた。そしてスフレをくれたワーネルは、スプーンの存在を思い出して四阿に戻る。

「美味しいね、ありがとう」

「うん、おいしいの！」

先にフェルおすすめの、ナッツとかの焼き菓子を一口食べ、笑みが零れる。うーん、このキラキラ笑顔は役得と思ったほうがいいかな？

丁寧に作られしっとり口当たりも良く、本当に美味しい。だから余計に気になることがある。

ワーネルがもやもやして嫌いってなんだろう。ナッツをよく噛まずに喉に引っかかるとか？　ベリー系の皮が残って舌触りが悪いからもやもや？

「スプーン持ってきたよ！　あ、兄さま！」

「兄さま？」

ワーネルが戻ってきたら笑顔で手を振り始めた。

（僕のことではないよね。そうなると該当者は…………人だ）

振り返れば、紺色の髪をした少年が険しい表情で向かってきていた。

六歳のはずだけどきりっとしてるなぁ。出会った三歳の時より、ずっと大きくなったんだね。

「…………何者だ⁉」

僕は会心の一撃を食らった！

（テリー、僕のこと覚えてないんだ…………うぅ、胸が痛い）

セフィラを使って様子窺ってたのは一方的だったし、テリーだって三歳だから覚えてなくても当たり前なんだけどさ。

「――宮中警護を連れている？」

イクトの制服に気づいたテリーは、改めて僕を見る。皇帝である父が用意した服の品質はいい。

そして髪は黒にしてる。ここのところ髪の銀髪具合が酷くて、若白髪みたいでちょっと、うん。

「歳の頃と陛下に通じる黒髪、第一皇子であられるかと」

耳うちするテリーのほうの宮中警護から、すごく嫌そうな顔をされた。こっちは大人だから、三年前のこと知ってるはずだ。

当時の警護がどうなったかも、僕のせいじゃないよと言いたいな。一応腰に下げてる剣に目をやったら、慌てて両手を後ろに組んだ。うん、別に僕は言いがかりをつけるつもりはないんだよ。

「フェル、ワーネル。そいつから離れろ」

「どうしたの？」

「兄さま怒ってる？」

険しい顔のテリーに強く声をかけられ、双子は戸惑いを顔に出す。

(なんか敵認定されてる？　え、すごい悲しい。…………あんなに可愛かったのに)

悲しさはあるけど、今は不安そうなフェルとワーネルが優先だ。

「君たちに怒ってるわけじゃないから大丈夫だよ。でも、心配してくれたことにはお礼を言うといい」

「うん」

「わかった」

こっちは素直だぁ。けど三年後にテリーみたいな塩対応されたら、僕今度こそ泣くかもしれない。

今も結構堪えてるし。やっぱり周囲の大人があれだとテリーもそういう考えになるのかな？　いや、ここはせっかく顔を合わせたんだから誤解を解くチャンスかも？

「弟たちにいったい何をして懐柔した？」

「君も、僕の弟のはずなんだけどね」

フェルとワーネルに合わせて屈んでいた状態から、立ち上がって言ってみる。途端に睨まれた。

「違う！　思い上がるな！」

即否定………心が折れそうです。

「ひ、否定しても、どうしようもないと思うけど」

「こそこそ企みばかりを巡らせて帝位を狙う卑怯者に弟なんて呼ばれる筋合いはない」

「言いがかりだ。けど、そうか。そういう風に言われてるのか」

誰だ、テリーにそんな嘘吹き込んだの。僕、今まで帝位狙ったことないのに、まるで事実かのように言われてる。

本当にそんな気あったらもっとぐいぐい出てるし、引きこもりなんてしてないって。

けれどどう言えばいいかな？　六歳に理詰めで言って理解できるかは怪しい。

僕が考えている間に、テリーはびしっと僕に指を差した。

「姿も見せず隠れてばかりで男らしくもない。さらには幼い弟たちにまで手を出すとは許さないぞ。

——あ！　まさかワーネルがいなくなったのも!?　なんて卑劣なことを！」

子供がきゃんきゃん騒いでるだけだから怖くはないけど、完全に僕が悪者扱いだなぁ。邪推が止まらないなんて、二度目でこれは酷い。

（そしてテリーも興奮ぎみで話を聞いてくれそうにない。これは出直すべきかな？　気を遣ってこ

っちから接触しなかったのが駄目だったのかもしれないや）

今度からは敵意がないことをアピールしていくべきかな。ともかく今は、妙な言いがかりだけでも否定しておこう。

「………迷子を見つけたから案内をしただけだよ。いつかと同じようにね。僕も用事があって庭園に出たんだ。これで失礼させてもらうよ」

とは言え手に持ったお菓子どうしよう？　テリーに睨まれた状態で食べるのも変な空気になるだろうし。かと言ってフェルおすすめを、食べかけで持ち歩くのもな。

そう思ってフェルを見ると異変が起きていた。

「きもち、わるい………」

見下ろすフェルは目の焦点が合ってない。そして言葉にした途端いきなり蹲った。

「フェル、またもやもや？」

ワーネルが不安そうな顔で側に屈み込んで聞く。僕もフェルの側に行こうとしたけど、走って来たテリーに押しのけられた。

倒れそうになるとイクトに支えられる。ただし、お菓子は両方とも地面の上だ、あぁ………。

「フェル！　フェル!?　どうしたんだ！」

テリーが顔を上げさせるけど、やはり目の焦点が合ってない。そして顔色が見る間に悪くなっている。前世の学校でも貧血で倒れる瞬間見たことあるけど、それに似ていた。

（いったい何があったんだ？　病弱って聞いてたけど、あんなに元気だったのに）

（体温低下、呼吸音に異常を検知）

セフィラが僕に応えてフェルの状態を教える。勝手に人間を走査するなとか言いたいことはあるけど、まずい状況だということはわかった。

僕も近づいてフェルを覗き込む。

「フェル、息が苦しいの？」

微かにうんと言ったような気がする。

「ともかく医師を呼ばないと。こういう症状は初めて？」

「いえ、それは…………守秘義務で…………」

テリーの警護は言いよどむ。その上、僕たちだけを残さないため、医師を呼びに行く気配もない。

「…………イクト、人を集めて」

応じたイクトはすぐに呼び笛を取り出す。宮中警護が異常を見つけた場合吹くものだそうだ。吹いておいてなんでもなかったら罰則もあるらしいと、以前聞いたことがある。

それなのにイクトはすぐさま笛を取り出して吹いた。その間に僕はテリーの肩に手を置く。

「ともかくまずはフェルを寝かせて休ませないと――」

「触るな！」

子供とは言え、容赦ない力で僕の手は叩き払われた。テリーはフェルを抱え込んで僕に背中を向ける。兄のいつにない様子にワーネルも泣きそうな顔で僕を見ていた。

「落ち着いて、テリー。危害を加えようなんて思ってない。ただフェルを助けないと」

「嘘だ！」

叫んで肩越しに振り返るテリーの目には、涙が浮かんでいた。

表情は険しいけどやっぱりまだ子供で、きりっとしていた時には皇子らしい振る舞いを心掛けていたことがわかる。ただ今は、僕への恐怖に顔を歪めて、小さな肩を震わせながら、フェルを僕から守ろうと必死になっていた。

「お、弟に何を盛った⁉　毒だろ！　こんな急に悪くなるのはおかしいって今までも言ってたんだ！　僕たちを殺そうとする不敬者はお前しかいないって！」

怯えを隠しきれない表情で、それでも弟を守ろうと声を上げる。

テリーはフェルに毒が盛られたと思ったようだ。しかも犯人は僕だと周囲が言っていたらしい。

六歳児にいったい何を吹き込んでいるんだか。

「食べて一人だけいつも悪くなる！　いったいどんな毒を使ったの⁉　誰もわからないなんておかしい！　なんでこんなことするんだ！」

きっと毒が盛られた可能性については、すでに調べ尽されてる。それでもなお理由がわからなかったから、フェルが病弱だとされたんだろう。

毒見役もついてるはずだし、毒を盛られたと考えれば確かにおかしい。けど今、食べた後に容体が悪くなったのは僕も見ている。

「あのお菓子の中に、毒が盛られていた？」

「そんなわけない！　今日のお菓子は僕が母上と相談して用意したし毒見は僕もしたんだ！　同じ

物から作ってる！　毒なんて入れられないように頑張ったのに！」

周囲の大人による悪意ある誤解とはいえ、テリーは弟たちのために手を尽したようだ。もちろんテリーより前に毒見した者もいるだろうが、それでも誰も毒があるとは見抜けなかった。

「まるでフェルだけを狙うように倒れる？　僕が触ったのは、二人が選んで持って来た物だけだよ。食べてるのも同じ物で、ワーネルは食べてな、い……………」

そう言えばワーネルは、お菓子で喉がもやもやすると言っていた。

（その表現は何処かで、どこか、いつか？　そうだ、いつか前世で…………。まさか!?）

僕はテリーが抱え込んで良く見えないフェルの顔を覗き込んだ。さっきまでは顔色が悪い程度だったのに、今は見るからに唇が赤く腫れている。

「アレルギー!?」

「何をするの！　フェルに触るな！」

「待って、落ち着いて！　このままだとフェルが危ない！」

テリーが抱え込んでいるけれど、触れたフェルの手は酷く冷たい。

双子で顔がそっくりなフェルとワーネルは、きっと一卵性の双子。同じ体質であるはずの二人の内で、フェルだけに症状が出ている。つまりワーネルがもやもやすると嫌がったのはアレルギー反応のある食材？

「やめろ！　フェルをどうするの!?　返して！」

僕は嫌がるテリーからフェルを取る。けど僕もアレルギーの対処なんて知らない。まさか味覚の好みで、アレルギーが出るかどうかがわかれるとも思ってなかった。

これはこの世界の医者に連れて行っても意味はない。あとはエピペンだけど、それがどんな薬かわかってもここですぐには作れない。

「――苦しいだろうけど、ごめん！」

僕はハンカチを指に巻いてフェルの口に入れた。反射的に噛まれるけれど、今はフェルを助けるほうが優先だ。僕は痛みを耐えつつ、舌の根元を押して嘔吐反応を誘発する。

「何をする⁉」

さすがにテリーの警護が動いたけど、それをイクトが止める。

「フェル！　食べた物吐いて！」

指を抜いて俯かせ背中を叩く。フェルは苦しげな声を上げながら嘔吐した。

「うぇ、ぇえ、ぇぇ………」

泣き始めるけどまだだ、ごめん。

「息止めて。水を飲んで」

魔法で口に水を入れると、苦しげにしながらも飲み込んでくれた。それをまた吐かせるという辛いことをもう一度させる。

「やめろぉ！　やめろよぉ！」

「フェル？　フェル？　なんでぇ⁉」

あまりのことにテリーもワーネルも泣きだしてしまう。テリーに至っては僕を止めようと腕をむちゃくちゃに叩いて来た。

「ごめん。これしか助ける方法が思いつかない！」

吐かされるフェルに至っては、顔をぐちゃぐちゃにして泣くことさえ難しいくらい息切れしている。けど胃洗浄的なことをする以外に、僕には考えつかなかった。

「アーシャ殿下！　これは、いったいどうした処置でしょう？」

イクトは剣も抜かずに、無手でテリーの警護を押さえ込んで聞いて来る。

「蟹の呪いだ！　食べちゃいけないものをフェルは食べてる！」

イクトは予想外な単語に一度気を抜く。けれど何かに気づいて険しい顔になった。

すぐにテリーの警護を一度転がして引き離すと、こっちにくる。

「吐かせたということはもう？」

「唇の腫れが同じ理由だ。この腫れが引けば」

「では、失礼を」

僕はいきなりイクトに抱えられた。同時に侍女や侍従、警護や巡廻兵などが一塊になってこっちに来てるのが見える。

全員がイクトの笛で異常を察知して走っていた。そして見える所でテリーたちが大泣きしてるんだから、殺気立つのも仕方ない。

まずいのはわかるけど、このままだともっと危ない気がする。

「回復魔法や急激な回復はしちゃ駄目だ！　それはフェルの症状を悪化させる！　絶対にしない

で！　最悪死んでしまう！　でもワーネルが食べて平気なものは大丈夫だから！」

イクトに抱えられながら、僕はできる限りの警告を残した。誰か聞いててくれればいいけど。

イクトは一目散に庭園の木々に隠れる。足を止めず出入り口へ向かうと、レーヴァンも笛に反応して庭園に出ようとしていた。

「笛が鳴ったのはいったいどうしたんです？」

「迷子の双子を見つけてアーシャ殿下がご案内したところ、弟君がお倒れになった」

「ま、それって――また!?　勘弁してくださいよ！　っていうか一度で懲りないんですか？」

懲りる懲りないをレーヴァンに言われる筋合いはないけど、そんなこと言う気も起きない。できることはやったけど、本当にあれで治ってくれるかはわからないんだ。

「あれは毒だけど毒じゃない。病気だけど病気じゃないんだ。蟹の呪いと一緒だよ」

「は…………？　呪い？」

「ともかく、アーシャ殿下は偶然居合わせた。そして少々手荒でしたがその場で弟君を吐かせて、原因となる食物の除去を行っている。私が笛を吹き、相応の緊急事態であるため、後でストラテーグ侯爵に自ら報告をする」

イクトなりに僕の行動を説明してくれた上で、レーヴァンに上司とのアポ取りをさせるようだ。

「…………フェル、大丈夫かな？」

ただ僕は別のことが気になってしょうがない。せっかく快気祝いをしていたのに、泣かせてしまった。テリーは僕を怖がっていたし、きっとワーネルも僕の突然の行動を怖がることになるだろう。

もしかしたらフェルには、二度と会ってもらえないかもしれない。それはとても悲しい。

悲しいけれど、それ以上に僕は弟たちが心配だった。

＊＊＊

まだ朝夕が寒い春先、僕はようやく双子の弟の顔を見ることができた。

ただ、その後は大変な騒ぎになって、僕の耳にも第四皇子の暗殺未遂という言葉は聞こえている。

「なるほど、アーシャの行動にフェルを助ける意志しかなかったのはわかった」

僕は居住区画の上階で、父から当時の聞き取りを受けていた。すでに宮中警護の長官であるストラテーグ侯爵直々に聞き取りはされている。何を警戒したのか、レーヴァンと二人きりで来てた。

ただその時は、大した話もできない内に、皇妃が来襲。僕が毒を盛ったという話を鵜呑みにして突撃してきたため、聞き取りどころではなくなっていた。

「陛下、僕も聞きたいのですが、フェルはもう大丈夫だと思っていいんですよね？」

「あぁ、いつもより回復が早いとも聞くが……誰に聞いたんだ？」

僕は犯人と目されたせいで、ほとんど情報が入らないようにされている。もちろん僕に情報を持っていくだろう側近たちにも。

「いえ、先日妃殿下がいらっしゃったので、もうフェルの側を離れてもいい容体になったのだろうと推察しました」

「そう言われてみれば、そうか……」

「手荒になって、三人を泣かせてしまったのは申し訳ないと思っています。その点は妃殿下にも謝罪できればいいのですが、何分あの時はとても興奮されており、供回りも満足に連れていない状態のようでしたので、お帰り願いました」

「いや、アーシャの判断は正しかったのだろう。謝罪の必要はない。私も一度突然倒れたフェルを見たことがある。医師を呼ぶ以外にできなかった。苦しむあの子に、何もしてやれなかったんだ。それに比べれば、アーシャはよくやってくれた」

父は一から僕の話を聞き、説明の全てを疑うことなく受け入れてくれている。ストラテーグ侯爵はわざと僕が悪いかのような圧を交えて、ぼろが出ないかと試しながらの聞き取りだったのに。

「しかし蟹の呪いか。イクト、それは有名な話か？」

今日は、当日一緒にいたイクトも呼ばれ、控えてる。

「さて、私の住む地域のみの昔話であった可能性は否定できません。ただ、あの時の第四皇子殿下の症状をそうと看破できたのは、アーシャ殿下の慧眼あってこそのもの」

「つまり、ことの証明が難しいということか……」

アレルギーを科学的に説明できない僕にとって、蟹の呪いは事例として挙げるのに有用だった。

「回復魔法をかけると悪化するというのは以前報告を受けている。そのため打つ手がないと思われていた。吐かせた日は回復が早いくらいだったが、アーシャは何故回復をしてはいけないと言ったんだ？」

フェルが病弱と言われていたのは、原因不明と共に、回復魔法でも手が出ないかららしい。

「毒は人間の体の本来の働きを阻害するものと、過剰に働かせるものがあります。唇の腫れから過剰反応を疑いました。本来の働きが行き過ぎた結果です。そこに回復魔法で活性化させても悪化にしか繋がらないでしょう」

説明する僕に微笑みかけた父は、じっと見つめてくる。何故かその目は悲しそうだ。

「…………いつから、私に遠慮していた？　賢い子だとは思っていたが、思えばハーティがいる時から、私に学習内容を言わなくなったな」

あ、ばれた。まさかここでばれるなんて、ちょっと喋りすぎたようだ。

「五歳くらいまでは言っていた気がするな。となると、テリーが勉強を始めた辺りか。比べられて周囲が騒ぐことを警戒したのだろうな」

「いえ、僕はただ錬金術が楽しかったので、それ以外に興味がないだけです」

「あぁ、確かに毒は錬金術の分野か。そういう点では誤魔化しの利く趣味というわけだ。だが――」

「陛下」

遮るように声をかけたのはいつものおかっぱ側近。父が責めるような目を向けると、何故か側近は眉間を険しくするという、今まで父に向けたことのない顔をしている。

「こちらの殿下が今まで耐えたことを、陛下が否定してはなりません」

また時間がって言い出すのかと思ったのに、驚いた。目が合うと即座に逸らされる。

警戒だと思っていたけど、岡目八目という言葉がある。僕と父の面会を毎回見ていたのがこの側近だ。だから僕が言わないことも早くに気づいて黙っていたのかもしれない。

そこに僕の意図があることを…………尊重して？

「今解決すべきは、第一皇子殿下にかかる暗殺未遂の容疑です」

「無理だとわかっているだろう」

父は側近の言葉にうんざりした様子で応じる。だって僕に暗殺する隙なんてないし、フェル一人殺しても旨味はない。

「アーシャはほぼここから出ないし、周囲にいる側近は一人のみ。住む場所さえ違えば、使用人も職場が違うから交流がない。これでどうやって今まで倒れる度に毒を盛る？　一度や二度ではないんだぞ？　アーシャの説明のほうがよほど可能性はあるだろう」

どうやって一番人が多く、目を光らせてる皇帝の住まいで毒を盛るのかが問題だ。

「今回は呪いであったのだと話になっております。そのために毒などの物品を仕込めるかどうかは問題ではないと」

「余計にアーシャが呪いを行った証拠などなく、できる謂われもないだろう。もしそれで罪を裁定してみろ。今後、なんの証拠も実態がなくても、呪いを行ったという証言一つで誰かを罪に問える悪しき前例になってしまう」

「しかし説明の場を設けなければ、今回はさすがに噂に留めることもできません」

「私はその流布する馬鹿げた噂自体を否定しているんだが？」

側近は冷静で、渋面になる父のほうが感情的だ。というか、何やら僕を他所に話が進んでる。

「僕はいったいなんの罪に問われようとしているのですか？」

せめて罪状知りたかったんだけど、僕が聞くと二人して黙る。父は言葉を探し、側近は父を窺う。

「気遣いはいりません。実際僕は助けることしかしていないのですから、罪状をつけられること自体間違いです。その上でなんと言われようと小異でしかないでしょう」

「それを、害するためだったのだと捻じ曲げようとしているんだ」

父が苦々しく言うことには、どうやら僕が吐かせたりしたことが毒を盛った故の反応だということらしい。

時系列逆だけど、僕を容疑者扱いする人たちの筋立てはこうだ。ワーネルを僕が誘い出し捜させる、そして一人になったフェルを狙う。毒を仕込む途中でテリーが現われ止めたけれど、少し毒を摂取したためフェルが倒れる。

そこに止めを刺そうと毒を無理矢理飲ませたら嘔吐し、人が大勢来たため暗殺し果せず逃げた。

「無理がありすぎませんか？　暗殺というにもお粗末です」

「子供ならそんなものだというのだ」

「あなたが鈍いふりをなさっているため受け入れられています」

気遣いはいらないと言ったせいか、側近がずけずけ言う。名前は知ってるけどなんかしゃくなので、これからも髪型からおかっぱとこっそり呼ぶことは変えない方針で行こう。

おかっぱ曰く、何よりそれを推すのがルカイオス公爵だそうだ。

皇帝周囲の大物の主張に、父の周りには僕容疑者説を推す声が多いとか。同時に僕を擁護するのは父のみで声が小さい。ルカイオス公爵以外は、僕なんてどうでもいいので何も言わない。

結果、僕の暗殺容疑が確定的な雰囲気になっているそうだ。

「宮殿に上がれるほどの人たちは、誰も理性的だと思っていました」

「……………あなたは理性的にすぎるため、子供らしからぬと腹蔵を疑っている者もいます」

おかっぱがなんかとんでも情報を出したんだけど。何度か出し抜いたのが減点なのかな。

「いっそアーシャの頭脳を頼るか。アーシャ、今私に説明したことをウェアレルの手を借りて、報告書か論文の形式にまとめてはくれないか？　フェルの症状を解説する形で、自らの行動の正当性を証明するよう文章を作るのだ」

「そうですね、フェルだけじゃなくワーネルも同じ体質ですから、今後のことを考えれば文章にするのは有用だと思います。対処方法など周知すべきですしね——ただ論文など書いたことがないのでお時間いただけると嬉しいです」

そう聞くと父は半端に笑う。

「私の前では、無理に子供らしく振る舞っていたということかな？」

「あ、いえ。それはないです。陛下に会えるのは嬉しいので。ただ、こう、真面目に考え始めると感情的な部分が引いて行くというか」

理論的なところは前世の大人の部分で考えてる。そして前世に体験できなかった父親との愛ある交流は僕として満喫したい所存。

父がイクトを見ると、イクトは静かに頷いていた。

「甘えることが難しかった故の切り替えであるかと」

「え、そんな風に思ってたの？　考えを整理するためにちょっと硬くなるだけだよ」

異議を、異議を申し立てます！　僕はまだ九歳児です！

＊＊＊

僕は初めて宮殿本棟の広間に足を踏み入れた。高い天井の広間には、着飾ることが正装の貴族が並び、正面には皇帝である父と、妃が並んでいる。

アレルギーで倒れた弟を助けただけなのに、暗殺未遂の嫌疑をかけられた。もちろん僕はやってないから証拠なんてない。

けど僕がフェルを吐かせたという状況証拠だけで、有罪をごり押しするつもりだそうだ。あと僕が帝位を狙ってるっていう言いがかりが、動機として既成事実化していた。

弟を殺そうとしたなんて不名誉は断固拒否なので、これは無罪を勝ち取らなきゃいけない。

「すでに聞き及んでいるだろうが、今般、歴史においても類を見ない凶悪な謀りごとがあった」

ルカイオス公爵が僕を糾弾する話を持ち出したことで、この茶番は始まった。

だってどんな毒を使ったかや、お茶会の日程を僕に漏らした人物、呪いの真偽さえ全て不明。ルカイオス公爵さえそれは答えられない。だって元からそんな毒も人物もいないんだから。

その上で、広間の一番立派な天蓋のついたところに座った父は、僕が暗殺未遂をしたという証拠がないことを、部下に質疑応答させる。

皇帝は軽々しく声をかけるものじゃないからしいけど、こういう決まりごとは正直面倒だ。だって、僕は成人していないから公式の場では発言権がない。

だからこうして呼び出された中心人物なのに、ただただ黙っている。しかも勝手に発言しようものなら、礼儀知らずとして摘まみ出されさえするそうだ。

だから父は文書にするように言って、今僕の代わりに反証をしてくれている。

反論もできない僕を一方的に断罪するだけの茶番なんだけど、相手は現政権の重鎮。こうした集まりを要請されたら無視もできない。

「しかし陛下、第一皇子はその場から逃げ去っております。後ろ暗いところがなければ残ればよろしい。それができない行いをしたという自覚がある故の行動と取れましょう」

ルカイオス公爵は証拠がないからこそ、悪い印象をつける言葉選びをする。そんなルカイオス公爵には父も直言で返した。

「三年前だったな。テリー、第二皇子の警護が複数で剣の柄に手をかけたのは」

僕は一度、テリーの警護に襲われかけた前例がある。だから逃げるのも当たり前だということらしい。そして今回知ったことだけど、その警護を指名したのはルカイオス公爵だったそうだ。

「また、宮中警護の危急を報せる笛を鳴らしたのは第一皇子の警護だ。暗殺を画策したならする必要がないとは思わないのか？」

「何をおっしゃる。吹いたのは第二皇子の警護でしょう」

おっと、ここでルカイオス公爵やその周囲が事実誤認してることが判明。そこで事実確認されるのは、宮中警護の上司であるストラテーグ侯爵だ。

「居合わせた第一皇子と第二皇子の警護両官から聞き取りましたところ、どちらも吹いたのは第一皇子の警護イクト・トトスであり、人を呼ぶよう命じたのは第一皇子殿下であったと申しております。第二皇子側の警護で居合わせなかった者が、どうやら公爵閣下と同じ誤認をしていたようです」

広間にざわめきが広がった。印象操作をしても、事実誤認が周知されれば疑念を持たれるものだ。

「それとな、ルカイオス公爵。その場にいた第二皇子と第三皇子にも聞き取りをしたが、第一皇子は吐かせはしたが、何かを食べるよう強要してはいなかったそうだ」

「それは子供ゆえ見落としたのでしょう」

「貴殿には、そこにいる我が子が子供には見えないか？　おかしなことだな。暗殺というにはお粗末な顛末を子供である故と言っておきながら、子供では見落とすような手管を弄したと？」

父がダブスタを指摘するけど、そんなことで退いてくれる性格ではない。

「作戦は周到に練った者も、いざとなって臆病風吹かれる。よくあることです」

ルカイオス公爵も、僕以外に容疑者はいないから僕を排除する以外に目的がない。真偽はともかく、ここで僕に悪印象がつけば、それだけ帝位が遠のくという算段だろう。

（僕のことは放っておくのが一番心安らかだと思うんだけどな）

（主人の才覚があれば弟からの帝位譲渡も可能であることが懸案となります）

（懸案にしなくていいから。僕は目立たずいくの）

（その目標はすでに破綻していきます）

セフィラが容赦ない。

ただ僕が帝位とかはないし、僕が今優れて見えるのは精神が本当に子供のテリーよりもすれてるからだ。きっと年相応になれば僕は凡人になり下がる。

幼い頃から良い教育と良い環境、そして人脈を育てる素地のあるテリーのほうが、絶対皇帝としては大成する。

「さて、ここで一つ資料を用意した」

父が声をかけると、おかっぱを始めとした父の側近が書類を持って配り歩く。

あれは僕が書いた報告書の写し。聞けば父の事務官総出で書き写したそうだ。

「これはアーシャ、第一皇子から挙げられた第四皇子の病状に関する報告だ」

ディオラのお蔭でルキウサリアから送られてくる論文があったし、ウェアレルの手ほどきでそれらしい物に仕上がっている。

前世では会社でキーボードを打つのが面倒だったけど、手書きよりずっと文明の利器だったことを実感した。公式文書のための書体なんて物を覚える羽目になったよ。

「私からの補足としては、菓子は第二皇子が手ずから用意した。そしてそれは妃も監督している中でのことだ。また、第三皇子と第四皇子両者の証言で、確かに第一皇子は四阿に立ち入っておらず、菓子も自らが選んだものだったと言っている」

資料を配られた人たちが読んでる間に父が語る。

あとアレルギーのことは蟹の呪いという東の昔話を取り上げて、呪いを否定した。今度はこっちが子供の持ちだした昔話だよと言い訳にする。

「こんな取ってつけたような話を陛下は信じられると？　欲目が過ぎますぞ」

ルカイオス公爵は信じない方針。それでざわついていた貴族の一部が追従する。

内容にただ驚いていた僕の敵ではないけど味方でもない貴族からも、疑いの目が向けられた。

「検証もされてないような話など論外です」

「つまり、ルカイオス公爵はワーネルにも毒となる食物を食わせろと？」

「そのようなことは言っておりません」

「書いてあるだろう。双子は全く同じ体質で、発言から既往はすでにある。今回の件を実証するならばワーネルで様子を見なければ、フェルではすでに命の危険が大きすぎる。だがそれは倫理と良心にかけて行えないとな」

もちろん幼い弟にアレルギー物質摂取なんてさせられない。病院の検査で害がない範囲がわかってるならまだしも、僕は素人だ、怖くてできない。

あとルカイオス公爵は読むの早いのはいいけど、大事なところ読み飛ばさないでほしい。実証してないしする気もないけど、ちゃんと理由書いたからね。

「念のために言っておくが、今後のフェルの体調改善のための提案もある」

父が言うと、ルカイオス公爵は資料にちらりと目を落とす。まるで一考の余地もないようにすぐ顔を上げた。

それで僕を責めるための点だけを拾い上げるってどういう芸当？

そんなことを思いながら僕は一言も発さずじっとしてるだけしかできない。

（なんで呼ばれたんだろう？　あれ？　陛下に資料渡した時点で僕の仕事終わってない？）

（見せしめであると推測）

そんな推測は聞かせなくていいよ、セフィラ。

「救命のための措置を罰されては、こちらとしても困りますな」

ストラテーグ侯爵がここで、ルカイオス公爵に追従できないと旗幟《きし》を鮮明にする。

僕がやったことに罪名をつけられると、宮中警護が活動できないしね。転ばないように腕引いたら幼い皇子は脱臼しました、はい、ギルティ！　なんてやってられないだろう。

「慎重が過ぎるのでは？　こんな病気、聞いたこともない。こじつけでしかないでしょう」

「フェルの病状は誰も診断できなかった。聞いたことがなくとも当たり前だ。ルカイオス公爵、どうだろう？　今回はこのアーシャの発見の信憑性を良く検証してからでも遅くはないはずだ」

侯爵の消極意見に父が懐柔するように畳みかけると、浮動票が動いたらしい。この場で僕を黒塗りする流れが弱まる。

ただそれでも僕が無罪とは言えないと強弁したルカイオス公爵のせいで、グレー扱いで落ち着いてしまったのだった。

＊＊＊

広間での茶番から一日、僕の処遇は据え置きという名の今までと変わらない放置だ。不名誉な冤罪で罰されるのは回避したから、そこはもういい。

「やっぱり説明難しかったのかな。あんまり信じてもらえなかったね」

「肌感としては、殿下の主張は三分の一が受け入れたらいいほうって感じでしょうかね」

「ルカイオス公爵があれほど頑迷だとは驚きました。公平な方と聞いていたのに」

現実的に広間の様子を語るヘルコフに、ウェアレルはなんだかがっかりしてる。実はあの広間に僕の側近たちはいた。僕よりも遠い壁際で発言権もない場所だ。

「犯人と言える人間に狙いを絞りすぎて、他が見えなくなっていたのでは？　もしくは、犯人云々はどうでもよく、アーシャ殿下の排除が主眼だったか」

イクトが不穏なことを言いだすし。

「ルカイオス公爵ってどんな人なんだろうね？　僕からすると疑心暗鬼の人なんだけど」

「何故そう落ち着いていられるのか………」

そんな話をしていた時、金の間の控えからストラテーグ侯爵が現われた。先触れで来てたレーヴァンに案内させて、僕は側近と雑談してただけだよ。

あと、僕の疑問に答えるべく、セフィラが声にせずに話してる。

（批判としては時勢によって敵を味方にすることで一貫しないと誇りを――）

（思ったよりルカイオス公爵って波瀾万丈だって言うのはわかったから、ちょっとストラテーグ侯爵に集中させて）

陰謀だとか、政変を乗り越えただとか。一度要職を降ろされても、また返り咲いたとか色々出て来る。そうして生き残って成果もしっかりあるから、総評は優秀な賢臣だというもの。

けど今は名目上、また聞き取りに来たストラテーグ侯爵の相手をしないといけない。

「ルカイオス公爵が僕の印象を悪くする方向に上手くいったのは腹立たしいよ」

「そういうのを見透かすのが可愛げないんですって」

変わらず無礼なレーヴァンに、イクトが静かに肘鉄を入れてる。ストラテーグ侯爵が見ないふりするなら僕も倣おう。レーヴァン、これくらいじゃへこたれないしね。

「第一皇子殿下が大人しいもんだから、あの資料も側近がひねり出したんだろって言われてますよ」

うん、やっぱりへこたれない。

「僕を軽んじて放っておいてくれるならいいんだけどね。……………つまりストラテーグ侯爵はあれが僕の考えっていうのは信じてる。その上でそんなにありえないことだと感じた？」

「俄かには信じがたい、といったところでしょう。ただ、あなたの非凡な発想と理解力は存じていますので、なくはないかと」

つまり僕という人物への信頼度で印象が変わるらしい。

「うーん、妃殿下が必死になって読んでたから信じてくれたと思うんだけど」

「ぼうっとしてるように見せかけてそんなところ見てたんですか？　ぃで!?」

レーヴァンが奇声を上げた後、何故か背後をさすってる。イクトに今度はおしりでも捻られたの？

「視野を広く取って一つに集中しないようにすることで、反応を窺うことと無害さアピールを両立してみました」

「…………才能を使うべきは、そこではないのでは？　お前たちは普段何を教えているんだ？」

ストラテーグ侯爵が僕の側近たちにあらぬ疑いをかける。ただ僕が反論する前に、侯爵相手でも気にせずヘルコフは猛獣顔で笑って肩を竦めた。

「教えたことをどう活用するかは殿下のお決めになることなんで。馬を水辺に連れて行けても飲むことを強制はできないってやつですよ」

ストラテーグ侯爵は渋面で僕に向き直ると、仕事を優先することにしたようだ。

「妃殿下に注目された理由をお聞きしても？」

「だって、初対面の僕でも異常はわかったんだよ。理由と原因を示せば、母親なら思い当たる節あるかと思って。実際あの方はじっと資料を読みふけっていたし」

終わった時もすぐに広間を出て行ったのを見ている。

「今まで倒れた状況を照らし合わせれば、きっときっかけになった食物は絞り込める。それをしてくれるのは陛下か、妃殿下だと思うから。そちらに伝わったなら十分だ」

「つまり、あの場に出てきたのは妃殿下へ警告なさるためと？」

「うーん……。妃殿下のためって言うより、フェルやワーネル、テリーのためだね。せっかく張り切って用意したお茶会、台なしになってたし」

最終的に僕が三人揃って号泣させちゃったし。

思い出したら落ち込むなぁ。フェルもワーネルもニコニコだったのに、顔真っ赤にして泣いてた。

テリーに怖がられてたってわかったのもショックだし、それが周囲の勝手な決めつけのせいっていいうのも腹は立つ。

「次は安心してお茶会できればいいなって思ったから、また倒れないよう対策してくれればいいよ」

テリーとは仲良くなれると思ってた。三歳の時には大人の事情なんて知らない感じだったから。けど三年ぶりに会ったらもう駄目だった。隔たりがすでにできていて、きっとそう簡単には埋められないし、ルカイオス公爵が埋めさせないだろう。

もしかしたら次に会う時には、フェルとワーネルにも嫌われてるかも知れない。テリーの時と違って、今回は僕が泣かせたのは事実だ。

「本当にそれだけですか？　ずいぶん第二皇子殿下からは悪態を吐かれたらしいって聞いてますけど？　もっと厄介なこと考えてません？」

レーヴァンがすごく疑わしそうに聞いてくる。

「特には。なんですごく怖がられてたか、理由が知りたいくらいだよ」

「嫌われてるの間違いじゃないんですか？」

レーヴァンは無礼者らしく肩を竦める。ただ強がってるとこ悪いけど、さすがにイクトとヘルコフに両脇押さえられて顔引き攣ってるよ。

「レーヴァンさ、ストラテーグ侯爵に迷惑かかるとわかってて、自分の感情優先する？」

聞いた途端、身に置き換えたレーヴァンは黙る。

「弟たちとは仲良くしたいけど、僕が無理に距離詰めてもそこで困るのは陛下だ。何を思っても、やるかやらないかで言えば陛下の足を引っ張るなんてことはしないよ」

「なるほど。確かにあなたが本当に帝位を望むのならば、もっと上手くやるでしょうね」

「しないから」

ストラテーグ侯爵が頷くけど、邪推されないようはっきり否定しとく。

正直これで僕が皇子でなくなっても、困るけど嫌ではない。ちょっとルカイオス公爵の思惑どおりなのが業腹なくらいだ。それで言えば僕は皇帝の椅子なんてどうでもいいし、皇室の名前もどうでも…………。

「——あ」

「今度はなんです？」

居心地悪そうにして一度は口閉じたのに、結局聞くレーヴァン。

「大したことじゃないよ。今回のことを利用してやりたいことを思いついただけ」

笑顔を浮かべた途端、レーヴァンとストラテーグ侯爵が不安顔になった。するとウェアレルは半眼になってレーヴァンを見る。

「あなたがアーシャさまの想像力を刺激するからですよ」

「殿下、普段耐える人なのになぁ。やるとなると迷いないんだよなぁ」

「思いついたら実行しますし、実行できる手段を考えついてしまわれる」

側近たちが言うと、ストラテーグ侯爵もレーヴァンを見た。すぐさまレーヴァンは僕に頭を下げた後、首だけ上げてこっちを窺う。

「申し訳ありません、謝りますからやめたりは？」

「しないよ」

笑顔で返すと、レーヴァンと一緒にストラテーグ侯爵までがっくりと首を下げたのだった。

＊＊＊

セルフ謹慎が日常な僕も、おめかしをする日がある。それは父である皇帝との面会日だ。

今日は予定にない日なんだけど、広間での茶番から五日、父のほうから申し入れがあった。もちろん僕は大歓迎だ。やってくる理由はともかく、父と会えるのは子供として嬉しい。

（そう思ってたんだけど……何、この状況？）

僕は今も自分の居住区画にいて、金の間にある控えの間で客を迎えることになっていた。

（皇帝ケーテルと皇妃ラミニアが主人の前に座っています）

セフィラは絶妙に、僕が聞きたかったこととは違う事実を突きつける。その間に僕は父の後方に立つ顔見知りのおかっぱ頭に目を向けた。

けど突然こっちにやって来た父に関する説明もなければ、何故かついて来た妃についても一切の断りもないままだ。さらには普段よりもおつきの数が多い。

「急に悪いな、アーシャ」

「いいえ、ここは陛下の持ち物の一部。誰を憚る必要もありません」

いつもはもっと気軽な面会だけど、僕も父も周囲の目が気になってぎこちない言葉を交わす。そんな様子見に、元凶の妃が口火を切った。

「陛下がいらっしゃると聞いていたのに、茶の一つも出さないとは何ごとですか。あなたが歓迎する気がないことはよくわかりました」

妃なりの嫌みなんだろうけど、普段の面会を知ってる僕や父、おかっぱも身を硬くした。だって、誰もお茶の準備なんてしてないんだ。

「不調法で申し訳ございません。何分、人を招くなどないことでして。失礼して僕が淹れましょう」

「そんなことができるのか、アーシャ？」

「はい、ちょうどいいコーヒーがあるんです。それと錬金術の器具を使って他とは違うコーヒーの淹れ方ができます」

サイフォン式のドリップは、まず器具がないから一般的じゃない。コーヒーフィルターはなく、粉を熱湯で掻き混ぜて抽出し、沈殿させた上澄みを飲むのが一般的だった。

「結構でしてよ」

妃がバッサリとお断りするから、父も一度開いた口を閉じた。妃が纏う緊張感に気圧されているようだ。僕も今まで数えるほどしか顔を合わせていなかった相手の、今までにない雰囲気に警戒するしかない。

「わたくしは自ら息子を害した毒の正体を問い質すだけです」

まるで僕が盛ったと言わんばかりに、強い視線を突きつけて来る。

（うーん、これはもしかして、資料まで作ったせいで逆に僕が元凶だって確信しちゃったのかな？）

（何故主人は正しく評価されないのでしょう？）

（今回は想定外だけど、バイアスかかってるし、かけてるから）

（改善を提案します。第三皇子を使った再現実験を提案）

（却下します。そんな可哀想なことしないし、僕は地味に錬金術に傾倒した無害な皇子でいたいの）

（すでに破綻しているため無駄な努力です）

（ちょっと、セフィラ・セフィロト。もう少し人の心を慮ってよ、あと今はこの状況どうにかしないといけないんだから後にして）

僕が密かに言い合いを行う内に、妃は次の言葉を発していた。

「まずはその怪しい錬金術の部屋を見せなさい」

「え、いや、それは………」

「見せられないやましいことがあるのですね」

「危機管理の問題です。薬物も使えば炉も使うのが錬金術です。ましてやガラス器具が多い。装身具をつけて見学されるというならば、僕は安全を確保できません」

「言い訳は結構。聞けば陛下も錬金術をしているかどうかを見たことがないというではないですか。そんな者が管理とはおこがましい」

いつにない攻撃姿勢というか、今まで極力関わらないようにしていた人が初めての積極姿勢だ。ただ、その強気そうでいて余裕のない表情に、二度目に会ったテリーが重なった。

「ラミニア、待ちなさい。少なくとも今までアーシャは錬金術に関して問題を起こしていない。ましてや私が見たことがないのは………ここに来たのが初めてだからだ」

父が申し訳なさそうに実態を告げる。妃は素の表情になって、何を言われているのかわからない様子で父を見た。

「いや、うん。煩わせまいと思っていたが、いっそこれはいい機会かもしれないな」

何故か父は覚悟を決めた顔をして僕を見つめる。

「アーシャ、嘘偽りなく答えなさい。お前を世話する者は、そこの三人以外に誰がいる？　――ここは、あまりにも人の気配がなさすぎる」

まさかそんなことで気づかれるとは思わなかった。そして答えられる名なんてないので、僕は沈黙するしかない。

僕がすぐに答えなかったことで、父は最初から侍女なんて用意されてない事実に気づいてしまったらしい。目を見開き微かに怒気を漂わせるのは、僕の世話人を斡旋すべきニスタフ伯爵家が何もしていないことがわかったからだろう。

「ウェアレル、ヘルコフ、イクト以外に世話をする者は？」

「…………いません」

改めて言葉にする父に、僕は観念して答えた。

父は聞いておいて顔色が悪くなってる。今まで放置して現状を知らなかった親ならそうだろう。子供が満足に生活できてないという、親としての不明を知ったらそうなるはずなんだ。

……………なんだか、ちょっと嬉しいな。

前世の親は僕が根を詰めすぎて貧血を起こしても、情けないと言って怒ったような人たちだった。

それに比べれば恥じて後悔してる分全然いい。

そしてそういう父だからこそ、僕も黙ってたんだ。

「そんな、ありえませんわ。では、第一皇子の世話はいったい誰がしていると？」

ようやく事態に追いついた妃が、狼狽えて僕が虚偽を言っているのではないかと疑う。

「自分でできますよ？」

「着替えは？　配膳は？　湯あみの用意は？　自分でできるなどと誤魔化せるとお思い？」

そうだ、この人、公爵令嬢だったんだ。そんな怒った顔されても困るんだけど。

「……………アーシャ、部屋を見せなさい。誤魔化しはなしだ」

すでに僕は現状を黙っていたし、ちょっと年齢に合わない発言も隠しきれなくなってる。厳しい皇帝の顔で言われたら、抗いようはない。

僕の不遇は、宮殿生活七年目にして、父にばれたのだった。

「……………何もない」

「何故、何故、私物がないのです…………？」

「えっと、陛下からいただいた物ならクローゼットにたっぷり、あり、ます」

金の間にいたからそのままサロン室、寝室、エメラルドの間へと行くことになったんだけど、父も妃も狼狽し続けている。なので、寝室に付随する小部屋を開けてクローゼットを見せたんだけど、そこでも父は愕然と呟いた。

「これは誕生月の祝いで与えた…………何故、もう入らなくなった服まであるんだ？」

父は泣きそうな顔してもう入らなくなった服を掴んでる。

「絨毯すらないなんて、おかしすぎます。それに、家族の肖像は？　成長を絵にした自画像は？　生母の肖像くらい飾っても……………」

妃は上流階級すぎて父とも着眼点が違う。どうも部屋に絵画が飾ってないことが気になるらしい。

「殿下、もうさっさと次に行きましょう。ここは畳みかけたほうが傷は浅いですよ」

「隠し立てもできませんし、一つ一つ足を止めるだけ時間がかかるでしょう」

ヘルコフとウェアレルに耳打ちをされる。イクトは金の間のサロンで他の人と待つことになった。

僕たちと一緒にいるのは、あとおかっぱくらいだ。

「待て、ヘルコフ、ウェアレル。なんだその不穏な言葉は？　まさか、他の部屋も？」

父が余計なことに気づいてしまったせいで、さらに青の間と赤の間を巡る弾丸ツアーが始まった。

そうして赤の間からエメラルドの間に通じるドアの前に来た時点で、父のみならず妃も変わらない部屋の様相に愕然としてしまう。逆に僕が居た堪れない。

「あ、あの、この先が錬金術をしている部屋で、物は一番ありますから。ウェアレルがルキウサリアの学園からもらってきてくれたんです」

僕は努めて明るく言いながら、扉を大きく開いた。

ここは作りつけの棚にも物がいっぱい入っていて、床面積もふんだんに使って道具が並べてあった。組み立てられた蒸留器具や、焼成された土台に据えられた炉、ビーカーやフラスコは形も様々で目に楽しいのは今も変わらない。

「なんで…………この落差…………？　俺は、そんなにも…………」

父はさらに落ち込んでしまったようだ。ただ妃は眉間を険しくする。

「何に歳費を使っているのですか。これほど揃えられるのなら、まずは皇子として恥ずかしくない体裁を整えることからでしょう。…………それを、教える家庭教師は、いなかったようですね」

しかも僕の側近たちを横目に見て失礼なことを言う。そして僕を睨むように見据えた。

「コーヒーという嗜好品を手に入れるくらいなら、まずは絨毯の一つでも用意して、陛下を迎える部屋を…………あら？　でも初めてと、確か……？」

僕を叱ろうとした勢いは、すぐに疑問で尻すぼみになっていく。そこにヘルコフが、直言を許されている父に向かって訂正をする。

「コーヒーは俺の知り合いから譲られたもんですよぉ」

その声に反応したのか、落ち込んで脱力していた父が、ふらりと僕を見る。

「そうだ、歳費。アーシャ、歳費の報告書を見せなさい。ここにある道具も譲ってもらったというじゃないか。何があってこんなに物が少ないんだ？」

あ、これは正直に答えるとまた父が傷つくやつだ。どうしよう？

僕が黙った途端、おかっぱが小さく溜め息を吐いた。

「陛下、僭越ながらお答えさせていただきます。ございません。第一皇子に、歳費は支給されておりませんので、報告もありません」

「そんな馬鹿な！　私は確かにアーシャに――。それに皇子には歳費が与えられるのは帝室の決まりで、私にさえあったんだぞ？」

どうやら隠し子ながらに認知はされていた父には、皇子として与えられる歳費がニスタフ伯爵に払われていたという。それが皇太子となるための証明にもなったそうだ。

「何故だ？　アーシャは息子であるのに…………」

父としては僕に歳費を支出していたようだ。確かに僕は皇帝となった父によって皇子という地位を得た。それはこうして宮殿に住むことを許されている時点で疑いようはない。

けれど僕は妃の子ではなく、皇子の要件を満たしているかは議論がある。つまり、僕は父の嫡出であっても、皇帝の嫡出ではない。皇帝の息子である皇子に与えられるものが全て与えられるとは限らないのだ。

「アーシャ、父は、ニスタフ伯爵は何を？」

「…………何も？」

ショックなところ悪いけどこれは言わせてもらおう。

「ハーティが僕の下を去る前に一人ニスタフ伯爵家に向かい、不義理を問い質してくれたそうです」

子爵家からの祝いの着服と、僕をいらないと言った件を告げる。

「なので、宮殿に移ってから会ったこともなければ、手紙のやりとりさえありません」

「ば、かな…………。アーシャを頼むと――、任せておけと言われて、私は…………」

父がショックを受けて一歩後ろに下がると顔を手で覆った。

あぁ、僕もショックだよ。冷徹な仕事人かと思ったら、そういう欺瞞やっちゃうんだ？　僕を放置してること言わずに任せておけって、口出すなってことじゃん。

手をどけた父の顔は、いつの間にか怒りに染まっていた。

「そういう人たちだ、そういう人たちだった。なのに、皇帝になるからにはと言われて――。情があったのだと、思い違って、アーシャを任せるべきではなかった」

どうやら父に対してもドライな家族だったらしい。初めて任せろと言われて、夢見ちゃったんだね。うん、なんかわかる。わかるし、それで結局期待して裏切られて、辛いんだろうな。

「…………すまない、アーシャ。私の落ち度だ」

「陛下が謝罪されることではありません。僕のことを案じておられたのは知っています」

慰めようとすると、父は困った顔で眉間を険しくする。

「そうしてしっかりしているから…………」

騙されたとでも言いたいのかな？　うん、騙した。

けど今回のことでルカイオス公爵に言い返せるくらいの立場あるってわかったし、だったら伯爵程度どうとでもなるよね？

なんて思っていたら、脇から予想外の声が聞こえた。

「…………なんという、ことを――あぁ、なんということを…………」

震える涙声に目を向ければ、妃が口を覆ってぼろぼろと涙を零していた。おかっぱさえも肩を跳ね上げ、僕もぎょっとしてしまう。

「私は、こんな……こんな憐れな子に、今まで何を――。陛下を奪われるのではないかと、馬鹿な嫉妬までして…………。こんな、窮状も訴えられない中、何もできるはずないのに。父親を子供から分断してしまっていたなんて…………子を守るつもりが——あぁ…………」

これは、困った。どうやら僕の不遇に罪悪感を覚えて泣き出してしまったようだ。

（どうしよう。陛下がお金関係を気にしてたから、こっそりディンク酒のこと言おうかと思ったけど、絶対言えない雰囲気になったぞ）

（…………密造で稼いだ金という言葉に、親という者は安堵するでしょうか？）

心底不思議そうにセフィラに正論を吐かれてしまった。いや、これ本当に悪い言葉って以外にはわかってないんだろうけど。

うん、冷静になってみれば、宮殿抜け出して工場まで造りましたなんて言えないな。ここは余計なことは言わず、予定どおり行こう。

「陛下、僕は皇子として至らない点がございます。今般の騒擾《そうじゅう》もまた、僕の不徳がいたすところと猛省をする次第です」

「違います。あなたは確かにフェルを助けてくれたではないの」

まさかの妃からの援護がきた。あれ？　待てよ、もしかして？

「フェルとワーネルの毒になるものがわかったんですか？」

「えぇ、あなたがワーネルに言ったのですってね。ワーネルが食べて平気なものは大丈夫だと。あの子はそれを守ろうと必死にフェルに食べさせるものを自ら毒見していたわ」

その上でフェルの病状の回復がいつもより早く、今回はぶり返しもないまま回復しているそうだ。

駄目押しが僕の資料。ワーネルが何をしていたかわかり、過去フェルが倒れた時の食事を洗い出した。アレルゲンの候補を三つに絞りそれらを除去しているという。

「良かった………」

「あなたは、本当に心配してくれていたのね」

「陛下に、弟の手本になれと言われましたから」

「あれは、その、これほど我慢させるためでは………」

気落ちしている父には悪いけど、僕の本題はそこじゃない。いっそ心配がなくなって笑みが浮かんでしまう。

「とはいえ、至らなかったことは事実ですから。罰としてニスタフ伯爵家の後見を切ってください」

いてもいなくても変わらない人の名前を、いつまでもつけていたくはない。それに、こうして僕を他とは違う皇子と区別した人たちにとっては、小さな意趣返しにはなることだろう。

一番の懸念だった弟たちの安全が確保された今、僕は晴れやかな気持ちで笑いかけたのだった。

五章　兄上と呼ばれて

思えば皇帝である父は、僕の勉強の進捗や交友関係について自ら聞いてくることがなかった。たぶん父もまた、子供の頃にそういう構われ方をした記憶がなかったんだと思う。

その分色々足りないし、気が回ってないからこそ僕もこの歳まで騙してこられた。僕をいらないと言ったニスタフ伯爵家で育てられたことを思えば、子供の様子を窺う親なんて想定できないんじゃないかな？

そんなことを考えていると、僕の居住区画に来訪者があった。お馴染み手紙配達のレーヴァンだ。

「一応、職務上、変化があったなら確認しなきゃいけないんで、確認しますけど………」

すごく嫌そう。僕を見ながらレーヴァンが前置きをする。

「なんでそんなにご機嫌麗しいんですかね？　暗殺容疑かけられてまだ半年経ってないでしょ？あんな聴衆の面前で吊し上げ食らっておいて、おかしくないです？」

「宮中警護なら知ってると思ったけど。僕が妃殿下のお部屋に呼ばれてること知らない？」

「いえ、知ってますよ？　そこで弟殿下たちと会うんでしょ？　なんかこの部屋来て突然態度軟化したってんで、本館のほうじゃずいぶんな騒ぎでしたし」

そういうレーヴァンは、なんで妃殿下が軟化したかなんて聞かない。散々ないないと言っていた部屋に、何度も来てるんだから予想はつくんだろう。

「………暗殺未遂で罰受けただとか噂流されても、実態がこれじゃぁなぁ」

「あぁ、やっぱりそうなる？　けどニスタフ伯爵の名前邪魔だったし。表面上罰のふりをすれば公爵たちもうるさく邪魔しないかと思って」

父に申し出た謝罪の弁を言い訳に、僕の名前からニスタフは取り払われた。これで名前上の差別はなくなって、形だけの後見人もいなくなってる。世間的に後見を失うのは罰扱いだけど、最初から何もしない後見人なんて今さらね。

その上妃殿下のほうから僕を招いてくれているので、実質お咎めなしだと気づく人は気づく。

「皇帝が第一皇子の後見を切る際に、ニスタフ伯爵家とやり合ったってのも噂になってますしね。咎められたのは伯爵家のほうだという噂のほうが信憑性増してます」

僕の反応を見た末に、レーヴァンは肩を落とした。

「いや、全然接触ないの知ってましたけど、そこまで上機嫌って、ニスタフ伯爵家に何されてたんです？　財務のほうにいた伯爵家の次男も皇帝から直々に物言いあって窓際って話ですよ」

「へぇ、財務にニスタフ伯爵家の人がいたんだ？」

「いや、他人ごとじゃないでしょ。財務と皇帝がやり合ったのも、殿下の歳費のことだって言うじゃないですか」

知ってて話振ってくるなんて、レーヴァンも大変だなぁ。僕の機嫌がいい理由なんて、また弟たちに会えるってこと以外にないのに。

ただ歳費に関しては他人ごとじゃない。軟化してくれた妃殿下が場を設けると言ってくれてたんだけど、最近まで調整つかなかった一つの要因だ。

どうも僕、四歳から歳費があったらしい。

担当の財務官は歳費があることを教えず、使わないまま一年放置。そこから毎年使わない予算の削減によって、歳費は年々目減りしていたという。その放置という財務の嫌がらせが七年続いた結果、名目上歳費はあっても使わない分削りに削って消失目前だったそうだ。

ただし、手続きの上では問題なし。だって使わない予算を削るのは他でもやっているし、そうされないためには必要書類を提出するっていう手順もあった。けど、そんなの教えられてないからやれるわけもなく。歳費復活のためにはまず、手続き上の不備があったと証明しなきゃいけなくて、時間を取られたんだ。

「向こうに落ち度があったため、陛下も実態を知り、財務部の刷新に着手されました。そこに疑義でもあるのですか？」

ウェアレルは妙に絡むレーヴァンに対して、不機嫌そうに尻尾を振る。

僕のことをきっかけに、父は財務という大きな組織が動くには重要な部署に切り込む口実を手に入れた。偉い人を相手に相当厳しくやったらしいけど、ニスタフ伯爵の次男が財務にいたとは知らなかったな。

僕のほうにもなんか今さら手紙来たんだよね、ニスタフ伯爵から。読まずに父に回したら余計に怒ったし、たぶん碌でもないこと書いて来たんだろう。

母方の祖父である子爵家からも泣き言の手紙が来た。そっちにはニスタフ伯爵の不義理と財務の不手際を手紙で説明したら、すごい低姿勢の謝罪文がさらに来て静かになってる。どうやらかつての姻戚を伝手に、伯爵のほうから取り成しを要請されただけらしい。

手紙の受け渡しの際、父が漏らしたことには、ニスタフ伯爵から馬鹿なことをするなと高圧的に縋《すが》られたらしい。

いらない長男を切り捨ててこそ、皇帝としての務めを果たせるとか色々言われたそうだ。父はいらない三男を切り捨てた結果だろうと、ニスタフ伯爵を追い返したと怒りながら言っていた。

「そうだ、レーヴァン。今度僕の担当になる財務官がこっちに来て挨拶するって言うから、ストラテーグ侯爵に邪魔しないよう言っておいて」

この宮殿左翼、宮中警護だけじゃないけど色んな部署から見張られている。いや、もういっそ出入りを封じられていると言ってもいいかもしれない。

テリーを泣かせたなんて言いがかりから始まって、今回はフェルの暗殺未遂だ。事実無根にしても、自分の管轄で問題を起こされたくないとピリピリしてるんだよね。

「うわぁ、第一皇子専属とか、とんだ左遷先ですね、って⁉」

余計なことを言うレーヴァンは、気配を殺したイクトに腕を捻りあげられる。その拍子に、懐から一通の手紙が落ちた。途端にイクトはレーヴァンを放り出して手紙を丁寧に拾い上げ拭う。

「申し訳ございません、アーシャ殿下。姫君からのお手紙に土をつけてしまいました」

「いいよ、あのままだったらいつまでもディオラからの手紙読めなかったし。――あぁ、妙に絡むと思ったらこういうことか。ディオラがまた帝国へ来るんだね」

手紙は僕が確認してから、レーヴァンが内容を検める。それでもディオラの来訪を知っていて手紙を出し渋ったのは、ルキウサリア王国の王族来訪が、すでに話題になっているってことだろう。

文字からでも喜びが伝わってくる文面に、僕の緩んでる顔が余計に緩む。ルキウサリアの学園で、長く栽培に取り組んでいた研究成果が実ったそうだ。この報せには素直に祝福の気持ちも湧いた。魔力回復効果のある薬草の安定栽培の目途がついたらしい。

その成果を報告し、皇帝からも褒賞を贈るということで帝都まで来る。それほど人々が注目し、待ち望んだ成果だからだそうだ。僕も手紙でディオラから経過を聞いていた話なので興味深い。

「でもこれだけ注目が集まってるなら、僕は出席できないだろうね」

「そこは第一皇子殿下が陛下にお願いして、捻じ込めばいいんじゃないですかねぇ?」

「そんなことして今以上に睨まれてもいいことないよ」

「それはそれは。殿下のやる気削ぐのに貢献できたならお歴々も嫌がらせのかいがあったも、ぐ⁉」

レーヴァンは饒舌に喋ってたのに、盛大に空気を吐き出して沈黙する。手元に戻って来た手紙から顔を上げれば、猛獣顔のヘルコフがレーヴァンの襟首を後ろから掴み上げてた。

「このごみ捨ててきますね、殿下」

「ストラテーグ侯爵には返してあげないといけないから、息の根は止めないでね」

僕が咎めないせいで三回に一度くらいは口を滑らせ、レーヴァンは鉄拳制裁を食らう。今回はヘルコフに吊るされたまま、気道を確保するため襟元を押さえていて何か言う余裕はなさそうだ。

「そう言えば、新しく来る財務官は左遷感覚で来るんだよね？　ってことは、僕のことも悪評でしか知らないってことか。どう対応しようかな？」

ただ仕事をしてくれるならいい。けどレーヴァンみたいにうるさく詮索してくるようだったらちょっと遠慮してもらいたいな。

ヘルコフから襟を解放されたレーヴァンが、苦しいのか訝しんでるのかわからない顔で僕を見る。

「対応って何するんですか？　愛妻家の上、子煩悩で通ってる陛下の愛息子の皇子さま方を暗殺未遂して、分不相応な帝位簒奪狙ってて、錬金術なんて下世話な趣味にだけ熱心で、なんの才能もないどころか鈍くてのろまな皇子なんて――」

「それが宮殿での一般的な評価だっていうのはわかったから、そろそろ口閉じないと危ないよ」

「うっす………」

僕の警告に、レーヴァンはすぐさま口を閉じて背筋を伸ばす。イクトが掌底を決めようとしていた手を止めたのが同時だった。

「喋ってくれるなら、歳費について知ってること教えてほしいな。なんでも自由に使っていいってものじゃないんでしょ？」

僕の質問に、レーヴァンは考える様子を見せた。

「俺も詳しくは知りませんけど、まず皇子らしく着飾るために使う経費って感じだと思いますよ」

僕は服装だけなら皇子だ。けど、室内を見回すレーヴァンの視線から、着飾るには住まいを飾ることも入ることがわかる。

「あと伝手作るために使ったり？　茶会開くとか、サロン呼ぶための車代とか？」

あ、なるほど。言われなきゃ全然考えつかなかった。レーヴァンも、無礼者だけど貴族なんだね。

「ま、第一皇子殿下の場合、一番手っ取り早いのは美術品か宝飾品買って、いらなくなったら金に換えるための蓄財するところからじゃないですか？」

「美術品や宝飾品買うことが蓄財なんだ？　どうせだったら錬金術をするための材料費を歳費で賄いたいと思ったんだけど」

「あ、それもありですよ、確か。美術品とかは技術保全名目で、パトロンになったりありますし。学術研究も自分でやるか、研究者のパトロンになるか他の王室はしてたはずです」

パトロン、出資者かぁ。僕はそっちよりも自分でやりたいんだよね。

「まぁ、発表できるような成果なくちゃ、使途として認められないなんてことあるんで、頑張ってください」

レーヴァンは他人ごとでそう締めた。

「そうか。発表するなら無害なほうがいいな。歳費を削られない程度に認められる範囲で？」

「でしたら殿下、前に言ってた小雷ランプはどうです？」

「興味はあるけどあれは駄目だよ、ヘルコフ。ちょっと需要と注目度が高すぎる。目立つためとか利益を求めるならありだけど、今回はもっと地味な成果がいいんだ」

「と言われましても、ワインを使ったあれはやめたほうがいいでしょうし」

ウェアレルが濁すのはたぶんアルコール蒸留。もちろんディンカーと紐づけされるから却下だ。

工場が稼働して、宮殿でも知られるようになってる。資金回収ができそうな今、次の蒸留器開発の予定を立て始めたんだ。邪魔されるわけにはいかない。

するとイクトがエメラルドの間のほうに目を向けた。

「コーヒーと粉を分離するあの器具はどうでしょう？　便利ですし、言い訳も立つのでは？」

「サイフォン？　けどあれ、蒸留器をちょっと弄っただけだよ？」

僕たちが話し合う姿に、レーヴァンは金髪を払って独り言を漏らす。

「もっと戸惑うなりさぁ…………可愛くないなぁ」

余計な一言でイクトに睨まれびくつくけど、一瞬だけレーヴァンは真面目な表情で僕を見る。

「…………逆に殿下、ストラテーグ侯爵の下につきません？」

「また妙なこと言い出すね。僕だって皇子だ。地位を与えられたからには相応のことはするよ。臣下の下にはつかない。まぁ、皇子を名乗ってる間はね」

僕は皇子として答え、笑って見せた。レーヴァンは冗談だったとでも言うように、両手を肩の高さに挙げて苦笑いを浮かべる。

「本当に鈍いほうがいくらかましだったでしょうね」

そんなことを言ってレーヴァンは溜め息を吐いて見せたのだった。

＊＊＊

妃殿下に招かれて、僕は宮殿の本館に足を踏み入れた。

連絡は行き届いているらしく、宮中警護も近衛も衛兵も誰も僕を止めない。……………と思ったら、行く先の廊下で皇帝その人が僕を手招きしてる。しかも体半分を廊下の大きな窓に合わせた大きなカーテンの中に隠して。

周囲を見れば廊下の端と端に宮中警護が立ってる。距離としては声なんて聞こえないだろう。カーテンの脇にはいつものおかっぱ側近もいて、密談はばれるけど聞き耳を立てる者はいない状況だ。

「陛下、お会いできて嬉しいです。どのようなご用件でしょうか？」

「忙しさにかまけていて、すまないな。――少し、ラミニアたち、妃や弟について話しておこうと思ったんだ」

僕は父に手招かれるまま、カーテンに隠れるように窓辺に寄る。カーテン一枚とはいえ、暗い閉じた空間に隠れるというだけで、ちょっとワクワクしてしまう。

警護として同行したイクトは、おかっぱと一緒に周囲に近づく者がいないかを警戒してカーテンの外だ。思えばこうして他人の目がない中で父と向き合うのは初めてのことだった。

「まず、気づかなかった私の不甲斐なさであることを先に断っておく。その上で、妃たちは周囲からアーシャが命を狙っていると吹き込まれていたらしい」

「それは、フェルのこととは別にですか？」

僕の確認に父は頷く。明言を避けて濁したけど、聞けば周囲というのは侍女や侍従と言った毎日顔を合わせる人々。何人もいる上に、全員が口を揃えて心配し、忠告をする。第一皇子は危険だと。

そしてそれらの人を妃殿下やテリーたちの周囲に配置したのは、ルカイオス公爵だった。

「テリーもな、第一皇子は帝位を狙っているから決して仲良くなどなれない。隙を見せてはいけないと吹き込まれていた。もちろん、アーシャはそんなことはしないと教えて、今では理解している」

双子と一緒に会った時の、怯えと居丈高さはそういう理由だったそうだ。

（ひどいことするなぁ。しかもそんな人間不信になりかねないことをやったのが、テリーからすると実の祖父だ。ルカイオス公爵は僕が邪魔なだけじゃなく、血縁に対しても冷たいのかな？）

（宮殿での行動を観察したことから、最も労力を割いて第四王子の病状を改善させようとしていたのはルカイオス公爵です）

黙っているならついて来てもいいと言っていたのに。いや、今のはセフィラなりに僕をフォローしようとしたのかな？

ともかくルカイオス公爵は、継承権が低いほうのフェルのために労を惜しみはしなかったようだ。それで妃殿下とテリーに手を回したことを思えば、自衛させるための善意のつもりだったとか？

僕からすれば全然的外れだし、迷惑でしかないけどね。

「人手の問題で全ての人員を排除することはできていない。不甲斐なくてすまないな。だが、アーシャには害がないよう、私とラミニアが目を光らせる」

僕が姿のない知性体と会話しているなんて気づかない父は、俯きながらも決意を語る。

その妃殿下のほうはもっと過激に、過去の帝室の歴史を引き合いに出して、継嗣争いでテリーや双子を殺されるかもしれないと脅されていたらしい。僕の暮らしぶりを見たことで、ただの被害妄想だと理解して後悔したそうだ。

どうも父が僕を庇うほどに疑心暗鬼が膨れ上がり、実は僕を皇帝にしたいのではないかと疑っていたことを、妃殿下は父に涙ながらに告白したという。

「アーシャ、不満があるなら、私に言ってくれ。ラミニアたちは悪意に翻弄されただけで、防げなかった私の落ち度なのだから」

「陛下、俯かないでください。僕は今日この日をとても楽しみにしていたんです。過ちのあった過去よりも、これから仲良くなれることが嬉しいんです」

父は何かを言おうとして歯を食いしばって止める。そして屈むと、僕を両腕で抱きしめた。

ただの貴族なら自分の裁量だけで人も選べる。けど実際は個人的な好悪で国を動かしてはいけない皇帝だ。家族についても政略が絡みついてる血筋だから、悩ましいこともあるんだろう。

「………………お前は、辛いとも寂しいとも言わないが、言ってくれて良かったんだぞ?」

父の後悔を含んだ言葉に、僕は笑って誤魔化す。

僕が辛い、寂しいとでも言えば、きっと父は皇帝であることを横に置いて応えてくれた。だから言わなかった。だから頼ってほしいと願う父に知らないふりをした。

これは父の足を引っ張りたくないっていう僕のエゴで、父親としての心を蔑ろにする行為だ。だから、父がそんなに自責の念に囚われなくていい。

「………………陛下、妃殿下をお待たせしているので、そろそろ」

「あぁ、そうだな。アーシャ、ラミニアは公爵令嬢として気を張っているところはあるが、根は優しい。どうか——」

「はい、妃殿下とも親しくさせていただけたらと思います」

父は困ったように苦笑する。ちょっと模範解答すぎたかな。

「私も政務の合間ではあるが様子を見に行くから」

「はい、お待ちしております」

僕は父とカーテンを出て、それぞれ廊下を歩きだす。するとすぐに皇帝家族しか出入りが許されない区画に着いた。見張り以外の誰とも会わず、僕は妃殿下のサロンへ向かう。

「いらっしゃい、アーシャ。待っていたわ。さ、こちらに座って。硬い挨拶などいりませんから、くつろいでちょうだい」

妃殿下は精いっぱい僕をもてなそうとしてくれる。自ら立って迎えた上に、すぐさま椅子に案内してくれた。テーブルには白磁に季節の花が描かれた茶器、前世的にはパイのような見た目のホールケーキがある。

（接近あり）

また聞こえたセフィラの警告に顔を上げると、扉のない続きの間の向こうに小さな影が現われた。

「あ！　兄上来てる！」

「え!?　兄上、いるの？」

顔を出したのは双子のワーネルとフェル。そして止めようとして果たせなかった侍女たちが後に続いてやってきた。

けどちょっと待ってほしい、今、今なんて言った？　兄上？　テリーは兄さまだったはずだから、つまりそれって僕のことだよね！

叫び出さないよう、両手で口を押さえることが精いっぱいだ。力入れ過ぎて震えてる自覚はあるんだけど、そんな不審な僕に双子は満面の笑みで駆け寄って来た。

「ワーネル、フェル。呼んでから来るように言っていたでしょう？」

妃殿下が困った子供たちに微笑む。その横顔は今まで見たどんな表情よりも、母親という言葉が似合った。特に似てもいないのに、乳母のハーティの優しい眼差しと重なる。

「兄上！　ぼくね、ぼくお礼言いたかったの！　ありがとう！　苦しいのなくなったよ！」

「ぼくもね、頑張ったよ！　兄上に言われたからフェルが駄目なの食べないようにしたの！」

僕の膝にフェルとワーネルが取りすがって、興奮した様子で訴える。

「うん、うん………聞いてるよ。信じてくれて、ありがとう」

もうこれだけで胸いっぱいだ。二人が元気で笑ってる。しかも僕を兄と呼んでくれるなんて。

妃殿下とテリーはルカイオス公爵側の人間から、僕に関する悪意ある話を吹き込まれていた。けどまだ幼い双子は、そうした話を聞かされていなかったのかもしれない。

「まぁ、テリー。あなたも来たのね」

「ごめ――も、申し訳ありません」

妃殿下の声かけで、柱に隠れるようにしていたテリーが謝る。しかも僕と目が合ったら言い直した。その表情には緊張が如実に表れており、妃殿下も心配そうだ。

これはいつまでも浮かれてる場合じゃない。お兄ちゃんらしくテリーの緊張を解かないと。そう思ったんだけど、僕よりも早くテリーのほうが腹を決めてしまった。

「先日は、フェルを救命しようとなさる兄上に対して、妨害に飽き足らず暴言まで発してしまったこと、大変申し訳ありませんでした」

うん、硬い。一生懸命謝罪の言葉考えてくれたんだろうけど、なんか言わされてる感あって僕のほうが悪い気がする。

だけどテリーも僕のことを兄上と言ってくれたから、なんでも許してしまう気分です。

「テリー、僕も上手く説明できずに驚かせてしまった。だから謝りたかったんだよ。ワーネルはもちろん、フェルも苦しい思いをさせてごめんね。テリーも怖い思いをさせてごめん」

「そんなの――」

「あのね！　苦しかったけど、その後苦しくなかったんだよ！」

「フェルすぐ起きて元気だったの！　兄上が助けてくれたんでしょ⁉」

テリーが何かを言いかけたんだけど、フェルとワーネルが大興奮で訴える。

「泣かせてしまったけれど、二人は僕を許してくれる？　怒ってない？」

「「もちろん！」」

元気な双子の返事を受けて、僕はテリーに目を向けた。すると言いたいことも言えなかったことで、テリーは勢い込んで頷く。

「僕も！　兄上に謝りたいだけで！　怒ってなんかいません！」

「うん、ありがとう。僕もこうしてまた会ってくれて嬉しいんだ。怒ってなんかいないよ」

内心ガッツポーズ取りたい気分だけど、僕はテリーを安心させるためにも優しく言葉にする。泣かせたことを弟たちは気にしていないとわかって安心もした。

見守っていた妃殿下も、テリーの謝罪が成功したとみて胸を撫で下ろす。

「お茶が冷めてしまったわね。淹れ直して、みんなでお菓子をいただきましょうか」

「ぼくたちもお話ししていいの？　やったぁ」

「兄上！　どうやってフェルのわかったか教えて！」

「ぼ、僕も知りたい！　です！」

喜ぶフェルに、ワーネルはアレルギーについて知りたがる。その姿にテリーも側にやってきた。

僕の側に当たり前に弟たちがいる。レーヴァンは広間で吊し上げられてなんて呆れてたけど、この結果を引き寄せるための労力だったと思えば、喜びのほうが勝る思いだった。

＊＊＊

春を過ぎて十歳になった僕は、新たな日課ができていた。

月に二回、父との面会は急な予定変更でなくなることもなく、それとは別に月二回、面会が増えてる。行く先は本館。招いてくれる相手は妃殿下で、会う相手は家族だ。

「良く来てくれたわね、アーシャ。歩いて疲れたでしょう。陛下もすぐにいらっしゃるから――まぁ、あなたたちはまた」

出迎えてくれた妃殿下が言い切る前に、その横を四つになったフェルとワーネルが走り抜ける。

僕は二人が転ばないよう両腕を広げて受け止めた。

「アーシャ兄上、いらっしゃい！」

「アーシャ兄上、今日は何見せてくれる？」

「やぁ、元気そうだね。けれど、せっかく会えたのに怪我をするなんて悲しいよ。早く会いたいと思ってくれるなら、僕より先に座って待っていてくれればいい」

「「はーい」」

無邪気に懐いてくれる双子に、いつも涙腺が刺激される。一度は大泣きさせたのに、キラキラの笑顔で大歓迎してくれるなんて思いもしなかった。

「あのね、兄上！　ぼくも錬金術師なるの。けど先生いないから、兄上が先生になってね」

しかも僕を喜ばせることを言ってくれる。この幼く可愛い弟たちの間で僕はヒーロー扱いだった。

この月二回の面会を心待ちにしてる僕だ。会って何を話そう、何をしようと考えるだけで楽しいし、そんな様子をハーティやディオラに書き送れるのも嬉しい。本当にこのところ充実している。

「錬金術は火を使うし、フェルがやるにはまだ早いね。それに今から先生は増えていくんだ。まずは趣味から始めたほうがいいと僕は思う」

フェルが僕と手を繋いで上機嫌に椅子に向かうと、ワーネルももう片方の僕の手に掴まって元気に声を上げる。

「ぼくね、ぼくね！　強くなるの！　フェルも兄さまも守れるようになる！」

錬金術の知識で助けたと知って以来お熱のフェルとは対照的に、こっちはこっちでテリーが剣術をやる姿に感銘を受けたんだとか。

椅子に座っても左右から元気に話しかけてくれる。僕は忙しくも嬉しく対応をしていたんだけど、視線を感じた。首を巡らせれば、通されたサロンと次の間の出入り口に、テリーを見つける。

「テリー、会えて嬉しいよ。変わりはない？」

「うん、あ、はい。兄上もお変わりなく」

気づいたことでパッと笑顔になってくれるんだけど、すぐにお兄さんぶって言い直す。

六歳で偉いなぁ。テリーもお兄ちゃんだし、双子のお手本にならないとね。

僕たち帝室の人間は、誰も和やかに笑い合っている。ただ壁際の侍女や侍従たちが僕の動きに、警戒を持って見てることはわかっていた。

さすがに戦場カメラマンの真似もしてないし、ルカイオス公爵側には僕が鈍い皇子だとはもう誤魔化せていない。馬鹿じゃないとわかったなら、こんな状況で悪いことするはずもないと理解してほしいところだけどね。

それこそ疑心暗鬼を生ずなんだろう。疑う限りは僕が鬼か悪魔の擬態にでも見えるらしい。

「あぁ、アーシャも来ているな。すまない、遅れたかな？」

「陛下、僕も今着いたところです」

父の入室に立って出迎えると、フェルとワーネルも倣い、テリーも座ったばかりなのに立ち上がる。妃殿下はごく自然な動作で、陛下の座る場所を案内していた。

同時に妃殿下の侍女が乳母車を運んで来る。そこには去年生まれたばかりの妹が横たわっていた。

お昼寝中で、丸々した頬の上には閉じた瞼。並んだまつ毛が良く見える。

父に手招かれ、僕も乳母車の側に寄った。覗き込む妹は金髪で、目の色も金だと聞いてる。下手に部屋から出すとむずがってひきつけを起こすほど気難しいそうで、今日はようやく会えたんだ。

「「はぁ……………」」

父と溜め息が重なる。お互い顔を見合わせると、皇帝と呼べない緩みきった顔をしていた。きっと僕も同じだろうけど。

「かーいいね」

「うん、かーぃ」

声を潜めて起こさないようにしつつ、フェルとワーネルも妹を可愛いと言い合う。テリーは何故か家族相手に人見知りを発症して、距離を取っていた。

僕と双子や父が一緒にいると、一歩引いてしまう。まだ僕という、今まで関わりのなかった存在がいることに慣れないせいだろうか。

「テリーもほら、すぐ大きくなるから今だけだよ」

そう言いつつも、僕の呼びかけに応じて来た。知ってるのは双子のことだろう。羨ましいけど微笑ましい気持ちにもなる。

「うん、知ってる」

そうして妹を囲んで、男ばかり五人でこそこそ話を続けた。

ただ頃合いを見て、妹は別室でゆっくりおやすみに戻る。子供は寝るのが仕事だから、名残惜しいけどしょうがない。

そして僕たちは家族でお茶会だ。

室内の侍従や宮中警護は室外へ出し、側近のおかっぱと給仕の侍女が一人残るだけとなる。どちらも比較的僕を睨まない人選だった。

和やかにお茶会をして、済むと茶器も片づけられる。そして陛下と妃殿下は僕たちを見守るように窓際のソファーに移動した。ここからはお楽しみの時間だ。

「それじゃ、今日は水を使った実験をやるよ」

「「わーい」」

双子は素直に期待の声を上げ、テリーは大人しいけど表情がワクワクしているのがわかる。僕は勿体ぶらずに、試験管に作って来た薬液を見せた。

「これは錬金術で作った水を凍らせる薬。これを、この水に注いで――。触らないで中を見て」

もう一つの水の入ったビーカーに、ゆっくりと薬液を注ぎ込む。

「凍ってないよ？　失敗？」

部屋から持ってきたビーカーを横から見て、テリーは変化がないことを指摘した。欲しい言葉を貰い、僕はあえて薄めておいた薬を混ぜた水を、用意してもらったお皿の上に注ぐ。

すると、お皿に落ちる水はゲルに近い形で落下し、お皿の上で次々と凍りついて堆積して行く。

ビーカーの中身を全てお皿に落とした後には、小さな氷筍《ひょうじゅん》ができていた。

ワーネルとフェルはすぐさまお皿の上の氷筍に顔を寄せて目を輝かせる。

「「わぁ！　なにこれ!?」」

「まぁ、不思議。水を使う魔法使いでもこんなことができるとは聞いたことがありません」

子供を楽しませる実験だけど、妃殿下も理屈がわかってないから不思議がる。元公爵令嬢でも、やっぱり理科知識はないようだ。

理屈は簡単で、分子が並んでいない状態が液体、固く動かないように並んだ状態が固体という基本を知っていれば理解できる。分子が並ばないよう液体を維持して氷になる薬を混ぜ、お皿に落とすという衝撃を加えたことで、分子が並び直して氷になるんだ。

すでに変化は起きてるけど、目に見えるところではお皿に落ちて行く先から変化していく。その不思議に幼い弟たちは大喜びだ。

「さて、次は特別な薬なんて使わないよ。ただこのコインの上に水を垂らすんだ。どうなると思う？」

僕の問いかけにテリーは真剣に考えて答えた。

「……………たぶん、零れると思う」

「ぬれるー」

「水おちる？」

「だが、今までのことを思えばそうはならないんだろうな」

陛下、メタ読みやめてください。

僕は跳ねないよう慎重に棒を伝わせてコインの上に水を置いた。一滴ずつ増えて行く水に、いつ

零れるかとみんなの視線が集まり、緊張感も増す。けれど表面張力で水は盛り上がり、コインという縁のない物体の上でギリギリ零れない。

「あらあら、魔法を使っているそぶりもないのに、本当に不思議」

妃殿下も上品に手を叩いてくれた。

こんな簡単なことでも拍手を受けると手品をしてる気分になる。ただこれくらいなら警戒もされない範囲だと思ったんだけど、思ったより不思議がられるな。

「兄上、どうして水おちないの？」

「なんで？　兄さまわかる？」

「わからない。水は零れないまま、まるで固まったみたいだ」

双子は素直なんだけど、テリーは何処か悔しそうだ。弟三人に囲まれ悪い気はしないけど、僕もただ無意味に実験してるわけじゃない。だから種明かしよろしく理屈を説明した。

「これは水というものの性質なんだ。条件を満たせば、水は勝手に動く、もしくは変化する。これはどんなものにでも言えて、物にどんな特徴があるかを調べるのも錬金術なんだよ」

錬金術とは何かを講釈しつつ、僕は次の実験器具を取り出した。大型のビーカーに、ストロー状のガラス管が底を貫通している。ビーカーの半分くらいにストローの口はあり、僕はそこに届かないようビーカーに水を注いだ。

「次は勝手に動く水を見せるよ。この器具の三分の一くらいに水を入れても、もちろんストローの上に水が届かなければ漏れない。けど、ここにストローを覆うガラスの筒を別に入れると……」

水はひとりでに動き出した。一気にビーカー内部の水かさを減らして、ストローの中に吸い込まれて排出される。

不思議現象に素直に驚いて感心してくれる弟たちの反応の良さで、僕はホクホクだ。

今はまだ、内と外の水圧がなんて難しい説明はしない。けどゆくゆくは、こういう仕組みを理解してもらって、サイフォンの原理からコーヒーメーカーまでこの実験を繋げていくつもりだ。

そうすれば、無駄だと言って歳費を削られないんじゃないかなと思ってる。

「…………水が、勝手に動く？　そう言えばあの機能不全になった水道設備にも、細い管が設置されて——まさか？」

僕の思惑とは別に、父が何やら気になることを呟き始める。その様子に、妃殿下は笑みを絶やさず息子たちへと声をかけた。

「ワーネル、フェル。まだお昼寝をしていないでしょう？　今日はもうお部屋に下がりなさい」

「「えぇ！　まだ兄上と遊ぶ！」」

嬉しい！　けど、これは妃殿下なりの気遣いだろう。ここはぐっと我慢だ。

そう思っていると、テリーは考える父に目を向け、幼いなりに妃殿下の意図を察していた。そして僕のほうへと目を向ける。

「兄上は、また後で会えますか？」

「たぶん帰る時間になっていると思う。けど、また次も会えるよ。それとも急ぐなら、少し時間をもらうけど」

「…………いえ、兄上の負担には――次で大丈夫です。また、また会えるなら」

何やら言いにくそうなのが気になる。けど、テリーはいやいやをする双子を宥めながら、妃殿下のサロンから自室へと戻って行った。

弟も自制したんだし、僕も切り替えよう。ここからは陛下と妃殿下と一緒に、たぶん大人の話だ。

そうして聞かれたのは、広大な庭園の中で機能不全に陥っている噴水について。高台にあるこの宮殿の敷地内には高低差があり、噴水への水の供給は高低差をものともしない設備だったそうだ。けれど今となっては幾つもの水道が高低差のために使えなくなっており、かつての記述と齟齬ができているという。

「あ、あぁ、なるほど。つまり水を満たして道さえ作れば、高低差を乗り越えられるという理屈で、あの水道のいくつかは今も稼働してるのか」

「はい、重要なのはその水の通る道に空気が入らず水に満ちていることです。水源が通る道よりも高い限りは、水で満たした管を入れ直せばまた稼働するはずです」

どうやら、一度水が途切れてしまったせいで、使えなくなった水道があったようだ。科学に類する話なので、きっと錬金術が廃れたせいで修理できる人がいなくなっていたんだろう。

僕は推測できる原理を説明し、適当に藁を用意してもらってストロー管現象も実践した。ジュースにストローを立てると、ストロー内部に水が勝手に吸い上げられる物理だ。

「庭園の数々の噴水は、本当に錬金術で作られていたのですね」

「帝室図書にはそう書いてあるのですが、帝室に縁深い公爵家でも錬金術が何に使われたかは伝わっていないのでしょうか？」

驚く妃殿下に、僕は思わず聞く。

だってどう考えてもこれ、今のインフラ維持管理する人が必要な知識のはずなのに、知らないってまずいでしょう？　やだよ、いきなり山の上には水送れませんって宮殿が水不足になるなんて。

あ、そうか。インフラ整備って前世でも偉い人は詳しくないし、計画してお金出しはするけど、技術畑の話なんて管轄外だ。

つまり技術者が先にいなくなって失伝？　技術もない知識人たちは再現不可能だから伝説扱い？

ここでも蒸留酒みたいに、技術の囲い込みが衰退の原因になっていたら嫌だな。

「ウェアレルから聞いたが、本当に図書館の本だけで、再現と理解をしてしまったんだな」

僕が真剣に現状を憂いていると、父が呟き妃殿下が息をのむ。目を向ければ、妃殿下の目には期待と言える光が宿っていた。

「陛下、これは立派な成果です。十歳になるアーシャが再発見をしたと公にすれば」

「あぁ、ルカイオス公爵も少しは――！」

「お待ちください」

ちょっと待って。なんで前向きに楽観的なの、皇帝夫婦？　そこ、一番言ったらいけない人の名前出たよね？

「今僕を前に押し出す必要性も利益もありません。まだ幼く実績など上げられないテリーを攻撃される理由を作るだけ損です。警戒すべきは大同小異の味方ではありません。陛下の御代を快く思わない者の悪しき計略です」

僕を前に出してどうなるか？　生まれの身分が低い陛下を疎ましがるユーラシオン公爵や、同じ思想の高位貴族たちが陛下以後の継承を揉ませようと動くに決まってる。

僕という対抗馬を推し立てて、テリーという父の後継者を弱めようとするだろう。そうなればルカイオス公爵は僕の排除に本気になる。

「何より今、実績を積むべきは陛下ではないですか。情報はずっと宮殿にあったのです。公にするならば、陛下が指揮をして再発見にしたほうがずっと有益です。たとえば今の僕の実験を見て可能性を閃いたとでも理由づけはできます」

僕の訴えに、父は眉間を険しくした。

「いや、しかし……………。息子の手柄を横取りするような真似はできない」

「手柄であるならば、過去錬金術をもってここに帝都を拓いた歴代皇帝のものです。今の皇帝陛下である方が、前に出て主導することこそが正統でしょう」

それらしいこと言うけど、根本は単に僕が表に出たくないだけだ。だってそんな発表すると、インフラ整備に傾倒した錬金術をやれって言われるだろうし。

今はお酒造りの傍らエリクサーやエリクシルと呼ばれる薬を作りたいんだ。お酒造りに還元できるならってモリーの支援も受けて、宮殿外のエリクサーに関する逸話の収集なんかもしてる。

これができればフェルが大好きなお菓子をまた食べられる日が来るかもしれないし、遅れるような寄り道はしたくない。

そんな自分の計画を考えていた僕の耳に、抑えきれない嗚咽が聞こえた。いつの間にか、妃殿下が口元を覆って目を潤ませている。

「なんて……謙虚な……。本当に優しい子で――うぅ……」

定期的に顔を合わせるようになってから実感したけど、本当に妃殿下は涙脆いというか、情に脆い。皇妃になる上では、脅してでも気丈に振る舞わせていたルカイオス公爵のやり方にも一理あったのかと思ってしまう。

思うだけで賛同はしないけどね。妃殿下優しくていいじゃないか、それで弟たちも素直に育ってるんだからって言うのが僕の意見だ。

「陛下……やはり、かの領地はアーシャに任せるべきではございませんか？」

「そうだな、聞けば錬金術に必要不可欠な素材が取れるというし」

余計なことを考えている内に、涙を拭った妃殿下が気を回しすぎてしまったようだ。

「あ、領地も遠慮します。まだ僕には早いです。代官の当てもなく、教育も行き届いていない僕では、領民が可哀想ですから」

用意しておいた言い訳を口にすると、揃って微妙な顔をされた。

「そう言えるのがもう……必要か？　教育？」

父が身も蓋もないことを言う。ただ妃殿下は僕の意見に頷いた。

「確かに、才能あればこその今ですわ。それ故に教育には偏りもあるのでしょう。ここはアーシャのいうとおり、まずはしかるべき家庭教師を選定するところからでは？」

何やらやる気になった妃殿下の言葉に、父も今気づいたとばかりに目を瞠る。

「そう言えば、結局侍女の配置もしていないままだ。アーシャが必要ないと言ったが、やはり一人もいないでは不便だろう。家庭教師と一緒に選定をしようか」

待ってそれ、僕が錬金術する時間奪われるフラグじゃない？　あと人目が増えたり宿題出されたりすると、抜け出す隙もなくなるからお断りしたいです。

だいたいこっちの勉強はほぼ丸暗記と事例の解釈説明だ。課題図書を読め、ならまだいいけど、論文形式の宿題を書籍などで調べて書き上げ、提出となると時間が足りない。

うちの家庭教師たちは、僕の行動範囲の狭さもあり、まず物事の説明が主だ。ただウェアレルが最近、妃殿下が味方についてやりやすくなったとかで、本格的にやる前段階としてごく短い論文形式を宿題に出す。

それも僕が抜け出す日を考慮した上でだから、なんとかなっているんだ。

「ルキウサリアの学園も考えると、あと四年。錬金術科へ入る最低限の要件は満たせるようにまずは考えるべきか」

「あ…………四年後、錬金術科は、存続しているでしょうか？　学術的にも動きがない状態でございましょう？」

真剣に考える父に、妃殿下はすごく不安そうに懸念を口にした。その言葉に父もそうだったと言わんばかりに息をのむ。

「ここはやはり、失われた錬金術の再発見をこそ、アーシャに任せるべきかと」

「そうだな、それがいいかもしれない」

それはなしだけど、錬金術科が存続してない、はさすがに僕も困る。これで公の機関がなくなったら、今後僕がすることが目立ってしょうがない。

お酒のこともあり、いつまでも無関心無警戒の学問として隠れ蓑にはならないんだ。

「いっそ、学園のほうが僕より目立ってくれれば………」

思わず呟くと、陛下や妃殿下のみならず、室内にいたおかっぱと侍女も僕を見る。おかっぱに至っては、なんかこいつやらかすなって顔してる気がした。………邪推かもしれないけど。

僕は笑顔で誤魔化して、ともかくこの場を乗り切る言い訳を捻り出す。

「妃殿下の懸念ももっともです。まずは今日まで僕を支えてくれた家庭教師たちに意見を聞きたいと思います。ウェアレルはルキウサリアの錬金術科に伝手もありますし」

「あぁ、そう言えばそうだった。確かにそちらで直接聞いたほうが確実か」

「そうですわね。一番アーシャの能力をわかっている者の意見は大事でしょう」

なんとか陛下と妃殿下が納得の上で、家庭教師や侍女の増員は阻止できた。

「それと、やはり喫緊の課題は陛下の功績です。水道程度ならば調べればわかることなので、どうぞ陛下が再発見として発表なさってください。僕は………今の時代に錬金術師を名乗りたいですから、自分で一から作り上げたことによって評価されたいのです」

「そうか………アーシャならばきっとできるのだろうな」

この場の誤魔化し半分、本気半分で僕は訴える。本気混じりであったことが良かったのか、陛下も了承してくれた。

「それでは長居してしまいました。そろそろ暇乞いをさせていただきます」

自分のため、テリーのためにも、必要以上に帝位には近づかないようにしたい僕は、これ以上突っ込まれない内に、妃殿下のサロンを後にすることにした。

終章　兄として

妃殿下のサロンを出て、僕は左翼へ戻るために歩きだす。僕が持ち込んだ錬金術の道具は、おかっぱが運んでくれた。管轄の違いで、陛下と近しい家族の住む区画へ入ることが許されなかったイクトの代わりだ。

それでも定期的に通っているので、最初は左翼の端で止められたイクトも、今では本館で待っている。左翼へ抜けるこの辺りも空室なんだけど、先帝の時にはお妾さんが暮らす区画だったそうだ。父には是非、ここを使うことがないよう願いたい。

そんな人気のない本館の端で、僕はイクトと合流した。おかっぱは無駄口を叩かず、道具を受け渡す。用事を終えてさっさと戻ろうとしたおかっぱだったけど、突然足を止めた。

不思議に思って振り返ると、おかっぱの向こうにまず宮中警護が見える。そして、その足元にテリーの姿を見つけたのだった。

「兄上…………！」

「テリー、どうしたの？」

僕と目が合うと、テリーはこっちに駆け寄って来る。当の宮中警護は動かずひどく警戒してた。

この警護じゃないけど、一度イクトはテリーの警護を押さえ込んでる。そのせいか、警戒対象は僕じゃなくイクトのようだ。

「あの、僕、兄上をお見送りに…………」

「そう、ありがとう。嬉しいな」

ここまで追って来た言い訳なんだろうけどね。次も会えるからと言った時の、落ち着かない様子から、僕に言いたいことがあるようだ。

「僕…………ごめんなさい」

「何を謝っているのかな？　テリーは悪いことなんてしていないでしょう？」

本当に心当たりがない。でもテリーの表情は真剣で、何か心の底から悔やんでいる様子が見える。

「僕、覚えてなくて、それで…………兄上に、謝らないといけないと思って」

「そう、つまり今じゃなくて、昔のことなんだね。いったいいつのことだろう？」

「兄上に、初めて会った時の…………」

あれかぁ。それまで放置されていた僕に、悪評がつきまとうようになったきっかけ。僕がテリーを泣かせたという点だけで、ずいぶんと尾ひれが盛大についたものだ。

「あの時テリーは三歳だったし、覚えてなくても不思議はないよ？」

「でも、僕、覚えてて――、優しいお兄さんが、手を引いてくれたことは、覚えてた」

かつて握った右手を見下ろして、テリーは後悔を滲ませて呟く。会えるようになってから期間が経ったけど、何かの拍子に僕との初めての出会いを聞いたようだ。

そして虐めて泣かせた第一皇子なんて聞いていた悪評と、迷子の時に助けてくれたお兄さんが誰か、今まで繋がっていなかったらしい。

「ごめんなさい。僕、あの時の兄上の顔、よく覚えてなくて………優しくしてくれたのは、覚えてたけど。次に会った時には、わからなくて、あんなこと――」

なるほど、僕が言い聞かせられてたような人じゃないって知ってたはずなのに、気づかなかった。それがテリーにとってはショックだったようだ。その後悔で、以前フェルが倒れた時の自分の行動に、改めて罪悪感が募ってしまったのか。

僕としてはそこまで真剣に考えてくれるだけで、テリーの優しさに心打たれるんだけど？　だいたいそれって、悪いのは適当なことを吹き込んだ人たちだし。

どう慰めようか考えていたら、テリーは伝えたいことを整理したのか見下ろしていた手から顔を上げる。

「本当に、優しくて、手を引いてくれたことは覚えてて、だから、僕も弟たちが生まれた時に、そういうお兄さんになろうって思ってて――！」

テリーは必死で言い募るけど、ちょっと待ってほしい。正直キャパオーバーだ。これ以上嬉しいこと言われたら奇声が口から漏れそうだ。

「そ、それは、僕をお手本にしていたってこと？」

「そう！　兄上みたいになりたかったんだ！」

ちょっと力み過ぎて声が上ずったところに、さらに追い打ちがきた。僕は結局奇声を漏らしそうな口を覆って止めることになる。

だってそれ、僕が目指していた姿だ。テリーが生まれた後、父が僕に言ったんだ。弟の良い手本になってほしいって。まさか出会った時にはもう、お手本になれてたなんて思いもしなかった。

「…………兄上？　お耳が赤いのはどうして？」

おっと、口元を覆い隠しても無駄だった。ここは観念しよう。

僕は諦めて手を外すと、テリーににやけてしまっている顔を晒す。僕が笑っていることで、消沈ぎみだったテリーは不思議そうな顔になった。

「テリーはいいお兄さんだよ。そこに僕がいい影響を与えていたとしたら、こんなに嬉しいことはない。教えてくれてありがとう」

「ぼ、僕、お礼言われることなんて、何も…………」

謝りに来たはずだったテリーが戸惑ってしまった。けど僕からすれば嬉しいことを教えてくれたんだから、やっぱりありがとうだ。

そうして僕が笑っていることで、テリーもつられて表情が和らぐ。たったそれだけで、初めて会った時との違いを顕著に感じることができた。

もうテリーは泣いてないし、僕から引き離そうとする人もいない。こうして兄弟として会って話すことができる。そんな憧れた関係が今だ。

「次も、また会えるよ、テリー」

「うん、兄上が来てくれるとみんなで集まれるから嬉しい。……父上は特にお忙しいから」

テリーが声を潜めて、僕にだけ囁く。僕も面会を心待ちにしてるからすごくよくわかる。それに同じ本館に住むテリーでも、皇帝である父には満足できるほど会っていない事実も初めてわかった。

「陛下は遅れても、必ず来てくれるもんね。僕も次が楽しみだよ」

「うん、僕も。…………兄上、兄上のお部屋に行くのは駄目かな？　いつも持って来てる道具、もっと大きいのがあるって、前に言ってたでしょ」

また内緒話で耳打ちされた内容は、思わぬ提案だった。僕は逸る思いを抑えて口に手を添えると、おかっぱや宮中警護に聞こえないように答える。

「陛下と妃殿下がいいって言ってくれるなら、僕はいつでも来てくれて構わないよ」

僕の返答を聞いたテリーと、正面から目を見交わす。どちらともなく笑みが零れた。

「僕もだけど、フェルがずっと気にしてたんだ。それじゃ、聞いてみる。兄上、またね」

当たり前にテリーから投げかけられた言葉に、緩みっぱなしの顔がまだ緩む。

「またね、テリー」

手を振れば振り返してくれる。そんなささやかなことでも、僕の胸は満たされる。

転生して良かった。

僕はそう、密かに喜びを噛み締めて、楽しげに去るテリーを見送っていた。

［書き下ろし番外編］

テリーから見た兄上

僕は帝国第二皇子として生まれて、いずれ皇帝にならなければいけない者だ。

嫡子だから、正しく後継者だから、血筋が尊いから、母が公爵家だから。

「テリー、いいですね？　決して第一皇子に近づいてはなりません。私はあなたがまた危害を加えられるのではないかと恐ろしい……」

母さまもそう言って、僕の手を固く握る。

三歳の頃、僕は第一皇子に襲われたらしい。周囲の目を掻い潜って連れ出されたとか言う人もいる。

全然覚えていない僕だけれど、何か怖いことがあったことだけは覚えていた。迷子になって、優しい人と出会ってそれから、怖いことがあったと。

「大丈夫です、母さま。僕は負けません。そのために剣のおけいこも――」

「あぁ、テリー。奸悪《かんあく》な者はいつ狙うかわからないのです。まずはつけいられないようにしなさい。慢心はいけませんよ」

母さまは心配でしょうがないようで、僕をお叱りになった。

こうして悲しませるのも、不安にさせるのも、怯えさせるのも、全て奸悪な第一皇子のせいだ。

だというのに今も宮殿で暮らしているという。

「何故そんな悪人が正しく罰されずにいるのでしょう？」

おかしい。だって、悪い人は罰して、善い人を守るべきだと僕は習った。

誰もが第一皇子は嫡子ではない、正しい後継者ではない、血筋が劣っている、母親の身分が低い、だから宮殿にいてはいけない悪い者だという。

だったら宮殿から追い出して、皇妃である母さまを心安らかにいさせられないものだろうか。

「あちらは自らこそが正統だと思い上がっているそうです。だから恥もなく宮殿に居座っていると。ですが、あちらは第一皇子と言っても生まれが早いだけ。陛下にも庶子にしていただけるようお願いしているけれど……。あの方は、お優しすぎる」

「父さまが悪いのですか？」

「いいえ、いいえ。そんなことはありませんよ。あの方はお優しく、立派になろうと日々努力なさる素晴らしい方。あなたも父君のように、常研鑽を忘れてはいけませんよ」

「はい、母さま」

七歳になった今、そんなことを話して、信じていた前の自分が恥ずかしい。

母上も、聞かされていた話が嘘だったと知った時には、第一皇子である兄上に、泣いて謝ったそうだ。

何より、父上から強く気にかけられる兄上に嫉妬さえ覚えていたのだと、自らの悪心を後悔していらした。宮殿に上がって初めて兄上と言葉を交わしたことで、思い込みと醜い心に気づいたと。

それほど兄上は、驕らず、弁え、耐え忍び、父上にさえ窮状を明かさずにいた。

僕よりも、三年早く生まれただけの兄上。何も、悪いことなんてしていなかった人。

「テリーも怖い思いをさせてごめん」

兄上は、思い込みで暴言を吐いて、叩く真似までした僕を、そう言って許した。

優しい方だ、立派な方だ、懐の広い方だ。

苦しむフェルを助けようとする兄上を邪魔した、僕よりずっと正しい方だった。

兄上と呼んで、お部屋に行き来を始めてから、僕は自分が物を知らないことを突きつけられ続けている。

「兄上のお部屋は、ずいぶん静かですね？」

いつもはワーネルとフェルが、騒がしく元気に喋るので気づくのが遅れた。

そんな弟たちは今、ガラス越しに見る水に夢中だ。もっと言えば、水の中で舞う、氷の結晶という不思議で小さく繊細な粒の形に見惚れて静かにしている。

僕は兄上の部屋の静かさに、なんだか落ち着ける気がした。集中しろとよく家庭教師に言われるけれど、ここならいつもよりずっと深く集中できそうな気がする。

「人があんまりいないからね」

当たり前のように言う兄上。実際兄上にとっては当たり前なんだろう。だってここ、侍女の一人も見たことがない。

それは同時に、兄上の元に人が配置されていない冷遇のせいだ。

比べて僕の周りはいつも人がいる。それでもまだ侍りたいと、母上に相談する声を聞くこともある。なのに、誰も兄上には…………。

「…………兄上、すみません」

僕はきっと自分が思うより鈍い。

考えてみれば兄上を語る侍女も侍従も誰も、兄上と実際に会った者はいないんだ。

少し考えればわかるはずだったのに、どうして信じてしまったんだろう。なんで自分で確かめようとしなかったんだろう。

僕は自ら学んで動くという、父上ほどの努力もできないのかもしれない。嫡子として期待に応えないといけないのに、僕は、全然兄上に及びもつかない。

「テリーが謝ることじゃないよ。もちろん、陛下も妃殿下も悪いわけじゃない。それに僕はこの環境を気に入ってるんだ。テリーが言うように静かで、錬金術をして大きな音を立てても怒られないしね」

兄上は僕の不安に気づいて、微笑む。

母上も酷いことを言ってしまったと後悔していたけれど、僕もそうだ。なのに兄上は責めるどころか気遣ってくれる。

奸悪なんてことはないし、真っ直ぐな人だ。僕を襲うなんて考えない、優しい人だ。

母上も帝位を狙っていると思ったのは間違いで、あえて不遇をかこってその意思がないことを示した忍耐の人だと言っていた。

……僕が生まれてからずっと、七年も、耐えていたんだとしたら、僕は同じことができるだろうか？

「――さ、二人とも、そろそろ次の実験をしよう」

「まだ見たいけど、次も気になる」

「何するの、兄上？　綺麗なこと？」

双子は素直で元気で、だからか僕よりずっと早く兄上の正しさに気づいていた。

「さ、テリーも。前に見せた水の性質の実験覚えてる？」

兄上は僕も誘って水槽の前に移動する。

水槽の前には、色のついた水が二つ用意されていた。赤と青、二色の水で、赤い水の入れ物は白く曇っている。

「今から水槽に二色の水をゆっくり入れるよ。どうなると思う？」

「「混ざる！」」

ワーネルとフェルの直感的な言葉を聞きながら、僕は考える。

普通に考えたら双子の言うとおりだろうけど、兄上の以前の実験は予想と違った。

そう思って悩んでる間、兄上は僕を急かすことなく双子の相手をして待ってくれる。

「じゃあ、二人にはもう一つ問題だ。赤と青、この二色を混ぜたら何色になるかは知ってるかな？」

「何色？　赤と青じゃないの？」

「わからないよ、混ぜるってどうするの？」

「あれ、わからないかぁ」

兄上は二人の反応が予想外だったらしく困った顔をする。

もう少し年齢が高ければ音楽、詩文、絵画などを習うはずだ。僕はまだ絵画は鑑賞で感性を育てるべきだと言われているけれど、兄上ならもう描くことをしているのかもしれない。

鑑賞でも近くで見ると、赤と青の絵の具二つを重ねたり並べて塗ったりしてあって、距離を置いてみると紫に見えることは僕も知ってる。だからたぶん答えは紫だ。

「テリーはわかるかな？　色を混ぜるって、あまりしないこと？」

兄上が僕にも聞いてくる。

間違っていたらと思うと不安だけど、兄上は家庭教師と違って怒らないのは知ってる。期待どおりでないと落胆してみせることもない。

いつも笑っている、三歳の頃出会った優しい人のままだ。他人を悲しませることも、不安にさせることも、怯えさせることもない人。

「…………紫？」

「うん、そのとおりだよ」

笑顔で頷く兄上は、次いで双子には申し訳なさそうに言った。

「ごめんね、難しかったかな。今度、色鉛筆はないから…………石灰でチョークを作って色をつけてみるか」

何やら考えがあるようだ。どうしてそんなに早く次を考えられるのか、僕にはわからない。

それとも、僕も十歳になったらそれくらいできるようになっているんだろうか？

「色を混ぜて変わる様子を次にはやってみようか。テリーは答え決まった？」

僕を待っていてくれていたのはやっぱり間違いじゃなかった。考えが当たっていたことも嬉しいけど、気にかけてもらえることも恥ずかしさに似た喜びがある。

「混ざらない、気はするけれど、理由はわからないんだ」

「うん、そこを説明するのが僕の役目だからね。やることが残っていて良かった。じゃあ、見ていてね」

兄上はやっぱりわからないと言っても叱らない。嫡子だから、次の皇帝だからと言ってできて当たり前なんてことも言わない。

「まず青を入れるよ。跳ねないようにゆっくりね」

そう言って兄上は青い水を水槽に注ぐ。続いて同じくらいゆっくり赤い水も注いだ。

注ぐ勢いで青い水に落ちる赤い色。僕はそれで混ざると思った。けれど水の揺れが収まると、水は下が青、上が赤で二色に別れたまま混ざらない。

「何これ？　すごい！　魔法？」

「錬金術だよ、ワーネル。いや、錬金術をするための前段階かな？」

「錬金術すごいね！　ね、兄さま！」

フェルが大喜びで水槽と僕を交互に見る。

けれどよく見れば、じわりじわりと色が混じっていた。僕が指摘すれば兄上は頷く。

「テリーはよく見ているね。これが水の性質。温度による重さの変化だよ。熱することで同じ量に見えても、温かい水のほうが軽くなる。だから上に行って下の冷えた水とは混ざらないんだ」

つまり温度の違いが混ざらない要因らしい。その温度も一緒の水槽に入れれば、同じ温度になる。だから時間で混じり始めるそうだ。

「……兄上、この水の温度による変化は、錬金術にどう使うの？」

双子は紫になり始めた水槽の中に夢中で、兄上は僕に体ごと向き直ってくれた。その上で、嫌な顔一つせず応じてくれる。

「質量やエネルギーの効率的な使い方に関係してくるけど、うーん…………レイゾウコかな？」

聞き慣れない単語を呟いて、兄上は一度口を閉じて考え込み始めた。

どうしよう、僕の思いつきで困らせた？

「温度が高いと軽くなって上に行くことがこの実験で可視化していると思うけど、どう？」

「うん、見て、わかる」

「うん、良かった。実はこの水の性質、これは空気も一緒なんだ。温めると上に行く」

僕は結論がわからないまま、兄上の説明に頷いて見せた。

「じゃあ、暖かい空気が上に溜まっている状態で、上から冷たい空気を送り込んだら、どうなる？」

「下に行く？」

「そう。上の暖かい空気を冷やして下に行く。そうして暖められた空気を集めたらまた上に行くのは想像できる？」

兄上が上から下に円を描いて手を動かすので想像はできる。僕が頷くと、上に向かう熱を持った空気を途中で冷やし、また冷えた空気を上から送り込むという説明を続けられた。

それを食べ物を入れた箱の中で行うと、食料の保存に使えるという。

「冷たいと下、温かいと上。この動きは人が介在しなくても勝手に動く性質なんだ。そうするとわざわざ人間が掻き回す必要なく、温度を一定に保てるんだよ」

僕はまた頷くけど、実はよくわからない。想像できないんだ。でも、兄上は僕と違ってわかってるのだけは、わかる。

本当に、どうしてこんなに賢い兄上が、愚かで鈍間《のろま》なんて噂があるんだろう？　それで貴族子弟にからかわれて恥ずかしい思いをしたとか聞いたことがある。

けど絶対嘘だ。

僕と同じ歳の頃だったというけど、ありえないと思う。

「兄上は、僕くらいの時何をしていました？」

「テリーくらい？　──特には何もしてないなぁ。錬金術が楽しくてね」

そうは言うけど、今僕が教えてもらってるのは錬金術の前段階だけ。ということは、兄上は今やってる実験以上のことを、僕と同じ年頃にやっていたことになる。

「どうしたの、テリー？」

「兄上は……すごい…………」

「ありがとう。でも年齢差のせいでそう思えるんじゃないかな。テリーもきっと、今以上にできることは増えるはずだよ」

今兄上は十歳で、後三年後には僕も同じ年齢になるだろう。

その時、同じようになれているか、僕には自信がない。

僕は帝国第二皇子として生まれて、いずれ皇帝にならなければいけない者だ。

嫡子だから、正しく後継者だから、血筋が尊いから、母が公爵家だから。

でもそれは、本当に正しいことか、僕にはわからなくなってきた。

「次は寒暖差で水流ができる様子を見せるよ。テリー、わかりやすく説明する方法考えるから、ちょっと待ってね」

僕がわかっていなかったことも、兄上は理解している。見透かされている。

これが年齢差なら、後三年。僕は兄上が不遇を耐えながら研鑽した努力に、少しでも近づかなければいけない。

兄上が言うように今以上にできるようになれるなら、母上が言うように努力をしよう。少しでも、兄上に近づけるように。

あとがき

初めまして小説家になろうというｗｅｂサイトで、『不遇皇子は天才錬金術師』を連載しているうめーです。本書をお手に取っていただきありがとうございます。

そして刊行に当たり、尽力いただいたＴＯブックスの方々、イラストのかわくさま、その他制作に関わる皆さまにこの場を借りてお礼申し上げます。

これを書いている四月の今、コミカライズも制作進行中ですので、気になった方はそちらもどうぞお楽しみに。

巻末の特典ＳＳは、テリー視点ですが、他にもＴＯブックスオンラインストア特典では双子視点、電子特典では父視点のＳＳを書きました。本文が一人称なので、他視点を書けるのは書き足りなかった部分を書けて楽しいです。小説を書き始めた時からずっと三人称で書いていたもので、なろうに掲載するために一人称で書き始めました。たまに三人称を書くと、書き方を忘れていることがあります。

忘れていると言えば、こうして改めて書いて、なろうに上げている時点で伏線用に書いた描写を忘れていることに気づきました。伏線なので、伏したまま気づかれてないでしょうが、書いた側なので自分で見直すと思い出して「あぁ、うわー……」ってなりました。

慣れれば息をするようにできるのに、一度離れると感覚が思い出せない。見れば思い出すのに、そこまで記憶に刻んでいても平素忘れている。人間の感覚って実は不確かだなぁと、感じる時があります。

最近一番感じたのは、姉とテレビを見ている時でした。木々の緑を背景に立つ人の服が、私には水色に見えます。しかし同じ画面を見ている姉は、それを白い服だというのです。

光の加減で白く飛んでいるにしても私は水色に見えており、一番濃い場面では疑いようもなかったのですが、姉はそれでも薄い水色かもしれないという感想。そして姉曰く、私は青色への感度が高いのだろうと。

色の感度って何？　と思ったので、姉の自己申告で黄色の感度が高いということから、周辺にあった黄色い物を集めてみました。レモンイエローからマンダリンオレンジみたいな色まで。その中で、私は全く同じ色に見える黄色を、姉は確実に違う色だと言いました。言われて見れば明度が違うかもしれない？　その程度です。

水色は確かに見えたのに、目の前の黄色の違いがわからない。色盲というのは知っていましたが、そうでなくても色を感じ取る感覚には個人差があるそうです。

自分にとっては明確だと確信していることも、他人の目には不明瞭でしかない。そしてどちらも当人にとっては事実だという不思議。人間は不確かだなぁと、面白く感じます。

そんな私が書いている一人称なので、主人公はもちろん知らないことは知らないし、察せないことは察せません。なろうに上げている内容には、他視点が多い閑話を掲載していますので、気になる方は作品名、もしくは作者名で捜してみてください。

そんな回りくどい宣伝をしてみたところで、それではまた、次巻もよろしくお願いいたします。

不遇皇子は天才錬金術師
～皇帝なんて柄じゃないので弟妹を可愛がりたい～

2023年7月1日　第1刷発行

著　者　うめー

発行者　本田武市

発行所　TOブックス
〒150-0002
東京都渋谷区渋谷三丁目1番1号　PMO渋谷Ⅱ　11階
TEL 0120-933-772（営業フリーダイヤル）
FAX 050-3156-0508

印刷・製本　中央精版印刷株式会社

ISBN978-4-86699-860-2